KB267027

연혈공작 플로렌

연혈공작 플로렌

열혈공작 플로렌 1
김종휘 판타지 장편 소설

초판 1쇄 찍은 날 § 2004년 1월 25일
초판 1쇄 펴낸 날 § 2004년 2월 5일

지은이 § 김종휘
펴낸이 § 서경석

편집장 § 문혜영
편집 책임 § 유경화
편집 § 권민정
마케팅 § 정필 · 강양원 · 이선구 · 김규진 · 홍현경

펴낸곳 § 도서출판 청어람
등록번호 § 제1081-1-89호
등록일자 § 1999. 5. 31
어람번호 § 제1-0444호

주소 § 경기도 부천시 원미구 심곡1동 350-1 남성B/D 3F (우) 420-011
전화 § 032-656-4452 팩스 § 032-656-4453
http://www.chungeoram.com
E-mail § eoram99@chollian.net

ⓒ 김종휘, 2004

ISBN 89-5505-958-2 04810
ISBN 89-5505-957-4 (SET)

※ 파본은 본사나 구입하신 서점에서 교환하여 드립니다.
※ 저자와 협의하여 인지를 붙이지 않습니다.

열혈공작 프로렌

열혈공작

김종휘 판타지 장편 소설

1

몰락한 공작가의 가주

도서출판
청어람

목차

❶
몰락한 공작가의 가주

책을 시작하며

잘생긴 주인공이 마법검을 들고 악한 적들과 싸워 세상의 평화를 지킨다.

판타지 소설이 나를 반하게 만든 것은 바로 이러한 점이 아닐까 생각한다. 소설을 읽을 때마다 마치 내가 악룡과 마왕을 쓰러뜨려 세상의 평화를 지키는 것과 같은 그런 착각을 일으키게 되는 것.

하지만 막상 글을 쓰기 시작하니 정의로운 인물에 대한 거리감이 느껴졌다. 세상을 살아가는 나 자신이 결코 정의롭지 못한 그런 사람이기 때문이다. 그 때문에 결코 잘생기지도, 뛰어나지도 않은 인물을 소설의 주인공으로 하고 싶었고, 그런 와중에 나온 이가 바로 플로렌이다.

플로렌은 결코 정의롭지 못한 인물이다.

자신의 것을 지키기 위해, 목적을 위해 아무런 죄 없는 자를 죽이는 것 또한 서슴지 않는 그런 인물이다.

판타지 소설에서 본다면 악당 쪽에 가까운 인물이지만 그렇다고 그의 장점이 없는 건 아니다. 귀족의 작위 중 가장 높은 공작으로서 그는 자신의 의무를 지킬 줄 아는 그런 사람이기 때문이다.

그를 따르지 않는 자들에게는 사악하고 악랄한 귀족임에 틀림없지만 그를 따르는 자들에겐 한없이 관대하고 인자한 사람이 바로 플로렌이다. 악한 짓을 함에 있어서 자신이 해야 할 것과 하지 말아야 할 것을 구분할 줄 아는 이.

자신이 지켜야 할 것에는 한없이 잔혹하면서도 외세의 강한 힘에는 솜사탕같이 녹아드는 현실 정치계의 정치가들과는 다른 인물, 난 그런 인물을 만들고 싶었고 그렇게 탄생한 인물인 것이다.

개인적으로 난 정치가에게 정의를 강요하지 않는다. 하지만 돈에 눈이 어두워 의무까지 저버리는 그런 정치가를 난 혐오한다.

　내 작품 속의 주인공 플로렌 역시 정의롭지는 않지만 그래도 자신의 의무는 지킬 줄 아는 그런 정치가이기를 바랄 뿐이다.

　마지막으로 플로렌을 쓰는 데 많은 도움을 주신 준호, 성근, 진을 포함한 동창들과 묵룡, 담덕, 비객, 바람, 정태, 드디어, 레이지, 유엔, 현린, 아리님들과 폭주 고양이 스네를 포함한 담비네 작가 식구들, f 월드의 소우주님을 포함한 라니안, 삼룡넷의 주인장 분들, 그리고 마지막으로 드래곤의 마법사 시절부터 응원을 아끼지 않으셨던 팜 노트의 달기님께 감사의 말씀을 드립니다.

　열혈공작 플로렌 많이 사랑해 주세요.

2004년 1월 14일 다케의 방에서

나의 이름은 플로렌. 정식 명 플로렌 폰 나이다르 이드리샤다.

대륙 강국 중 하나인 아멘 왕국. 그곳에서도 단 세 명밖에 존재하지 않는 공작 중 한 사람이지만 솔직히 난 공작이라고 하기엔 너무 초라했다.

영지의 크기는 비교할 수도 없고, 개인적으로 소유하고 있는 사병만 할지라도 다른 두 공작은 수만에 이르는 수를 거느릴 정도로 힘을 지니고 있는 데 반해 내 영지에는 삼십여 명이 고작이었으니 이들과 견줄 수 없음은 당연한 일이다.

영지에서 사병을 모집해 보고 싶어도 돈이 없거니와 내 영지 자체가 왕국에서도 악명 높은 불모의 땅인데다 전 영지의 주민을 합쳐 봤자 천 명밖에 되지 않으니 그들에게서 무엇을 바라겠는가?

또, 사병으로 쓸 젊은이들을 강제로 징병했다가는 손톱의 때만큼도 되지 않는 세금조차 받기 어려울 것이 당연하다. 그래도 귀족가에 사병이 없다는 것은 어불성설, 어떻게 모은다고 떠돌아다니던 뜨내기들을 감언으로 꼬셔 삼십 명의 사병을 만들 수 있었다.

하지만 용병으로 친다면 최하급이라 해도 과언이 아닌 자들인지라 다른 공작가의 개인 기사 한 사람을 이기지 못할 실력임은 어쩔 수 없는 일이었다.

뭐, 그래도 워낙 영지민의 숫자가 적다 보니 이 정도의 사병들로도 치안을 유지할 수는 있었기에 지금까지는 별 무리 없이 살고 있었다.

물론 본 가가 처음부터 이런 것은 아니었다. 한때는 아멘 제일의 무가로 무소불위의 권력가였다고 한다. 나의 고조부 때만 해도 아멘 제일의 곡창 지대라 불리는 말류샤 평원에 영지가 있어 해마다 많은 세금이 들어왔고 영지 자체의 사병들만 해도 이만을 넘어섰다 한다.

그러나 애석하게도 중앙 정계의 암투에 밀려난 후 그 좋던 영지마저 빼앗긴 본 가는 현재 내가 살고 있는 본국 북부의 불모의 땅으로 유배되듯 오게 되었다.

공작이라는 최고의 작위를 가진 가문이 사실상 몰락 귀족의 신세가 되어버린 것이다.

이 불모의 땅에서의 수입으로는 간신히 작위에 대한 품위를 유지할 순 있었지만 정계에 진출하기 위해 반드시 필요한 로비 자금이나 사교계 진출을 위한 자금으로는 한참 모자란 수준이었다.

그 때문에 시간이 지나면 지날수록 본 가는 점점 중앙 정계에서 멀어질 수밖에 없었고, 지금에 와서는 사소한 파티나 무도회 한번 열 수 없는 수준이다.

하지만 현재 본 가에는 오십여 명의 시종과 시녀들이 있다. 매년 수

확기에 거둬들인 세금으로 간신히 이들을 유지하고 있는 것이다.

사병보다 시종과 시녀들의 숫자가 더 많다는 것이 조금 이상할 수도 있겠지만 그렇다고 대공작가의 귀족이 하인을 오십여 명도 거느리지 않는다는 것은 더 말이 안 되는지라 다소 무리가 있음에도 유지하고 있는 것이다.

어찌 됐든 아멘 삼공작가의 하나인 이드리샤 가는 현재 반몰락 상태, 아마도 이런 상황이 더 지속된다면 내 대, 아니, 내 다음 대에서 본 가는 아멘의 귀족 명단에서 사라지게 될 것이 분명했다.

나로서도 이러한 가문을 살리고 싶은 마음이 왜 없겠는가? 하지만 인재도 없거니와 자금도 없는 상황에서 무슨 수로 중앙 정계의 강한 권력을 잡고 있는 두 공작가를 상대로 이드리샤 공작가를 일으켜 세울 수 있겠는가?

그 때문에 나의 의욕은 꺾일 수밖에 없었고, 스물두 살의 현재 그나마 공들여 하는 검술 연습을 제외하고는 한량 생활에 열을 올리고 있다.

평소라면 의욕없는 몸을 일으켜 영내를 순찰하는 시간이지만 오늘은 사정이 조금 다르다.

내 영지에서 농노의 딸이 결혼을 하기 때문이다.

그렇다고 많지도 않은 영지민에 그보다 적은 농노라 신경을 쓰느냐 하면 그런 것도 아니다. 내가 농노의 결혼에 눈을 돌리는 이유는 내가 가지고 있는 몇 안 되는 권리 중 하나를 행사하려 하기 위함일 뿐이다.

바로 초야권. 영지에 속한 농노가 결혼을 하게 되면 신부가 되는 여인은 영주와 첫날밤을 지내야 하는 왕국의 법률 때문이다.

　물론 과거에는 평민 역시 영지에 속한 자라 초야권에 해당되었지만 그것은 안타깝게도 이백 년 전에 사라지고 현재는 겨우 재산권에 속하는 농노들의 딸에 한해서만 초야권이 유지되고 있는 형편이다.

　물론 초야권에 대해 당시 원성이 높았다곤 하지만 사라지게 한 건 정말 바보 같은 짓이다. 천한 신분의 종자들을 고귀한 귀족의 몸으로 정화시켜 주는 것은 당연한 일이건만 그것에 약간의 반발이 있다고 거두다니, 당시의 국왕 폐하가 누구신진 모르겠지만 참으로 잘못된 판단이라 아니할 수 없다.

　또, 개인적으로 생각해 보면 한심하기도 하다. 대공작의 일인이 한낱 평민의 초야권조차 얻지 못하다니 이게 무슨 공작인가. 쳇!

　오늘 있던 공작가의 업무를 대충 마친 난 초야권을 행사하기 전 씻기 위해 욕실로 향했다.

　욕실에 도착한 내가 두 손을 양쪽으로 뻗자 대기하고 있던 시녀들이 다가와 옷을 벗겨주었고 난 뿌연 김이 올라오는 욕탕을 향해 걸음을 옮겼다.

　“휴우…….”

　뜨거운 물에 몸을 담그자 오늘 쌓였던 피로가 조금 풀리는 것을 느꼈다.

　잠시간 몸을 불린 내가 나오자 두 명의 시녀가 나의 몸을 닦아주었다. 보통의 귀족들이라면 지금 벌거벗은 시녀들이 온몸을 쓰다듬으며 함께 쾌락의 시간을 보낼 만한데, 난 가까이 있는 것을 탐하는 것은 사절하기로 했다.

　사실 탐해도 별 상관 없지만, 그것이 안타깝게도 2년 전에 돌아가신 아버지의 손을 거치지 않은 계집이 드물었기 때문이다.

돈없는 귀족이다 보니 외부에서 첩을 들인다는 것은 불가능했으니 당연한 일이었다.

하지만 어쩌랴, 아무리 계집이 급하다 할지라도 아버지의 손을 거친 계집을 안고 싶은 마음은 없었다.

몸을 닦고 밖으로 나온 나에게 간단한 옷을 시녀들이 입혀주었고, 잠시간 몸단장을 한 난 초야권을 행사하기 위해 방으로 걸음을 옮겼다.

방문 앞에 집사인 오딘이 서 있는 것을 보고 나는 이번 초야권에 해당되는 여인에 대해 물어보았다.

"이번 초야권에 해당하는 농노의 딸은 누구지?"

"알리샤라는 계집입니다."

"냄새 나지 않게 잘 씻겼겠지?"

"예."

나의 말에 오딘은 공손히 대답을 해주었다.

내가 알리샤란 계집을 잘 씻겼냐고 물은 이유는 과거 초야권의 첫 경험 때 농노 딸의 몸에서 풍기던 역한 냄새에 대한 기억 때문이다.

초야권의 첫 경험은 그야말로 고역, 그저 어린 나이에 여인의 몸에 대한 궁금증으로 간신히 치르기는 했지만 그 후론 초야권에 해당되는 여인들을 깨끗이 씻기는 걸 잊지 않았다.

얼마 남지도 않은 권한 중 하나인 초야권을 천한 것들의 고약한 냄새로 망치고 싶은 마음은 없기 때문이다.

방에 있는 의자에 앉아 잠시 홍차를 즐기고 있을 때 처음 보는 여인이 시녀들의 안내를 받으며 방으로 들어왔다.

그 여인이 이번 초야권에 해당되는 알리샤란 아이임을 알 수 있었다.

조용히 고개를 숙이고 있는 알리샤란 아이는 무엇이 그리도 슬픈지 눈에서 이슬 같은 눈물이 떨어지고 있었다.

나참, 천한 신분의 더러운 몸을 나의 고귀한 몸으로 정화시켜 주겠다는데 무엇이 그리 슬픈지, 아무튼 천한 것들이란…….

물론 이 정도로 권리를 포기하고 싶은 마음은 없다.

이것은 귀족으로서 정당한 권리였고, 저 계집은 농노로서 당연히 나에게 순결을 바쳐야 하기 때문이다.

“물러가라.”

“예.”

나의 말에 시녀와 집사는 물러가고 알리샤라는 계집만 남았다. 방에 나와 둘만 남게 되자 긴장한 듯 몸을 떨었기에 난 긴장도 풀어줄 겸 그녀를 보며 말했다.

“네가 알리샤냐?”

“…예.”

떨리는 목소리로 대답하는 그녀를 보며 그럭저럭 흡족한 마음이 들었다.

고개를 푹 숙이고 있는 터라 얼굴이 제대로 보이지 않았지만 윤기나는 붉은색의 긴 머릿결과 투명한 옷 때문에 살짝 비친 몸매는 농노의 계집치곤 상당히 일품이었기 때문이다.

천천히 찻잔을 내려놓은 난 다가가 손으로 그녀의 턱을 가볍게 잡고는 고개를 들어 올렸다.

잠시 후 슬픈 눈을 하고 있는 여인의 모습이 드러났다.

커다란 눈과 오뚝한 코, 탐스러운 붉은 입술의 아름다운 여인. 그것을 보며 난 입을 다물 수가 없었다. 알리샤란 여인은 내 영지, 아니, 왕국에서도 쉽게 찾을 수 없는 그런 미녀였기 때문이다.

"음……."

설마 농노의 딸이 이렇게 미인이리라곤 생각지도 못한 난 침음을 흘렸다.

이전 초야권을 행사한 여인은 농노 주제에 뭘 그리 많이 먹었는지 두툼한 뱃살이 족히 두세 움큼은 잡힐 듯한 그런 여인이었기 때문이다.

난 천천히 그녀의 허리에 손을 가져갔고, 손끝으로 그녀가 움찔하는 것을 느낄 수 있었다.

전과 달리 손에 느껴지는 그녀의 몸엔 전혀 군살 같은 것이 없어 난 흡족한 미소로 고개를 끄덕였다. 그리곤 천천히 허리를 쓰다듬으며 걸음을 옮겨 그녀의 뒷모습을 살펴보았는데 가는 허리 밑으로 보이는 통통한 엉덩이가 탐스럽기 그지없었다.

"괜찮군. 그래, 누구와 결혼하기로 되어 있었더냐?"

"세… 세우드… 숲의 농노 그리민스… 의 아들 시우타… 입니다."

그녀는 떨리는 음성으로 나에게 자신과 결혼할 남자의 이름을 말해주었다.

"시우타라……."

본 적이 있었다. 세우드 숲의 농노 그리민스는 그래도 농노 중에 조금 풍족한 삶을 살고 있는 녀석이다.

성에 나무를 공급하고 있는데 나무를 보는 눈이 좋은지 품질이 좋아 약간의 아량을 베풀어주었기 때문이다.

하지만 시우타란 녀석은 영지에서도 못생긴 것으로 유명한데다 어렸을 때 머리를 다쳤는지 생각하는 능력이 모자란 바보인지라 의아할 수밖에 없었다.

“시우타라면 바보 녀석이 아니냐?”

“…예.”

“이상하군. 너 정도의 미색이라면 충분히 더 나은 곳에 시집갈 수 있을 텐데?”

농노라 해도 어느 정도 사는 것엔 차이가 있었다. 젊은 남자가 있는 농노의 집에는 넓은 땅을 빌려주지만 노인과 여자뿐이 없는 집에는 많은 땅을 주지 않기 때문이다.

거기다 내 영지는 워낙 사람이 적기 때문에 농노에게도 다른 곳에 비해 세금을 적게 받고 있어 농노 주제에 평민보다 잘사는 놈들도 있었다.

“시우타보다는 차라리 대장간의 블로벤이나 푸줏간의 오샤르가 어울릴 것 같은데?”

“……”

하지만 나의 물음에 그녀는 아무 말도 없었다. 물론 그 녀석들과 안면이야 있겠지만 그렇다고 결혼할 정도는 아니었나 보다.

확실히 시우타가 바보이긴 했지만 일 하나는 잘하는지라 녀석에게 상당히 넓은 땅을 떼어주었었다. 하지만 그런 바보가 이런 미녀를 차지한다고 생각을 하니 조금 아까운 생각이 들었다.

‘확! 내가 먹어버릴까?’

초야권 행사 중에 여인을 자신의 첩으로 만드는 경우는 많이 있었다. 농노라는 것은 비교적 자유로운 신분을 가지고 있는 평민들과 달리 확실한 귀족의 소유이기 때문이다.

“벗어봐!”

“예?”

"벗으라고!"

벗으라는 나의 말에 조금 당황한 모습을 하였지만 이어진 노한 목소리에 떨리는 손을 들어 옷을 벗기 시작했다.

잠시 후 그녀의 나신이 나의 눈으로 들어왔다.

역시나 벗겨보니 옷을 입었을 때보다 더 아름다운 것 같다는 생각이 들었다. 아니, 마치 유명한 예술가의 조각상과 같은 몸매의 여인이었다.

초야권을 행사하여 한번 안고 끝내기에는 너무 아까운 몸인지라 미간을 찌푸릴 수밖에 없었다.

"너, 시우타 녀석이 좋냐?"

"예?"

"그 바보 녀석이 좋냐고."

두 번 이상 이야기하는 것이 귀찮기는 했지만 워낙 마음에 드는지라 넘어가 주기로 했다.

"…흑흑흑……."

싫은 모양이군. 뭐, 말이야 바른말이지, 어느 누가 바보 녀석에게 시집가고 싶어하겠는가?

"네 아비의 이름이 무엇이냐?"

"…아버지는 돌아가셨다 들었고 지금은 할아버지와 둘이서 살고 있습니다. 할아버지의 이름은 노드란이옵니다."

"노드란이라고 했지… 노드란이라……."

별로 되지 않는 수라 영지민들 거의 대부분을 알고 있던 나는 노드란에 대해서 곰곰이 생각해 보았다.

"아… 그 절름발이 농노가 노드란이었군. 음… 확실히 땅을 적게 내어주긴 했지…….”

제대로 일을 할 수도 없는 노인이라 영지의 땅을 적게 내어주었었다. 그 정도의 땅에 세금까지 떼이면 제대로 먹고살기도 어려웠을 테니 그 노인이 그리민스에게 돈을 빌렸다 해도 이상할 것은 없었다.

그래서 손녀를 어쩔 수 없이 시우타에게 보내게 됐겠지. 뭐, 녀석들에게 관심없는 나라 할지라도 그 정도의 추리는 할 수 있었다.

“좋아, 결정했다.”

내가 손뼉을 치며 말하자 그녀는 흠칫 놀라는 모습을 보였다. 어깨가 떨리는 것이 추워서인지 긴장해서인지, 아니면 둘 다인지 알 수는 없었지만 그것마저도 어여쁘게 보이고 있었다.

“넌 내 첩이다!”

“예?”

“시우타에게 빌린 돈 주고 널 확실히 내 것으로 하겠다고!”

“…흑흑흑…….”

나의 말에 잠시간 멍한 눈을 하고 있던 그녀는 울기 시작했다.

시우타란 바보 녀석에게 시집가지 않아 좋아서 우는 건지, 아니면 나의 첩이 되는 게 싫어 우는 건진 알 수 없었다.

솔직히 나의 얼굴이 잘생겼다고는 할 수 없다. 보통에서 약간 이하 정도라고나 할까? 그런 이유로 그런 생각이 들었던 것이다.

하지만 장담한다. 적어도 시우타란 녀석보다는 잘생겼다고 말이다.

“침대에 누워!”

울고 있는 그녀에게 화가 난 듯 소리쳤고, 그녀는 천천히 침대에 누웠다.

음… 초야권 행사하려다가 첩을 얻게 되었군. 뭐, 이나 저나 둘 다

나에게는 좋은 일이기에 부끄러운 듯 누워 있는 그녀에게 몸을 날렸다.

내가 발가벗고 있는 자신을 덮쳐 오자 그녀는 놀란 듯했지만 움직이지 않는 걸 보아 자신의 처지를 잘 알고 있는 듯하였다.

'이쁜 것… 흐흐흐…….'

예상외 소득에 기분 좋은 것이 모든 사람들의 공통적 모습이라면 난 그중에서도 가장 상위, 뭐랄까? 진흙탕 속에서 황금을 찾은 것 같은 그런 기분이 들었다.

워낙 영지민의 숫자가 적기 때문에 이쁜 것 발견하기가 쉽지 않은 것을 감안한다면 이건 대박 중의 대박인 것이다.

제 1 장

알리샤의 부친

"미천한 녀석! 절대로 못한다!"

"그렇다면 죽던지… 요!"

"크으윽……."

이것이 무슨 대화란 말인가? 삼 일 전까지만 해도 그리 좋지 못한 영지였지만 그런대로 영주로 잘살고 있던 나에게 이런 일이 생길 거라곤 상상도 못했다.

일이 이렇게 된 것은 모두 그 알리샤라는 빌어먹을 농노 계집 때문이었다.

초야권을 행사한 다음날 집사를 보내어 시우타 녀석에게 이년을 나의 첩으로 삼겠다고 전한 뒤에는 매일이 즐거울 수밖에 없었다.

생각해 보라. 제대로 된 여인 한 명 구경하기 어려운 협소한 영지에서 아멘 전국을 뒤져도 찾기 어려운 미인을 첩으로 들였으니 어찌 기분이 좋지 않겠는가?

그 때문에 난 언제나 나의 곁에 알리샤를 데리고 다녔고, 그런 그녀에게 최대한 지금의 생활에 적응할 수 있도록 도와주었다.

하지만 농노와 귀족이라는 신분의 차이 때문일까? 그녀가 성의 생활에 적응하지 못하는 모습이 역력해 가끔씩 짜증이 밀려오는 건 어쩔 수 없었다.

"뭐 해! 먹으라고!"

아침 식사를 하려는데 나의 앞에서 첩으로 삼은 알리샤가 음식을 앞에 두고 망설이는 모습을 보이자 난 미간을 찌푸리며 소리쳤다.

하지만 그녀는 나의 호통 속에서도 무엇을 어떻게 해야 하는지 알지 못했다. 자신의 앞에 놓여 있는 수많은 나이프와 포크 중 어느 것을 집어야 될지 망설이고 있었던 것이다.

"크윽……."

하긴 농노 신분이라면 간단한 스튜와 빵이 끼니의 전부일 테니 귀족들의 식사 예절이라는 것을 알 리 없었다.

눈앞에 음식이 있지만 나를 앞에 두고 농노 시절 때와 같이 아무렇게나 음식을 먹을 순 없을 테니 망설일밖에, 쩝…….

"잘 봐!"

할 수 없이 난 그녀에게 소리치고는 직접 시범을 보이며 농노 계집을 가르쳐야 하는 수고를 해야 했지만 역시나 이뻐서 봐줬다.

시범을 보이자 그제야 그녀는 어설프게 음식을 들기 시작했고, 난 그것에 만족한 미소를 지을 수 있었다.

하지만 식사 외에도 그녀에게는 많은 문제가 있었다.

성에서 일하는 시녀들에게 존대를 하는 것부터 해서, 이제 대공작의 첩으로서 조금 기품을 가져야 하건만 농노로 평생을 살아와 기품이 보이지 않는 것이다.

하지만 내가 누구인가? 대공작가의 하나인 이드리샤 공작가의 현 가주가 아닌가? 난 그녀가 실수를 할 때마다 조금 다그치기는 해도 착실하게 하나씩 하나씩 지도해 주었고, 시간이 지나면서 그녀 역시 조금씩 현재의 생활에 익숙해지기 시작했다.

그리고 점점 귀족가 여인으로서의 품위를 배워가는 그녀를 보며 난 만족할 수 있었는데, 이런 나의 기쁨에 초를 치는 일이 생기고 말았다.

그날 역시 난 나이프 질이 서툰 알리샤를 다그치며 직접 시범을 보여 자세하게 숙지시키고 있었다.

쾅!!

조금씩 배워가며 나아지는 그녀의 모습에 미소를 짓고 있었는데 난데없이 쾅! 하는 소리와 함께 식당의 문이 거칠게 열렸다.

"뭐 하는 짓이냐!"

누군지 모르지만 어떤 겁대가리없는 놈이 영주가 식사하고 있는 식당에서 큰 소리로 문을 열어 노기를 드러내며 소리쳤는데 문 앞에는 나타난 자는 내 성의 하인이 아니었다.

일 미터 팔십 정도의 키에 근육질 몸매를 지닌 중년 남자가 씻지도 않은 듯 지저분한 모습에 붉은 머리를 휘날리며 씩씩거리고 있었다.

그는 오른손에 브로드 소드 한 자루를 들고 있었는데 방금 전까지 싸움을 하고 왔는지 검날을 타고 붉은 피가 흘러내리고 있었다.

식당 안으로 들어온 그는 잠시 두리번거리더니 누군가를 확인하고는 큰 소리로 소리쳤다.

"알리샤!!"

"응?"

갑자기 정체를 알 수 없는 괴한이 새로 들여온 첩의 이름을 소리쳐 부르자 무슨 영문인지 알 수 없었는데 괴한의 얼굴을 본 그녀는 크게 놀란 표정을 하였다.

"아… 아빠?"

그리고 난 갑작스러운 그녀의 말에 놀라지 않을 수 없었다.

'아빠? 그럼 저 예의도 모르는 무뢰한이 내 첩의 부친이란 말인가?

죽었다고 알고 있었는데… 어쨌든 새로 들여온 첩의 부친이라 해도 감히 영주의 성에서 소란을 피우는 것은 묵과할 수 있는 일이 아니었다.

"뭐 하는 짓이냐! 감히 성에서 소란을 피우다니! 여봐라! 누구 없느냐!"

녀석의 행동에 노기가 치솟아오른 난 밖에 있을 사병들을 불렀지만 단 한 사람도 나타나지 않았고 오히려 알리샤의 아비란 자가 성난 모습으로 나에게 달려왔다.

"헉!"

미친 수소같이 달려드는 놈에게서 강한 살기가 느껴지는지라 조금 겁이 날 수밖에 없었다.

카가강!!

나에게 달려온 그는 손에 들려 있던 브로드 소드를 휘둘렀고, 난 간신히 몸을 날려 검을 피할 수 있었다. 그리고 그가 휘두른 검은 바닥과 충돌해 날카로운 소리를 내며 땅으로 박혀 들어갔다.

"무슨 짓이냐!"

"무슨 짓이긴! 널 죽이려고 한다, 이 개 같은 귀족 자식아!"

　놀란 내가 소리치자 그는 도리어 나에게 욕을 하며 바닥에 박힌 검을 뽑아 맹수와 같이 달려들었고, 이대로 죽을 순 없기에 난 녀석에게서 도망쳐야 했다.

　하지만 계속 도망 다닐 순 없는 노릇. 주위를 돌아본 난 근처에 장식으로 걸어놓은 롱 소드를 찾고는 그곳으로 달려가 검을 빼어 돌아섰다.

　"하찮은 농노 주제에 감히 영주에게 검을 휘두르다니! 살려두지 않겠다!"

　내 첩 알리샤의 아비라면 농노일 게 뻔한지라 녀석을 향해 노한 목소리로 소리친 후 검을 들고 놈에게 달려갔다.

　내가 이런 구석진 영지에서 힘도 없는 영주 노릇이나 하고 있다지만 아멘 제일의 무가였던 이드리샤 가문의 현 가주다. 눈물나긴 하지만 사병들이 워낙 못나다 보니 난 스스로 검을 익혀 작위를 지키고 있었다.

　어중이떠중이를 모아놓고 보니 언제 녀석들이 돈에 눈이 어두워 달려들지 몰라 그들을 압도할 만한 검술을 어쩔 수 없이 익혀야 했던 것이다.

　다행히 무가의 자손인 내 자질이 나쁘지는 않은지 열두 살 때부터 익힌 검술은 꽤 높아져 영내에 있는 사병 중 나를 당할 자는 없었다.

　하지만 이자의 검은 사병과 비교할 수준의 것이 아니었다.

　캉!!

　내가 달려가 검을 휘두르자 콧방귀를 뀌며 가볍게 막아버린 것이다.

　"흥! 귀족 나부랭이 주제에 검은 조금 배운 모양이다만 그 정도로는 어림도 없다!"

퍽!!

"끅!"

검을 막아선 그는 그대로 발을 들어 내 복부를 걷어찼고 난 신음을 지르며 퉁겨져 뒤로 쓰러지고 말았다.

'젠장!'

하지만 그대로 자빠져 있을 수는 없는지라 다시 일어나 자세를 잡았다.

단 한 번 검을 마주쳤을 뿐이지만 느껴지는 힘의 차이는 엄청났다.

어설프게 익힌 검으로 상대할 수 있는 자가 아닌 것이다. 또한 방금 전의 발길질로 난투에 대한 실전 경험이 상당히 있는 자임을 알 수 있었다.

과거에 영지로 여행을 와 나에게 검술을 가르쳐 준 유랑 검사와 알리사의 아버지라 생각되는 녀석에게선 같은 기운이 느껴지고 있었다. 숙련된 용병 특유의 기운이 말이다.

"내 딸의 신세를 망치게 한 네 녀석의 목을 베어주겠다!"

"훙!"

녀석은 말도 안 되는 소리를 지껄이며 나에게 검을 들고 쇄도해 들어왔다.

딸의 신세를 망쳐? 훙! 웃기는 소리였다.

오히려 내가 지 딸의 신세를 구제해 주었으면 주었지 망친 것은 아니기 때문이다. 내가 아니었으면 바보 시우타에게 시집갔을 것이 뻔한데 고마워하지는 못하고 감히 나를 죽이려 하다니! 으드득……!

"누가 네 딸의 신세를 망쳤다는 거야, 이 하찮은 농노 자식아! 으아아!"

녀석의 외침에 나도 고함으로 맞서고는 온 힘을 다해 검을 휘둘렀다.

카강!!

처음엔 상대의 힘을 과소평가해 발길질에 채였지만 지금은 녀석의 힘을 피부로 느끼고 최선을 다하고 있었기에 검이 충돌했음에도 심하게 밀리지는 않았다.

내 자랑인지는 모르지만 나 역시 한검술 한다고 생각한다. 스승인 유랑 검사와의 싸움에서 마지막엔 무승부를 이끌어냈기 때문이다.

물론 스승의 실력이 입증되진 않았지만 내 사병들을 십 분도 되지 않아 모두 쓰러뜨릴 정도의 실력이었고 스스로도 용병계에서 알아주는 검사였다고 말했었다.

그런 자와 무승부를 이뤘다는 것은 나도 용병계에서 한검술 한다는 것이 아닌가? 물론 나중에는 내 자신감을 위해 조금 봐주었다는 생각도 들긴 했지만 난 내 실력에 자신이 있었다.

"어느 정도 검을 다룰 줄은 아는 놈이다만 나에게는 안 되지!"

하지만 녀석은 이런 나의 검을 어렵지 않게 밀어붙였다. 녀석의 힘은 생각보다 엄청났기에 검은 점점 뒤로 밀려왔고, 이내 나의 얼굴 가까이로 다가왔다.

"크윽……."

십 센티미터만 더 내려오면 검이 나의 이마에 상처를 낼 것 같은지라 온 힘을 다해 밀어보려 했지만 괴물 같은 힘에 계속 밀리기만 했고 등줄기에선 식은땀이 흘러내리고 있었다.

'이렇게 죽는 것인가… 젠장!'

농노에게 죽임을 당할지도 모른다는 불안감이 밀려와 분통이 터질 수밖에 없었는데 그때 붉은 인영이 우리들의 곁으로 빠르게 다가오는 것을 볼 수 있었다.

"아빠! 안 돼요! 그분을 해하시면 안 돼요!"

"알리샤?!"

그에게 달려든 사람은 놀랍게도 내가 첩으로 받아들인 알리샤란 농노 계집이었다.

그녀가 자신의 허리를 잡고 소리치자 녀석은 나와 겨루던 것을 잊고 멍한 눈으로 딸을 바라보았다.

'흥! 나를 우습게 보는 것이냐!'

나로선 상대가 검을 겨루던 중 한눈을 팔자 조금 화가 났다. 귀족인 나를 모욕하고 있는 듯했기 때문이다.

"저리 꺼져! 이 미천한 계집아!"

"꺄악!"

화가 난 나는 참지 못하고 놈의 검을 퉁겨낸 후 녀석의 허리에 붙어 있던 알리샤의 어깨를 발로 차버렸고 그녀는 비명과 함께 뒤로 퉁겨지 듯 쓰러졌다.

"네 이 녀석! 죽여 버리겠다!"

자신의 딸이 발에 차이자 그는 분노한 목소리로 소리쳤다. 딸에게 한눈 파는 것을 내가 놓칠 리가 없었다.

"예의도 모르는 천한 놈!"

난 놈이 휘두르려고 하는 검을 내려쳐 한쪽으로 비껴 나가게 한 후 어깨로 놈의 가슴을 강타했다.

"끅!"

나의 숄더 차지에 충격을 받았는지 신음 소리와 함께 뒤로 두 발자국 정도 밀려났고, 난 그것을 놓치지 않고 녀석의 복부에 검을 내질렀다.

"죽어라!"

확실하게 녀석을 쓰러뜨릴 수 있다고 생각한 나였다. 하지만 생각보다 녀석의 실력이 뛰어났음은 잠시 후에 알 수 있었다.

챙!

"헉!"

놀랍게도 녀석의 복부를 향해 내지른 검은 그의 왼손에 잡혀 움직이지 않았다.

하지만 난 그가 내 일검을 막은 것보다 검을 잡은 체인 글로브에 눈이 가 있었다. 글로브에서 푸른 빛이 흐르고 있었기 때문이다.

"마법 글로브?"

푸른 빛을 낸다는 것은 바로 마나의 힘이 내재되어 있다는 것. 녀석의 글로브는 놀랍게도 웬만한 검사는 소유할 꿈도 꾸지 못한다는 마법 아티펙트였던 것이다.

"으드득!"

장식용 검이라곤 하지만 어느 정도 날이 있었는데 검날을 잡은 그의 글로브에는 흠집조차 나지 않아 상당히 뛰어난 장인이 만든 것이라는 걸 알 수 있었다.

내가 가진 영지의 돈, 아니, 땅을 모두 팔아도 살 수 없는 거금의 물품이 녀석에게 있단 것에서 놈의 정체가 단순한 농노나 용병이 아님을 알 수 있었다.

검날을 잡은 녀석은 내 턱을 향해 발길질을 했고, 난 강한 타격을 받아 그대로 뒤로 나자빠지고 말았다.

"끅!"

"이 자식! 맞아 죽는 것이 어떤 것인지 가르쳐 주겠다!"

딸을 발로 찬 때문인지 녀석은 검을 휘둘러 죽일 생각은 하지 않고 나의 온몸을 발로 짓밟기 시작해 난 고통 속에 신음할 수밖에 없었다.

"끄윽!! 끄악!"

처음에는 귀족의 체면도 있고 해서 눈을 부라리며 녀석에게 대들려고 했지만 힘에서 워낙 차이가 나는지라 제대로 반항도 할 수 없어 그저 짓밟히고만 있을 뿐이었다.

입과 코에서 피가 계속 흘러나오고 있음에도 녀석은 진짜 때려 죽일 생각인지 쉬지 않고 나를 발로 차고 짓밟았기에 정신을 못 차릴 정도였다.

"아빠! 안 돼요!"

잠시 후 녀석의 발길질이 멈추었다. 녀석에게로 또 알리샤가 뛰어가 말렸기 때문이다.

"무슨 소리냐! 녀석은 너를!"

딸의 행동에 녀석은 화가 나 나에게 삿대질하며 소리치고 있었지만 그럼에도 아랑곳없이 알리샤는 나를 때리던 그를 온 힘을 다해 잡고 늘어졌다.

그것을 보며 난 당장 일어나 녀석의 몸에 검을 박아 넣고 싶었지만 워낙 많이 맞았던지라 그런 생각은 오래가지 못했고 그대로 혼절하고 말았다.

정신을 차리고 보니 이마에는 젖은 수건이 놓여 있었고 온몸에서 참을 수 없는 고통이 밀려왔다.

"끄윽……."

엄습해 오는 고통에 나도 모르게 입에서 신음이 흘러나왔는데 그때 옆에서 청아한 목소리가 들려왔다.

"여… 영주님, 괘… 괜찮으신가요……."

고개를 돌려보니 알리샤가 나의 옆에서 안쓰러운 표정으로 말하고 있었다.

하지만 나로서는 그녀의 얼굴을 보니 혼절하기 전의 일이 생각나 참지 못하고 손을 들어 그녀의 뺨을 후려쳤다.

"빌어먹을 년!"

"까악!!"

따귀를 얻어맞은 그녀는 비명을 지르며 옆으로 쓰러졌고, 그때 또다시 나의 귀로 한 남자의 목소리가 들려왔다.

"이 자식이 아직도 정신을 못 차리고!"

퍽!!

"끄윽!!"

번쩍 하는 느낌과 함께 얼굴로 강한 통증이 밀려왔고 난 또다시 혼절하고 말았다. 그리고 희미해져 가는 의식 속에서 녀석의 모습을 확인할 수 있었다.

'빌어먹을…….'

더럽게도 알리샤란 년과 함께 녀석도 내 방에 있었던 것이다.

다시 일어났을 때는 창문에서 붉은 빛이 일렁이고 있었으니 아침 먹을 때 녀석에게 당했던 난 지금이 저녁이라는 것을 알 수 있었다.

“끄윽…….”

온몸에 고통을 느끼며 일어나 앉은 난 주위를 둘러보다 한 여인이 의자에 앉아 고개 숙여 나를 보고 있음을 알 수 있었다.

저녁의 붉은 석양과 함께 붉은 머리가 아름다운 계집. 바로 나의 첩 알리샤였다.

그녀의 얼굴을 확인한 난 놀라 사방을 두리번거렸고 다행히 녀석의 모습은 보이지 않았다.

“아버지… 는 제가 나가라고 했어요…….”

나의 모습에 그녀는 자신이 그 녀석을 내보냈다 말하고 있었으니, 녀석 생각이 나자 또다시 화가 치밀어 올랐다.

아무리 내가 작위만을 가지고 있는 힘없는 귀족이라지만 농노에게 얻어터졌다는 사실엔 화가 날 수밖에 없었던 것이다.

“빌어먹을… 끄윽…….”

난 화를 내며 일어서려다 통증이 격렬히 일어 자리에서 쓰러지고 말았는데 그것을 보며 알리샤는 놀라 나에게로 뛰어왔다.

“괘… 괜찮으신가요?”

“미친년! 너 같으면 괜찮겠냐!”

그녀의 말에 난 화가 나서 소리쳤고 알리샤는 더 이상 말을 잇지 못하고 고개를 숙였다.

그리고 잠시 후 흐느끼는 소리가 나의 귀로 들려왔다.

“흑흑흑… 죄송해요…….”

“젠장!”

저년의 울음소리를 들으니 화가 수그러드는 게 느껴졌다.

하찮은 농노 계집이긴 하지만 미색도 있고 심성도 꽤 쓸 만했기 때문이다.

울고 있는 그녀를 보며 잠시 할 말을 잃었던 난 잠시 후 녀석의 정체가 궁금해서 그녀를 보며 소리쳤다.

"그건 그렇고! 그놈은 뭐 하는 놈이냐! 네 아비 말이야!"

나의 말에 그녀는 울던 것을 멈추고 고개를 들어서는 나를 보며 말했다.

"십 년 전에 헤어진 저의 아버지세요. 돌아가신 줄 알았는데 이번에 아버지에게 들으니 어머니가 돌아가신 후 다시 용병 일을 하겠다고 떠나셨대요."

"용병?"

"예, 어머니와 결혼하기 전부터 아버지는 용병이셨거든요."

그녀의 말에 난 허무함을 느꼈다.

도대체 용병자식의 딸년이 왜 내 농노로 있는 거야!

"용병이라면 평민일 텐데 네가 왜 내 영지의 농노가 됐지?"

"그것이… 할아버지께서 전대의 영주님께 빌린 돈을 갚지 못해서……."

머리가 아파올 지경이었다.

도대체 아버지는 뭘 했기에 저런 것을 농노로 받아들였는지 절로 욕이 나왔다.

제대로 돈도 벌어놓지 못하고 산에서 늑대를 만나 뒈져 버린 주제에 자식놈을 이 꼴로 만들다니, 열불나서 말이 안 나온다.

그건 그렇고 용병이란 말에 조금 허무하다는 생각이 들었다.

어느 정도 검술에 자신이 있다고 생각한 나였는데 용병 하나를 상대하지 못하고 이 꼴이 되었기 때문이다.

한참을 그렇게 좌절감에 사로잡혀 있을 때 문 열리는 소리가 들려 고개를 돌려보니 알리샤의 아비라는 작자가 서 있었다.

"이 자식!"

녀석을 보자 가라앉았던 노기가 다시 치솟아올랐고, 자리를 박차고 일어선 나는 몸을 날려 검을 잡았다.

내가 누워 있던 곳이 내 거처였는지라 평상시 검술 훈련을 위해 사용하던 검이 있었다.

"흠! 그 정도로 맞고도 아직 멀쩡히 움직이는 것을 보니 어느 정도 수련은 된 놈이군."

하지만 나의 노기 어린 모습에 그는 전과 전혀 다른 모습을 취하고 있었는데, 그전에는 원수와 같이 행동했다면 지금은 마치 스승이 제자를 보는 듯한 모습이었다.

"잘난 척하지 마!"

하지만 당하고 있는 입장에서 저런 모습을 보니 더 화가 났고, 검을 뽑아 녀석을 향해 맹렬하게 돌진해 들어갔다.

"멍청한 녀석!"

그러나 나의 일격은 그가 피하며 옆으로 흘러 나갔는데 녀석은 자신의 검을 검집째 들어서는 나의 복부를 가격했다.

"커억!"

강한 통증이 밀려오며 난 그대로 무릎을 꿇고 말았고 입에서는 침이 흘러내렸다.

"홍! 목숨만 구걸하는 쓰레기 귀족보단 나은 듯하지만 제 분수도 모르고 덤비는 멍청한 짓은 여느 귀족 나부랭이와 다를 바 없군."

"크으… 네… 네 녀석, 죽여… 버리겠다!"

나를 향한 모독을 들으며 참을 수 없었던 난 검을 지팡이 삼아 겨우
자리에서 일어나 녀석을 향해 달려들려 했지만 힘이 완전히 빠져 버린
무릎이 꺾여 자리에서 쓰러지고 말았다.

"영주님!"

알리샤는 내가 재차 쓰러지자 놀라 나에게 달려와서는 몸을 부축하
려 했다.

"비켜! 빌어먹을 계집아!"

난 나의 옆에 붙어 있던 년을 손을 들어서 후려치려 했지만 그것조
차 마음대로 되지 않았다. 어느새 녀석의 손이 알리샤를 때리려던 나
의 팔을 잡고 있었기 때문이다.

"힘없는 여인을 괴롭히는 것은 남자가 할 짓이 아니다."

"내 계집이니 내 마음대로 하겠다!"

녀석의 말에 크게 소리치며 난 검을 들어 알리샤를 찌르려 했다. 하
지만 그것 역시 마음대로 이루어지지 않았다. 또 다른 손이 검을 막았
기 때문이다.

"돼먹지 못한 녀석!"

두 손이 막히자 나로서는 어찌할 수 없었고, 자신의 딸을 찌르려던
걸 막은 녀석은 노기 어린 표정으로 나에게 소리치고는 그대로 뒤로
머리를 젖히는가 싶더니 이내 내 얼굴을 향해 박치기를 했다.

퍽!!

"끄윽!!"

박치기로 얼굴을 강타당한 난 신음을 지르며 고개가 뒤로 젖혀졌고,
고통 속에서 뜨거운 기운이 입과 코에서 흘렀다.

"딸의 청 때문에 살려두려 했지만 네 녀석은 살려둬선 안 될 놈이

구나!!"

그 말과 함께 또다시 얼굴에 박치기를 날린 녀석은 발로 복부를 차서 나를 밀어낸 후 검을 들어 내려치려 했다.

"죽여라! 너 같은 천민에게 죽는 것이 억울하다만, 이런 치욕을 당하고 사느니 차라리 죽겠다!"

난 녀석을 보며 소리쳤다.

아무리 힘없는 귀족이지만 녀석 같은 천민에게 목숨을 구걸하고픈 마음도 없었고, 어차피 가진 것도 별로 없으니 사는 것에 대한 애착도 없었다.

"안 돼요, 아버지!"

하지만 이런 나와 달리 알리샤는 몸을 날려 검을 든 녀석에게 달려들어 나를 죽이려는 걸 막았다.

"저런 녀석은 죽여야 해! 날 말리지 말아라!"

"안 돼요, 아버지!"

알리샤는 나를 죽이겠다는 녀석에게 매달려 소리쳤으나 녀석은 딸의 말을 들을 생각이 없는 듯 매달려 있던 알리샤를 내친 후 나를 향해 다가왔다.

"죽여라!"

난 녀석을 보며 소리쳤고 그는 검을 들어 나의 목을 내려치려 했다.

재수없게도 천민의 손에 죽는구나 하는 생각이 들었지만 공작의 작위를 가지고 있는 당당한 귀족으로서 고개를 쳐들며 그의 눈을 노려보았다.

하지만 그의 검은 나에게 내려쳐지지 않았다.

"멈춰요! 안 그러면 죽어버리겠어요!"

우리들의 귀로 알리샤의 악에 받친 목소리가 들려왔다. 고개를 돌려 보니 알리샤가 내가 떨군 검을 목에다 가져가고 있어 녀석은 크게 놀란 표정을 지었다.

"알리샤!"

"영주님을 죽이겠다면 저도 따라 죽을 거예요!"

"알리샤! 무슨 소리냐… 검을 내려놓아라!"

당황한 녀석은 알리샤를 보며 떨리는 목소리로 말했지만 나에게 보여주었던 것과 달리 표독한 눈을 하고 있는 그녀는 아버지를 향해 소리쳤다.

"도대체 아버지가 해준 게 뭔데 영주님까지 죽이려고 하는 거예요!"

"알리샤……."

"흑흑… 아버지가… 아버지가 그렇게 떠난 이후로 내가 얼마나 외로웠는지 알아요!"

그녀의 악에 받친 외침에 녀석은 아무 말도 하지 못하고 있었다.

"아버지가… 꼭 오실 거라 믿고 살아왔는데… 흑흑흑……."

"미안하다… 알리샤……."

"영주님을 죽이지 말아요……. 영주님은… 아버지가 떠난 이후… 할아버지 말고는 제게 유일하게 잘해주신 분이란… 말이에요… 흑흑흑……."

그녀는 미안하단 아버지의 말에 검을 내려놓고 흐느끼는 목소리로 말했다.

친인 이후로 자신에게 잘 대해준 사람이 나라니, 황당할 뿐이었다.

나는 그저 이쁜 농노 계집이 있어서 첩으로 삼았던 것뿐인데 말이야. 당치도 않은 소리를 지껄이는 그년을 보며 난 참지 못하고 소리쳤다.

"이 빌어먹을 계집아! 당장 꺼져!"

"…여… 영주님……."

"너 같은 계집을 누가 첩으로 받아줄 것 같아! 썩 꺼져, 이 빌어먹을 계집아!"

"너, 이 자식!"

나의 말에 녀석은 고개를 돌려 노기 어린 눈으로 노려보았지만 그런 것에 기가 죽을 내가 아니었다.

힘을 다해 자리에서 일어난 난 녀석을 향해 고개를 쳐든 후 소리쳤다.

"난 아멘 왕국의 대귀족 플로렌 폰 나이다르 이드리샤 공작이다! 지금은 힘이 없어 이런 꼴이 되었지만 공작으로서의 자존심은 잃지 않았다! 한낱 농노 계집에게 의지하여 목숨을 구걸할 것 같은가? 하하하!"

녀석을 보며 당당하게 소리친 난 크게 웃음을 터뜨렸다.

물론 꼴이 말이 아니기는 했지만 삼공작의 일인으로서 녀석 같은 용병에게 비굴한 모습은 절대 보일 수가 없었다.

멍청한 행동이라 할지라도 귀족은 자신의 작위에 책임을 질 의무가 있었고, 난 공작의 작위에 자부심을 가지고 있었다.

누가 뭐라 할지라도 아멘 삼공작의 일인인 플로렌 폰 나이다르 이드리샤 공작이다.

나의 당당한 외침에 그는 조금 놀란 듯한 표정을 짓고 있었고, 알리샤는 한참을 그렇게 멍하니 있다 천천히 나의 검을 들어서는 나에게로 다가왔다.

그리고는 무릎을 꿇고 두 손으로 나에게 검을 들어 올리며 말했다.

“…이 미천한 계집이… 영주님… 의 명예에… 큰 누를… 끼칠 뻔했습니다…….”

그녀의 말에 난 알리샤라는 년이 조금 마음에 들었다. 농노라면 적어도 이 정도는 돼야지 농노인 법이다.

그녀가 건네주는 검을 받아 든 난 검을 들어 녀석을 향해 겨누며 말했다.

“하찮은 용병 주제에 딸 하나는 잘 키웠군! 아니지, 딸을 버려두고 돌아다닌 책임감없는 머저리이니 개천에서 용 난 격이로군.”

“네… 이놈!”

“흥! 스스로 죽을망정 너같이 하찮은 용병 따위의 검에 죽지는 않겠다!”

그 말과 함께 난 검을 거꾸로 들어서는 복부를 향해 온 힘을 다해 끌어당겼다.

난 대 아멘 왕국의 귀족, 천한 자의 손이 아닌 고귀한 자로서 스스로 목숨을 끊을 것이다.

하지만 애석하게도 이러한 나의 행위는 성공하지 못했다.

자결하려던 나의 손이 녀석의 손에 잡혔기 때문이다.

“놓지 못하겠느냐!”

죽음마저 방해하려는 녀석을 보며 난 노한 목소리로 소리쳤지만 녀석은 나의 손을 놓지 않았다.

한참을 그렇게 나의 손을 잡고 있던 녀석은 한숨을 쉬더니 중얼거렸다.

“휴… 이것이 진짜 귀족인가…….”

“흥! 내가 귀족이 아니면 무엇이겠느냐!”

"이 빌어먹을 녀석아! 죽이지 않을 테니까! 자살할 생각도 하지 말라고!"

나의 외침에 녀석도 화가 나는지 크게 소리를 질렀다. 나로선 방금 전까지 죽이려던 녀석이 하는 말에 황당함을 느꼈다.

"무슨 소리냐!"

"빌어먹을! 네 녀석이 여기서 죽으면 딸년도 따라 죽을 게 뻔한데 그것을 보고 있으란 말이냐!"

녀석이 나의 말에 소리 지르자 난 나의 앞에 무릎 꿇고 있는 알리샤를 보았다.

확실히 그녀의 얼굴에는 비장한 각오가 서려 있어 나 역시도 내가 죽으면 그녀가 따라 죽을 거라는 걸 짐작할 수 있었다.

정말 농노로서 이렇게 뛰어난 여인은 없을 것이다. 한참을 생각에 잠겼던 난 그녀를 보며 말했다.

"알리샤!"

"…예, 공작님."

"너의 주인에 대한 충심에 감동하지 않을 수 없구나. 창문 쪽 두 번째 서랍에 너의 농노 계약서가 있을 것이니 그것을 찾아 불사르도록 하거라."

"여… 영주님……."

"이제부터 넌 나의 농노가 아니라 평민이다! 그러니 나를 따라 죽을 생각은 하지도 말아라!"

"영주님! 흑흑흑……."

나의 말에 그녀는 눈물을 흘렸다. 감격의 눈물인 듯했다. 당연하지, 농노의 신분에서 해방시켜 주었으니 당연한 것이 아니겠는가.

그녀에게 그렇게 말한 난 나의 손을 잡고 있던 녀석을 보며 소리쳤다.

"이제 손을 놓아라! 이제 너의 딸은 자유의 몸이 되었으니 나의 명예로운 죽음을 방해하지 말아라!"

나의 말에 녀석은 놀라는 표정을 지었다.

"영주님, 아니 됩니다!"

녀석의 놀란 표정과 함께 나의 발을 잡으며 알리샤가 황급히 소리쳤다.

"무슨 소리냐! 넌 이제 자유의 몸! 더 이상 나의 농노가 아니다!"

"안 됩니다, 영주님……. 영주님이 자결하신다면 이 미천한 계집도 목숨을 끊겠습니다."

"이런 발칙한! 감히 나의 말을 거역하겠다는 말이냐!"

"흑흑흑… 그 말만은 이 미천한 계집도… 따를 수가 없습니다."

"네년이!"

평민으로 만들어주었더니 이젠 나의 말을 거역하는 걸 보며 화가 치밀어 오를 수밖에 없었다. 이 하찮은 부녀가 똑같이 나를 능멸하고 있다는 생각이 들었기 때문이다.

"저리 꺼지지 못하겠느냐!"

"흑흑! 영주님께서 자결하지 않겠다 약조하신다면 이 미천한 계집, 지옥 끝이라도 가라시면 가겠습니다."

"으드득……."

그녀의 말에 나로서는 비참함까지 느낄 수밖에 없었다.

답답함이 온몸을 휘감는 듯했지만 지금의 상황에서 죽지 못할 것은 뻔한 일이었고, 이런 농노 계집이 나를 따라 죽는 것도 마음에 들지 않

있다.

또 알리샤란 계집이 죽는 것이 왠지 싫었기 때문에 할 수 없이 고개를 저으며 말했다.

"알겠다. 내 말을 따르도록 하마."

"영주님, 감사합니다. 흑흑흑……."

나의 말에 그녀가 눈물을 펑펑 쏟으며 말하니 그제야 나의 손을 잡고 있던 녀석의 손도 떨어졌다.

지금이라도 당장 검으로 찔러 목숨을 끊을 수 있었지만 아멘 왕국의 공작인 내가 하찮은 자들에게 뱉은 약속을 어길 순 없기에 검을 뒤쪽으로 던지며 말했다.

"그래, 이제 나를 어찌할 생각인가!"

나는 나를 죽이려던 녀석을 향해 당당한 목소리로 소리쳤고, 그는 나의 말에 무슨 귀신이라도 만난 것과 같은 표정을 짓더니 고개를 저으며 말했다.

"모르겠다, 몰라! 내 전쟁터에서 많은 귀족들을 만나보았지만 네 녀석같이 뼛속까지 귀족인 놈은 이번이 처음이다."

"감히 본 공작에게 반말을 지껄이다니!"

녀석의 말에 난 화가 날 수밖에 없었다. 녀석이 감히 공작인 나에게 반말을 지껄이고 있었기 때문이다.

"젠장! 알겠습니다요! 공작 나리!"

"흥!"

뭐, 억양이 마음에 들지 않기는 했지만 존칭이 섞여 있는지라 콧방귀를 뀌며 조금 양보하기로 했다.

잠시간 방 안에는 정적이 감돌았다. 나나 녀석이나 그리 할 말이 없었기 때문이다. 그렇게 있다 보니 조금 시장한 감이 들었던 난 옆에서 무릎 꿇고 울고 있는 알리샤를 보며 말했다.

"시장하구나!"

"…예, 영주님!"

나의 말에 그녀는 흠칫하는가 싶더니 재빨리 대답을 하고는 밖으로 나갔고, 그 모습에 녀석은 황당하다는 표정으로 말했다.

"흥! 귀족 녀석도 배가 고픈 줄은 아는군!"

"작위가 밥을 먹여주더냐!"

그런 녀석의 말에 난 당당하게 말하고는 그의 옆을 지나 식당으로 향했다. 아침도 제대로 먹지 못하고 시달렸기 때문에 지금이라면 제일 싫어하는 닭이라도 십수 마리 먹어버릴 것 같은 기분이었다.

저녁을 먹은 난 피곤함에 다시 방으로 돌아와 간단히 목욕을 한 후 평민이 된 알리샤를 품에 안고 잠에 빠졌다.

너무나 피곤해 밤일도 제대로 할 수 없는 것이 조금 한이 되기는 했지만 시간은 충분할 정도로 많으니 그리 문제 될 것은 없었다.

"영주님… 아침이옵니다."

"음……."

그렇게 잠을 청한 내가 일어난 것은 창문으로 밝은 햇살이 들어오는 아침이었고 난 눈을 비비며 천천히 몸을 일으켰다.

어제 일로 상당한 고통이 밀려오고 있었지만 근면한 영주이기도 한 내가 이 정도의 고통으로 드러누울 수는 없는지라 힘을 다해 자리에서 일어나 손을 양쪽으로 들었고 그런 나에게 알리샤가 옷을 입혀주었다.

“오늘은 몸이 그리 좋지 않구나. 아침을 거르도록 하겠다.”

“예.”

나의 말에 공손히 대답하는 그녀를 보며 가볍게 엉덩이를 쓰다듬어 준 난 창문으로 걸음을 옮겼다.

아침의 차가운 공기를 마시며 시작하는 것이 나의 일과였기 때문이다.

테라스로 나와 두 손을 하늘로 뻗으며 차가운 공기를 폐 속 깊숙한 곳까지 끌어들이다 문득 고개를 내려다보니 이상한 것이 눈에 띄었다.

내 영지에는 기껏해야 여덟 마리의 말밖에 없었는데 내려다본 성 아래쪽에 족히 삼백여 마리는 됨 직한 말들이 눈에 들어왔기 때문이다.

“알리샤!”

“네, 영주님!”

“저 말들은 무엇이냐!”

나의 말에 테라스로 나온 알리샤는 잠시 그것을 보는가 싶더니 공손히 말했다.

“아버지와 부하들의 말입니다.”

“부하?”

“예, 아버지가 이곳에 오면서 삼백 명 정도의 용병들과 함께 왔다 들었습니다.”

“삼백 명? 음······.”

젠장! 용병 주제에 무슨 부하가 그리 많은지, 내 사병의 거의 열 배나 끌고 왔던 것이다. 이러니저러니 녀석에게 기분이 상하는 것은 어쩔 수 없었다.

"흥! 용병 따위가 부하들을 거느리고 있다니, 산적들과 진배없구나. 안 그러냐, 알리샤?"

"…그렇습니다."

나의 말은 그녀의 부친을 산적 따위로 취급하고 있었기에 제대로 대답을 못하리라 생각했는데 잠시 당황한 그녀였지만 공손하게 나의 말을 받아주었다.

"하하하! 귀여운 것!"

그런 알리샤가 나로서는 너무나 귀여울 수밖에 없었으니, 그녀를 가슴으로 끌어들여 힘주어 안아주었다.

"영주님……."

내가 안아주자 알리샤는 부끄러운 듯 얼굴이 붉게 변했다. 아침 햇살에 아름다운 여인의 미소가 함께 있자 천국과 다를 바 없다는 생각이 들었다.

하지만 이런 나의 기분을 망친 녀석이 있었으니, 바로 그녀의 부친이었다.

쿵!

그녀를 안고 있을 때 쿵! 하는 소리와 함께 문이 열리더니 녀석이 모습을 드러낸 것이다.

"네 이놈! 감히 영주의 방에 인기척도 없이 함부로 들어오다니! 역시 미천한 것들은 어쩔 수 없는 모양이구나!"

"뭐! 큭… 미안하게 됐다."

"어디서 반말을 지껄이느냐!"

"…요……."

나의 이어진 말에 끝에 존칭을 붙이는 그의 모습이 마음에 안 들기는 했지만 이쁜 알리샤를 보며 참기로 했다.

"뭐 하러 왔는가?"

"……."

"뭐 하러 왔느냐 했다."

녀석을 보며 난 공작답게 당당한 목소리로 연유를 물었는데, 그가 대답할 생각을 하지 않자 옆에 있던 알리샤가 조용히 말했다.

"영지의 일을 말씀드리려 하는 것입니다."

"영지의 일? 아! 그러고 보니 어제부터 집사가 보이지 않던데?"

오랜 시간 공작가를 보필한 집사의 모습이 보이지 않기에 난 그것에 대해 물었는데 나의 물음에 녀석은 크게 한숨을 내쉬며 말했다.

"죽었다."

"반말!"

"…요."

반말을 지적하기는 했지만 나로선 크게 놀랄 수밖에 없었다. 집사 오딘이 죽었다니, 예상하지 못한 일이었기 때문이다.

"집사가 죽었다니! 어찌 된 일이지?"

"…휴… 네 녀석이 내 딸을 강제로 끌고 갔다는 말을 듣고 내 부하들과 함께 이곳을 완전히 쓸어버리려 했다."

"……."

그 말을 들은 난 다음은 이야기하지 않아도 어찌 된 일인지 알 수 있었다. 녀석들은 공작가에 들어와 자신의 딸을 찾기 위해 내 사병을 비롯하여 이곳의 남자들을 모두 죽였을 것이다.

힘없는 공작이라 해도 공작가의 사람이 용병들에 의해 죽임을 당했다는 건 결코 밝혀져선 안 되는 일이기에 어찌 보면 당연한 일이라 할 수 있었다.

“알겠다. 남아 있는 사람은?”

“…여인들만…….”

“욕을 보였느냐?”

“부하들이 딸아이를 모르니 여자들에겐 손을 대지 말라 지시했다.”

“반말!”

“…요.”

확실히 예상이 맞아떨어지자 한숨밖에 나오지 않았다. 용병이 예절도 모르는 괴팍한 종자들이란 것은 알고 있었지만 공작가의 전부를 몰살시키려 할 정도로 무도하리라고는 생각지도 못했다.

“일단 나가지.”

나의 말에 녀석은 고개를 끄덕이곤 밖으로 나갔고, 알리샤는 공손하게 나의 겉옷을 가져와 주었다.

옷을 대충 입은 후 공작가의 집무실로 향하니 그곳에서는 먼저 밖으로 나간 녀석과 함께 로브를 입고 있는 한 남자가 서류를 살펴보고 있었다.

“흠… 그리고 보니 너의 이름을 물어보지 않았군.”

“레빈이라 한다. 그리고 이 사람은 나의 부하인 게리오스라 하지.”

“반말!”

“…요.”

게리오스라 불린 자는 후드를 뒤집어쓰고 있었지만 후드 사이로 살짝 드러난 초록색의 머리카락과 비스듬하게 비춰지는 얼굴은 근처에서 흔히 볼 수 없는 미남자의 모습이었다.

평균 이하인 나의 얼굴에 비한다면 상당히 잘난 놈이었지만 나의 관심은 그의 얼굴이 아니었다.

"마법사인가?"

"그렇습니다."

레빈과 달리 게리오스는 상당히 예의가 있는 인물인지 나의 물음에 공손히 답을 해주었다. 잘생긴 외모와 예의있는 말투 때문인지 역시나 마법사는 용병이라도 지식인이구나 하는 생각이 들었다.

또한 서류를 잡고 있는 두 손은 마치 여인의 손과 같이 유려한지라 고귀한 신분의 소유자라 할지라도 믿을 만한 모습이었다.

"본 가의 서류를 살피고 있는데 무슨 연유인가?"

문득 난 그가 왜 공작가의 서류를 살펴보고 있는지 의문이 들어 물어보았고, 게리오스는 내 앞에 세 장의 양피지를 건네주고는 말했다.

"공작가의 창고를 살펴보았는데 상당히 재정이 궁핍한 상태이더군요."

"재정이?"

"예, 아무리 이곳의 영지가 작다 하더라도 텅텅 비어 있다시피 한 것은 조금 이상하다 생각하여 살펴보았는데 재정을 담당하던 집사란 자가 상당한 돈을 빼돌렸단 사실을 알 수 있었습니다."

"그럴 리가?"

난 그의 말을 믿을 수가 없었다. 재정을 맡고 있던 집사 오딘은 삼대에 걸쳐 공작가에서 집사로 일한 가문의 사람으로 신용하고 있었기 때문이다.

하지만 게리오스가 나에게 건네준 양피지에는 집사 오딘이 빼돌린 돈과 식량이 자세히 쓰여 있었고, 그것을 모두 읽은 난 미간을 찌푸리고 말았다.

내가 재정에 관한 모든 것을 그에게 맡기고 있었다곤 하지만 바보는 아니었다. 서류에 나와 있는 수입과 남아 있는 재고의 차이가 숫자로 확연히 드러나는데 그것을 못 알아보겠는가.

"믿어지지 않는군."

"이 정도라면 이번 겨울을 무사히 날 수 있을지조차 의문입니다."

확실히 게리오스의 말대로 재정이 이 정도밖에 남아 있지 않다면 이번 겨울을 날 땔감조차 구하기 어려운 상황이었다.

"세금과 관련된 서류를 찾아주게."

내 말에 게리오스는 서류 더미를 뒤져 양피지 하나를 건네주었고, 그것에서는 농노에게 거두어들인 양곡과 함께 마을 사람들의 세금 액수가 적혀 있었다.

그리고 그 모든 것을 확인한 나는 화가 치밀어 오를 수밖에 없었다.

"이 빌어먹을 오딘 자식!"

내가 이런 것에 관심이 없다고 하더라도 세금을 어느 정도 걷어야 영지민들이 겨울을 무사히 날 수 있는지 정도는 알고 있었는데 건네받은 종이에는 터무니없을 정도로 많은 세금이 걷혀지고 있었다.

내가 직접 이런 업무에 참여한 것은 아니지만 영주로서 가져야 될 소양은 모두 익힌 사람, 영지 주민들의 삶이 풍요로워야 영지가 발전된다는 것쯤은 알고 있었다.

그런 이유로 다른 영주들의 세금을 알아보며 그것보다 낮은 세금을 매겨 나의 영지로 사람을 끌어들이고자 했는데 집사 녀석이 자신의 욕심을 채우기 위해 상당히 많은 양의 세금을 거두어 들였던 것이다.

"역시나 모르고 있었군."

레빈은 나의 말에 역시나라는 말과 함께 고개를 끄덕였고, 나로선 그의 말이 무슨 뜻인지 알 수 없어 물었다.

"무슨 소리지?"

나의 물음에 그는 할 수 없다는 표정을 지으며 말했다.

"영주의 성에 들어오기 전 사람을 보내어 살펴보았다. 이곳 영주가 어떤 자라는 것을 알아보기 위함이었지. 그런데 들어보니 상당한 악질이더군. 천 명도 되지 않는 영지의 주민에게서 상당히 많은 세금을 거두어 들이고 있어 굶어 죽는 이들까지 생길 정도라 하더군."

"…그런 이유로 공작가를 몰살하고 창고를 털려 했던 것이냐?"

"그렇다고 할 수 있지."

"반말!"

"…요……. 젠장!"

녀석은 나에게 존댓말 사용하는 것이 상당히 기분 나쁜지 화를 내며 책상을 발로 차는 모습을 보였지만 그냥 넘어가기로 했다.

하지만 암담한 현실에 한숨만 나오고 있었다. 확실히 내가 영지를 순찰하기는 하지만 그것은 의무적이라 생각하며 매일 정해진 곳을 다닐 뿐이었다.

집사 오딘은 이런 점을 이용하여 그런 곳을 제외한 다른 자들에게 많은 세금을 거두어 들이고 있었던 것이다.

서류를 살펴보니 이러다간 남아 있는 영지의 주민조차 겨울을 넘기지 못할 형편이었는데, 재정이 워낙 바닥이라 자칫 잘못하다가는 영지민이 아니라 나조차 굶어 죽을 수 있는지라 무슨 방법이 없을까 생각했지만 별다른 것을 찾을 수 없었다.

물론 영지민들의 남아 있는 식량을 강탈하면 나야 살 수 있겠지만 대공작의 작위를 지닌 나로선 나 살자고 굶어 죽을지도 모를 영지민들의 마지막 식량까지 빼앗을 수는 없었다.

"레빈, 나를 도와줄 수 있겠나?"

"도와줘?"

"지금 즉시 창고에 남아 있는 것을 영지의 주민들에게 나누어 주고 집사 오딘은 물론 그와 결탁한 자들에게서 재산을 몰수해 주게. 물론 녀석들에게도 겨울을 지낼 약간의 양곡 정도는 남겨두도록 하게."

"…그 녀석들을 살려줄 생각인가?"

"녀석들이 나를 기만했다 하나 영주로서의 불찰도 있다. 잘 키운 고양이라 생선을 앞에 두고 먹지 말라고 했던 격이지. 어쨌든 이제 얼마 지나지 않으면 겨울이 찾아들 터, 일단은 사람이 살고 보아야 하지 않겠는가."

나의 말에 레빈은 고개를 끄덕이고는 말했다.

"돼먹지 못한 귀족 나부랭이는 아니었군."

"반말!"

"젠장할! 요!"

녀석이 화를 내며 밖으로 나간 이후 난 집무실에 남아 서류를 살펴보았다. 그에게 창고를 비워 남은 것을 영지의 주민에게 나누어 주라곤 했지만 솔직히 그것으로 영지민들이 겨울을 나기에는 상당히 부족했다.

남아 있는 것이라곤 레빈이 몰수한 녀석들의 재산이었으나 그것 역시 크게 기대할 수 없다는 생각이 들었다.

그동안 부하를 아껴야 한다는 생각에 집사는 물론 사병들의 집에도 여러 번 들렀으나 그들이 사는 것은 다른 이와 비교하여 그렇게 부유

하지 않았기 때문이다.

그렇다면 분명 재산을 다른 곳으로 빼돌리고 있었다는 것인데…….

'휴… 미치겠군.'

"역시 답답하신 모양이군요."

내가 한숨을 쉬자 아직까지도 이곳에 있던 마법사 게리오스가 내가 영지의 사정이 좋지 않아 탄식하고 있다는 것을 눈치 채고 말한 것이다.

"설마 영지의 상태가 이 정도이리라고는 생각지도 못했군. 게리오스라 했나?"

"그렇습니다."

"만약 자네라면 이 일을 어찌 처리하겠는가?"

타인에게서 좋은 의견을 끌어내는 것도 영주의 자질 중 하나라 할 수 있었다. 아무리 뛰어난 영주라 하더라도 모든 것을 혼자 처리할 순 없는 일. 부하들의 생각을 끌어내어 그것을 백분 활용하는 것 역시 영주로서의 그릇이라 할 수 있다.

조금 귀찮은 생각에 집사에게 모든 일을 맡긴 나였지만 그렇다고 영주로서의 배움을 잊은 것은 아니었고, 마법사라는 부류가 뛰어난 지식을 가지고 있는 걸 알기에 그의 의견을 들어보고자 한 것이다.

"저의 부족한 소견을 말씀드리자면, 영지의 다른 수입원을 찾아보겠습니다."

"다른 수입원?"

"예, 솔직히 이 영지는 작물이 자라기에 그리 좋은 땅이 아닙니다."

그의 말대로 몇몇 곳을 제외한다면 산과 계곡으로 이루어져 있어 고개를 끄덕이며 수긍했다.

"하지만 땅이라는 것은 단순히 작물을 키우기 위해서만 존재하는 것이 아니니 찾아보면 영지의 재원이 될 것을 충분히 찾을 수 있으리라 생각합니다."

"음… 확실히 틀린 말은 아니군."

게리오스의 말에 조금 깨달은 바가 있었다.

솔직히 지금까지는 영지에 대한 관심이 없었기에 그저 농노나 소작농을 통해 작물만을 키워 그것으로 영지를 꾸려가는 것만 생각했지 다른 재원을 찾아 영지를 발전시키겠다는 생각은 해본 적이 없었기 때문이다.

공작의 작위를 가지고 있으나 중앙으로 진출할 가능성이 전혀 없었기에 그저 어느 정도 살 정도만 되면 되겠다는 생각으로 지금까지 영주 노릇을 해왔기 때문이다.

하지만 막상 다른 재원을 생각해 보았지만 그것이 하루아침에 되는 것이 아님을 알고 있었다.

당장 겨울을 나기도 힘든 판국에 어디서 돈을 마련할 수 있겠는가?

몇 가지 대안이 생각났지만 지금의 사정으로는 너무나 먼 대안인지라 암담함이 밀려왔는데 그런 나에게 게리오스는 미소 지으며 말했다.

"저희 단장님께 부탁해 보시지요."

"단장? 레빈 말인가?"

"예, 공작 각하께서 보시기에 하찮은 용병의 한 명일 수 있지만, 사실 셔면 왕국에서는 용병으로 크게 이름을 떨치고 계셨던 분으로 저희 용병단 역시 셔면 왕국에서 다섯 손가락 안에 들 정도입니다. 그 때문에 아직 상당한 돈이 용병단에 있어 영지의 모든 사람들이 어렵긴 하겠지만 겨울을 날 수는 있을 것입니다."

"음……."

생각지도 못한 일이었다.

물론 부하들이 많은 것은 알고 있었지만 설마 서면에서 다섯 손가락 안에 드는 용병단의 단장이라 누가 생각했겠는가?

그러나 그것을 알았다 해도 녀석에게 돈을 꿀 순 없는 일이었다.

굶어 죽을망정 용병 나부랭이에게 돈을 꾸고 싶은 생각은 없었기 때문이다.

"거절한다."

"그러실 줄 알았습니다. 하지만 생각을 바꾸어보시지요."

"생각을?"

"예, 분명 저희 단장께서 평민이긴 하지만 마음만 먹는다면 작위 정도는 충분히 얻어낼 수 있는 분입니다. 또, 제가 알기로는 단장님의 따님인 알리샤 아가씨가 공작 각하의 품에 계시지 않습니까? 다르게 말하면 단장님은 공작 각하의 장인이라 할 수도 있으니 돈을 꾼다는 것이 그리 명예에 손상이 가는 일은 아닐 것입니다."

"…거절한다."

확실히 그의 말이 틀린 것은 아니지만 대공작인 내가 첩의 부친에게 돈을 꾼다는 것은 있을 수 없는 일이었다.

나의 작위가 남작 정도라면 모를까 공작의 자리에 있으면서 첩의 부친이라는 이유로 천한 용병에게 돈을 꾼다면 그것은 작위에 먹칠을 하는 것이나 다름없기 때문이다.

"휴……."

재차 거절하는 나의 말에 게리오스 역시 답답한지 한숨을 내쉬었는데, 그런 나의 모습을 보며 알리샤는 무엇인가를 곰곰이 생각하는 듯한 표정을 짓고 있었다.

나로선 그녀가 무엇을 생각하는지 궁금하기는 했지만 한낱 여인의 생각까지 들추고 싶은 생각은 없기에 고개를 젓고는 자리에서 일어났다.

이곳에 앉아 있어봤자 별다른 방법도 떠오르지 않을 뿐 아니라 영지의 돈을 빼돌린 자들의 결과가 나오기 전까지는 어떠한 일도 할 수가 없었기 때문이다.

"알리샤, 외출하겠다."

"아! 예, 준비하겠습니다."

보통 이런 일은 나의 시중을 드는 시녀가 하는 것이 보통이지만 웬일인지 근처에 보이는 년이 없는지라 할 수 없이 첩에게 시킬 수밖에 없었다.

물론 알리샤는 나의 말에 공손히 따르고 있었지만 왜인지 서열상 그녀가 이런 일을 하는 것이 마음에 들지 않았다.

도대체 이 잡년들은 다 어디 있는 거야?

이런저런 생각을 하며 방으로 돌아오니 알리샤가 이미 나의 옷을 준비해 놓고 있어 흡족한 마음이 들었다.

농노 출신이 아니라 귀족 계집만 되었어도 내 정부인이 되었을 텐데 조금 아깝다는 생각이 들었다.

"수고가 많구나."

"아!"

내가 엉덩이를 쓰다듬어 주자 알리샤는 부끄러운 듯 얼굴을 붉히며 고개를 돌렸다.

　물론 나의 행동을 거부하지는 않았지만 새빨개진 볼을 보니 그렇게 사랑스러울 수가 없었다. 마음 같아서는 다시 한 번 밤일을 하고 싶었지만 공작의 작위를 가지고 있는 내가 성욕의 노예가 되고 싶진 않았다.

　작위에는 그만큼의 책임이 따르는 법. 버러지같이 성욕만 밝히는 하찮은 귀족들과 같은 부류로 내몰리는 것은 싫었다.

　그러자 문득 알리샤가 과연 내 첩으로서의 자격이 있나 하는 생각이 들었다.

　물론 첩쯤이야 그저 미색만 뛰어나면 충분하긴 하지만 내가 누구인가? 왕국 세 공작 중 한 명으로 큰 권력과 영지만 가지고 있었다면 공국으로 하나의 나라를 세울 자격이 있는 사람이었기에 첩 또한 어느 정도 학식과 품위를 갖추어야 한다고 생각했다.

　"알리샤."

　"예, 영주님."

　"문맹은 아니겠지?"

　"어줍지 않지만 대륙 공용어 외에도 룬 어와 고대어를 약간 알고 있습니다."

　"응? 룬 어와 고대어?"

　예상 밖의 그녀의 말에 나로선 조금 놀랄 수밖에 없었다. 룬 어라면 대륙의 마법사들이 마법을 사용하기 위하여 사용하는 특수 언어였고, 고대어란 고대 마도 제국의 언어를 말하고 있었기 때문이다.

　룬 어야 마법사나 학자들이 많이 알고 있긴 했지만 일반 평민, 그것도 농노가 알고 있으리라는 것은 생각지도 못할 일이었고, 고대어는 그들 중에서도 소수에 속한 자만이 알고 있는 희귀 언어였다.

"놀랍구나. 그런 것을 어디서 배웠지?"

"말씀드리기 황송하오나 과거 저희 집안이 마법사 가문이었는지라 약간의 책이 남아 있어 그것을 보고 익힐 수 있었습니다."

"음……."

그녀의 말에 난 침음을 흘렸다.

그저 농노라고 생각했던 그녀가 마법사 가문의 사람이었으리라고는 생각지도 못했기 때문이다.

더구나 몰락한 마법사 가문이기는 하나 한 권에 수만 골드를 넘어서는 고대어 책까지 가지고 있다는 것은 상당히 명성있는 마법사 가문이었음을 뜻한다.

하지만 그 말을 듣고 난 또 한 번 의문을 느낄 수밖에 없었다. 그런 책을 가지고 있으면서 왜 팔지 않고 바보 농노 녀석에게 시집을 갈 뻔 했냐는 것이다.

마음만 먹으면 농노에서 벗어날 수 있는 돈까지 얻을 수 있음에도 말이다.

하지만 난 더 이상 그것을 캐묻지 않았다. 물론 궁금하기는 했지만 왠지 그녀의 모든 것을 알면 후회할 것 같다는 생각이 들었기 때문이다.

"너도 옷을 갈아입어라. 같이 외출하도록 하자꾸나."

"예, 영주님."

알리샤는 나의 첩인만큼 시녀들이나 입는 옷을 입힐 수 없기에 죽은 어머니의 유품을 주었었다.

다행히 유품이 들어 있던 상자는 과거 공작가가 성세를 이루고 있을 때 가지고 있던 것이라 보존 마법이 걸려 있었다.

그것을 보니 조금 우스운 생각이 들었다. 마법이 걸린 물품은 그것이 무엇이냐를 떠나서 상당한 고가의 물품이었다.

그런 것이 죽은 자의 유품을 담기 위해 구석에 처박혀 있다니 어찌 헛웃음이 나오지 않겠는가?

어쨌든 알리샤가 간단히 옷을 챙겨 입자 그녀와 함께 복도를 나섰다.

출구에 도착하자 복도에 삼십여 명의 용병들이 잡배들과 같은 모습으로 여기저기 모여 있는 것을 볼 수 있었다.

나의 성에 이러한 자들이 있는 것이 마음에 들지 않았기에 그들 중 가장 덩치가 큰 녀석의 앞으로 걸음을 옮겼다.

용병 녀석은 갑자기 내가 자신의 앞으로 다가오자 조금 놀라는 표정을 지었지만 지금의 상태를 인식했는지 성의 기둥에 등을 기댄 자세로 나를 보며 퉁명스럽게 말했다.

"무슨 볼일이라도 있수, 공작 나리?"

이미 이 성에 남아 있는 남자들 중 용병들을 제외하면 나 외에는 없을뿐더러 화려한 복장을 하고 있었던지라 그는 내가 공작이라는 것을 알아챈 듯했다.

하지만 자신들이 이미 이 성을 차지했다고 생각하는지 나의 앞에서도 건방진 자세를 보이고 있어 미간이 찌푸려질 수밖에 없었다.

"너희 동료들을 데리고 당장 밖으로 꺼져라!"

"응? 잘 못 들었는데?"

"꺼지라 했다!"

"뭐라? 크하하하하!"

나의 말에 그 녀석은 무엇이 그리 웃긴지 대소를 터뜨렸고, 그와 함께 그의 주위에 있던 용병들도 웃음을 터뜨렸다.

마치 나를 조롱하는 듯한 웃음이기에 기분이 좋을 리가 없었다.

"어이! 공작 나리! 지금 자신의 처지가 어떤지는 알고나 계시유?"

녀석이 얼굴을 일그러뜨리며 나에게 협박 어린 말을 퍼부었기에 나로선 점점 노기가 치솟아올랐다.

성이 습격당하여 이 꼴이 된 것도 억울한데 한낱 용병 나부랭이가 감히 대공작인 나를 협박한다는 것이 마음에 들지 않았기 때문이다.

"잘 알고 있다! 이 하찮은 자식아!"

난 참지 못하고 오른발을 들어서는 녀석의 턱을 그대로 올려 찼다.

"끄억!!"

갑자기 턱을 얻어맞은 녀석은 신음을 내지르며 그대로 나자빠졌고, 그 모습에 다른 용병들은 놀란 표정으로 자리에서 일어났다.

"끄으윽… 이 빌어먹을 귀족 나부랭이가!"

발길질에 당한 용병은 손으로 턱을 쓰다듬으며 나를 노려보았지만 그런 것을 용납해 줄 생각은 없었다.

난 녀석에게 달려가서는 발을 들어 그대로 녀석의 안면을 후려갈겼고 녀석은 또다시 비명을 지르며 뒤로 뒹굴듯이 떨구어졌다.

그 모습에 다른 용병들은 자신의 병기를 들고 나를 향해 다가오기 시작했다.

"오늘 귀족 녀석의 피 좀 봐야겠군!"

"지 처지도 모르고 날뛰는 녀석 같으니!"

"영… 영주님!"

삼십여 명의 용병들이 나를 향해 병장기를 들고 다가오자 뒤에 있던 알리샤는 겁에 질린 표정이 되어버렸다.

이자들의 실력도 모르는 상태에서 조금 무모한 짓을 저지른 것이 아닐까 하는 생각이 들긴 했지만 무모하다 하더라도 명예를 위해선 싸워야 하는 것이 귀족이다.

난 허리에 걸려 있던 롱 소드를 검집째 들어 뽑고는 알리샤를 보며 말했다.

"알리샤, 물러서라! 내가 이 예의도 모르는 하찮은 용병 녀석들의 교육 좀 시켜야 할 듯하구나!"

"영주님!"

이런 나의 말에도 알리샤는 말 들을 생각을 하지 않고 있었다.

"비켜! 싸움에 방해가 된다!"

하지만 그녀가 계속 내 옆에 붙어 있다면 싸움에 방해가 되기 때문에 손을 들어 그녀를 뒤로 밀어버린 후 나에게 다가오는 용병들을 향해 몸을 날렸다.

"죽여라!"

녀석들은 내가 달려들자 한꺼번에 몰려들기 시작했다.

솔직히 이들을 상대로 승리할 수 있단 자신감 따위는 없었다. 그저 내 성을 더럽히고 있다는 것에 기분이 좋지 않아 싸우고 있는 것이다.

"멈춰!"

"끄아악!"

하지만 마음먹은 대로 되는 일이 하나도 없는지 난 누군가에게 발목을 잡혔고, 강한 힘이 나를 끌어당기는가 싶더니 이내 던져지며 한쪽 벽에 나뒹굴어지고 말았다.

"크윽!!"

"영주님!"

내가 넘어지자 알리샤는 놀란 표정으로 뛰어왔다.

다행히 험하게 부딪치기는 했지만 조금 쑤신 정도이기에 자리에서 일어나 나를 던져 버린 녀석을 노려보았다.

"이 개자식은 내 손으로 해치운다! 다른 놈들은 빠져!"

녀석은 나를 조롱하다 발길질을 당하고 쓰러졌던 녀석인데 어느새 정신을 차리고 나를 집어 던졌던 것이다.

맞은 것에 상당히 열이 받았는지 녀석은 다른 용병들을 제지하고 기둥에 세워놓았던 검을 뽑아 들었는데 그의 손에 들려 있는 검은 웬만한 장사가 아니라면 들고 있는 것조차 힘들 것 같은 투 핸드 소드였다.

보통의 투 핸드 소드와 비교해 두 배는 더 폭이 넓은 그 검은 차라리 쇠몽둥이라 보는 것이 옳을 듯했는데 녀석은 그런 검을 손에 들고 있음에도 전혀 무겁지 않은 듯했다.

그에 비해 내가 들고 있는 것은 평범한 롱 소드에 불과했고 질 또한 그리 좋다고는 할 수 없었기에 단 일검이라도 마주친다면 두 동강이 날 것은 뻔한 일이었다.

하지만 저런 거검을 상대로 정면 대결을 할 바보는 아니기에 천천히 그의 몸놀림도 살펴볼 겸 롱 소드를 들고 녀석의 앞으로 몸을 날렸다.

휘이잉!!

내가 앞으로 나서자 공기 가르는 소리가 크게 울리며 거검이 나의 머리를 향해 내리꽂히듯 밀려들어 왔지만 이미 예상하고 있었기에 발을 박차고 뒤로 물러나 검을 피했다.

"끄아아!!"

끼이이익!!

하지만 녀석은 상당한 실전을 경험했는지 자신의 일검이 실패하자 땅에 내리꽂힌 검을 그대로 앞으로 밀며 나를 향해 밀고 들어왔다.

바닥에 검이 끌리며 듣기 싫은 소리가 길게 늘어졌지만 난 귀를 막을 수 없었다. 거대한 검이 다리 사이로 들어갔다가는 괴력의 소유자인 녀석이 그대로 검을 위로 쳐올려 나의 몸을 두 동강 내버릴 것 같았기 때문이다.

그 때문에 난 녀석의 검의 움직임을 뚫어지게 보다 급히 오른발을 축으로 몸을 회전시켜 밀려오는 녀석의 검에서 벗어나며 허리를 향해 검을 휘둘렀다.

카가강!!

하지만 워낙 검의 길이에서 차이가 나 내가 휘두른 검은 녀석이 급히 왼쪽 어깨로 손을 올리며 막은 거검과 충돌했고 검의 무게에 나의 몸은 옆으로 팅겨지듯 밀려났다.

단순히 힘으로만 겨룬다면 녀석을 이길 확률은 거의 전무했지만 난 내가 질 것이라고는 생각하지 않았다.

워낙 큰 덩치 덕에 힘은 강할지 몰라도 스피드는 느렸기 때문이다. 또한 녀석의 검은 투 핸드 소드. 거리가 있다면 그가 유리하겠지만 빠른 스피드로 품 안으로 뛰어들어 간다면 녀석의 검에 당하지는 않으리라 생각했다.

그런 이유로 난 녀석이 검을 들어 올리기를 기다리고 있었지만 방금 전의 한 수로 녀석은 스피드가 빠른 나에게 검을 들어 올릴 시 크나큰 약점을 노출시키는 것임을 아는지 검을 올리지 않고 있었다.

더구나 녀석의 검을 피해 옆으로 돌아 공격하려 한다면 녀석은 우상단베기나 좌상단베기를 사용하여 나를 공격할 것은 뻔한 일이었다.

검을 직선으로 올려 베는 것보다 훨씬 힘이 덜 들 것은 분명했기에 검속 또한 평상시와 그리 큰 차이가 나지 않을 것은 분명했다.

그렇다고 한다면 내가 공격할 곳은 녀석의 정면뿐이다.

하찮은 용병 나부랭이를 상대로 시간을 끌고 싶지 않았던 난 천천히 자세를 잡았고 녀석 역시 내가 공격해 들어올 것을 예상했는지 이마에 서는 땀방울이 흘러내리고 있었다.

'기회다!'

이마에서 흐르는 땀은 천천히 아래로 흘러가기 시작했고, 잠시 후 녀석의 왼쪽 눈에 닿아가고 있었다.

그리고 소금기가 섞여 있는 땀방울에 무의식적으로 눈을 깜빡이는 걸 보며 녀석을 향해 몸을 날렸다.

"하압!!"

영지로 왔던 유랑 검사 스승에게 배운 것이 있다면 그것은 바로 상 대와 겨룸에 한순간의 틈도 놓치지 말라는 것이었다.

스승과 처음으로 검을 겨룰 때 난 어이없이 패할 수밖에 없었는데, 그 이유는 집중력을 기르지 못해 바람에 날린 낙엽에도 집중력이 흐트 러졌기 때문이다.

그 이후로 난 최대한 집중력 쌓는 훈련을 했고, 그 이후로 어떠한 외 부의 움직임에도 흐트러지지 않는 부동심을 얻을 수 있었다.

서로의 실력이 비슷한 시점에서 집중력이란 것은 싸움의 승패를 나 눌 만큼 큰 비중을 차지하는 것이고, 지금 이 순간 난 집중력 하나에서 만큼은 그보다 한 단계 위의 실력을 지니고 있었다.

그에게는 잠시 눈을 깜빡거린 것에 지나지 않을지 모르지만 그것은 승패를 좌지우지할 수 있는 크나큰 시간이었다.

내가 몸을 날리자 녀석은 검을 위로 올리며 나를 베어버리려 했지만 이미 한 발자국 앞서 있던 나는 녀석이 땅으로 내려놓은 검의 손잡이와 최대한 가까운 부분을 밟고 뛰어올랐기에 그의 검을 막는 데 성공했다.

"흥!"

그리고 몸을 날린 난 그의 어깨를 짚고 등 뒤로 돌아서서는 녀석의 목덜미에 롱 소드의 옆 날을 가져갈 수 있었다.

완벽한 승리. 감히 용병 주제에 이미 검술로도 귀족의 작위에 부끄럽지 않은 수준에 오른 나를 상대하는 것은 도마뱀이 드래곤에게 덤비는 것과 다를 바 없는 행위였던 것이다.

"크윽!"

내 검이 목덜미에 닿자 그의 안색은 시뻘겋게 변했지만 지금 이 순간 패배를 되돌릴 수 있는 수단이 없다는 것을 알기에 잠시 후 천천히 입을 열었다.

"…내가… 졌다."

"하찮은 용병 나부랭이 주제에 감히 대공작인 나에게 반말을 지껄이느냐!"

"…제가 졌습니다."

승부의 세계에서 패자는 당연히 승자에게 복종해야 한다. 고귀한 자의 신분으로 하찮은 농노와 정당한 대결에서 패했다 하더라도, 그와의 신분 차이는 변하지 않을지라도 스스로의 패배는 시인해야 하는 것이다.

신분에는 그만큼의 제약이 존재하고 그것을 이행하지 않는다면 그 자는 신분에 대한 자격이 없다. 그것이 바로 귀족으로서의 나의 신념이었다.

　물론 이러한 것이 죽음을 앞에 두고 있다 할지라도 불의한 일에 결코 굴복하지 않는 나를 만들었다.

　그렇기에 용병의 세계에 대해서는 잘 모르지만 약육강식의 생존 법칙이 강하게 작용하는 그들이라면 정당한 대결의 승패에 대해서는 복종할 것이라 생각했다.

　물론 내 앞에 있는 자를 죽일 수도 있었지만 만약 그렇게 된다면 그저 녀석을 죽일 뿐이요 아랫것들에 대한 나의 명예를 살리지는 못할 것이다.

　동료의 죽음은 어리석은 자들에게는 정당한 승패마저 잊게 하기에 충분하기 때문이다. 하지만 내가 정당한 대결로 이자에게 패배를 받아 낸다면 바보 녀석들이라도 나의 승리를 인정할 수밖에 없으리라는 것을 알기에 이자의 목숨을 살려준 것이다.

　짝짝짝!

　"대단하십니다, 공작 각하!"

　승패가 완전히 귀결되었을 때 박수 소리와 함께 누군가의 목소리가 들려왔고, 고개를 돌리자 그곳에는 마법사인 게리오스가 있었다.

　"흥! 당연하지 않은가!"

　게리오스의 말에 콧방귀를 뀌며 말한 난 녀석의 목에 겨누고 있던 롱 소드를 집어넣고는 천천히 걸음을 옮겼다.

　나와 싸운 녀석이 이곳에 있는 자들 중 가장 강한 녀석이라는 것을 눈치 채고 있기에 이제 대결 전과 같이 내 영지에서 품위없는 짓은 하지 않으리라 생각했다.

　"아! 공작님, 레빈님에게서 연락이 왔습니다."

“레빈에게서?”

“예, 이 성의 집사라는 자의 집과 관련된 녀석들의 가족들을 협박해 보니 이번 일에 다른 귀족이 관련이 되어 있다 하더군요.”

“다른 귀족이라면?”

“예, 이곳 영지와 닿아 있는 아메로스 남작이 집사 녀석과 밀통을 주고받았다 합니다.”

게리오스의 말에 난 미간을 찌푸릴 수밖에 없었다.

감히 남작 같은 녀석이 대공작인 내 영지의 집사를 이용해 먹었다는 것이 마음에 들지 않았기 때문이다.

“레빈은 언제 돌아온다고 하는가?”

“사람을 보내었으니 늦어도 이십 분 정도 후면 도착할 것입니다.”

“그렇다면 돌아온 후에 내 방으로 오라 전하게.”

“알겠습니다.”

나의 말에 공손히 대답하는 게리오스란 녀석을 보며 이 녀석이 나의 부하였으면 하는 생각이 들었다.

마법사란 족속은 그 숫자는 그리 많지 않았지만 모든 면에서 상당히 쓸 만한 존재였기 때문이다.

게리오스의 보고에 밖으로 나가기보다 레빈에게서 자세한 이야기를 듣는 것이 좋겠다고 생각한 난 옆에 있는 알리샤에게 눈치를 준 후 방으로 걸음을 옮겼다.

다시 옷을 갈아입고 집무실로 들어가자 게리오스가 안에서 서류를 살펴보고 있는 것을 볼 수 있었다.

그는 내가 안으로 들어오자 고개를 돌려 공손히 인사하고는 말했다.

"재밌었습니다. 레빈님에 이어 저희 용병단에서는 두 번째 실력자라고 할 수 있는 케넬스를 이기다니 말입니다."

"대공작의 신분이라면 검술 정도는 익혀야 하니까."

"그것이 용병의 검술이란 것이 조금 이상하긴 하지만 말입니다."

"용병의 검술?"

그의 말에 난 이해를 할 수가 없었다. 내가 배운 검술은 책으로 익히기는 했지만 기사단의 정식 교본을 통해 익힌 검술이기 때문이다.

"물론 검 자체는 왕국 기사단의 정형을 따르고 있지만 영주님께서 행하신 검술은 기사의 검술이 아닌 용병의 검술입니다."

"음……."

다른 이들의 말이라면 그저 코웃음 치며 넘길 수 있지만 그 말을 한 사람이 마법사라면 한 번쯤 생각해 볼 문제였다.

확실히 검의 형식은 기사의 검술을 따를지 모르지만 실질적으로 검의 스승이라 할 수 있는 사람은 영지에 찾아든 유랑 검사. 그렇다고 한다면 용병의 검술을 사용했다 해도 이상할 것은 없었다.

"자네의 말이 맞는 것도 같군."

"후후후, 좋습니다. 아주 좋습니다."

"좋다니?"

"대공작의 신분을 가진 분이 용병의 검술을 익히고 계시다는 것은 용병들을 따르게 하기에 충분하다는 말씀입니다."

"그 말은?"

"어차피 레빈님은 이 영지를 없앤 후 다른 곳으로 가실 분이었습니다. 그렇다고 한다면 이곳에서 따님과 함께 사신다 해도 별다를 것은 없겠지요."

그의 말에 난 생각에 잠겼다. 확실히 레빈이 끌고 온 용병들은 내가 데리고 있던 사병들관 비교도 할 수 없는 자들이다.

영지에서 그저 검이나 잡을 수 있는 녀석들로 뽑았던 사병보다 용병으로 잔뼈가 굵은 이들이 훨씬 더 유용할 것은 분명했다.

하지만 세상일이 자기 마음대로 되지 않음을 잘 알고 있었기에 난 아무 일도 없었다는 듯 자리에 앉아 그를 보며 말했다.

"확실히 레빈이 끌고 온 용병이 필요하긴 하지. 지금의 영지 사정이라면 말이야. 그래, 자네는 무엇을 원하는가?"

아무런 대가 없는 친절이란 없다는 것을 알고 있던 나는 게리오스를 보며 그가 원하는 바를 물어보았고, 예상했다는 듯이 그는 미소를 지으며 말했다.

"레빈님께 남작의 작위를 내려주십시오."

"남작?"

"물론 현재의 공작님이라면 계승 귀족이 아닌 단승 귀족에 지나지 않겠지만 레빈님께서 귀족의 신분을 지닌다면 일을 하기에 훨씬 더 편해집니다."

계승 귀족이란 후대로 이어지는 작위를 가리키는 말이고, 단승 귀족은 작위를 받은 그 자신의 대에만 유효한 작위를 말하는 것이었다.

"확실히 공작이 자신의 부하에게 내릴 수 있는 단승 귀족의 작위인 자작 하나와 남작 셋의 자리가 비어 있기는 하지만 그것은 충성을 맹세한 가신에 한해서만 가능하지 않은가?"

"형식입니다. 단승 귀족 작위야 문서상으로 존재하는 것이니 그런 것쯤은 쉽게 처리할 수 있지 않습니까?"

물론 문서상으로 쉽게 처리할 수 있는 일이지만 이러한 작위들을 함부로 내릴 순 없었다. 그것은 귀족의 작위에 대한 무게 때문이었다.

아무리 내가 공작이라 하더라도 이러한 작위를 하찮은 신분의 자들에게 함부로 내린다면 귀족 사회의 지탄을 받을 것이요, 그것을 제쳐두고라도 함부로 직위를 남발하면 후에 본국의 귀족 제도에 큰 우를 범할 수도 있게 되는 일인 것이다.

그런 이유로 난 사병대 대장에게조차 기사의 작위를 내리지 않고 있었는데 게리오스는 레빈에게 남작의 작위를 내리라 말하고 있었다.

기사라면 모를까 자작이나 남작이라면 공작령에서 영지를 그에게 하사해야 하는데, 솔직히 내 영지의 크기는 계승 귀족에서도 최하라 할 수 있는 계승 남작의 영지 정도인지라 고민이 될 수밖에 없었다.

공작의 작위를 가진 내가 나의 수족이라 할 수 있는 자작에게 적은 영지를 하사할 순 없는 일이기 때문이다.

레빈이 지니고 있는 용병의 힘이 달콤하긴 하지만 그렇다고 공작의 자존심을 버릴 순 없는지라 고민할 수밖에 없는 나였는데, 그때 문이 열리면서 한 남자가 집무실 안으로 돌아왔다.

"다녀왔다!"

"음……."

예의도 없이 큰 소리를 내며 문을 열고 들어온 녀석은 바로 내 첩의 아비인 레빈, 내 성에 있는 용병단의 단장 녀석이었다.

녀석의 얼굴을 보니 남작의 작위는커녕 그대로 내치고 싶은 마음이 굴뚝같았지만 현재 실질적인 이 영지의 주인은 그인지라 한숨밖에 나오지 않았다.

자존심을 세우고 있다 하지만 그렇다고 현실을 인식하지 못할 바보는 아니다.

“일은 어떻게 되었는가?”

게리오스가 말한 일도 고민되기는 했지만 집사와 관련된 일도 궁금했던지라 난 레빈을 보며 그 일에 대해서 물었다.

“생각대로 그 집사란 놈이 상당히 긁어모았더군. 그가 이곳에서 모은 재산은 가족들과 함께 아메로스란 녀석의 영지에다 저택을 지어 옮겨놓은 것 같다. 그리고 그가 긁어모은 재산의 팔 할은 이미 아메로스란 녀석의 목구멍으로 넘어간 상태고 말이야.”

“반말…….”

“…젠장할. ‘요’ 다!”

생각보다 일이 쉽지 않게 흘러가고 있었다.

아메로스 남작이라면 계승 귀족의 남작 작위를 지니고 있는 녀석 중에서도 큰 규모의 영지를 가지고 있는 자였다.

그의 영지에는 많은 농토가 포함되어 있는 데다가 영지민 또한 거의 일만에 가까운 수를 이루고 있었다.

남작 신분을 지닌 계승 귀족 중에서 상위에 속한 자인지라 현재 나의 힘으로는 그가 내 영지의 재산을 가져간 걸 알면서도 함부로 따질 수 없는 형편이다.

하지만 공작의 신분으로 이렇게 당했다는 것에 자존심이 상한 난 가만히 앉아 있을 수 없었기에 레빈을 보며 말했다.

“용병들을 빌려다오.”

“용병을?”

“아메로스 남작을 찾아갈 생각이다.”

“음… 얼마나 필요한가?”

“너를 포함하여 백 명 정도.”

“알았다.”

“게리오스!”

“말씀하십시오, 영주님.”

“오늘부터 넌 본 영지의 남작 신분이다.”

“예?”

나의 말에 게리오스는 이해하지 못하겠단 표정으로 답했지만 난 무표정한 모습으로 자리에서 일어나서는 레빈을 가리키며 말했다.

제 2 장 　새로운 영지

"레빈 자작을 도와 아메로스 남작을 찾아갈 생각이니 그동안 영지의 대소사를 처리해 주기 바란다."

"아!"

"응? 자작? 남작?"

나의 말에 레빈은 영문을 알 수 없단 표정을 하고 있었다. 솔직히 나의 이번 결정이 조금 무모하다는 것은 인정한다.

내 영지의 농노 신분이던 첩의 아비에게 단숨에 공작이 내릴 수 있는 최고의 작위인 자작의 작위를 내린다는 것은 미친 짓이라고밖에 볼 수 없기 때문이다.

하지만 현재 나의 상태론 도박을 하지 않으면 영지민을 살릴 수 없다는 걸 잘 알고 있기에 이런 선택을 한 것이다.

작위를 지닌 자는 자신의 영달을 취할 수도 있지만 작위의 무게를 안다면 영지민의 중요함 역시 알아야 하는 것이 귀족 된 자의 자세이기 때문이다.

녀석의 멀뚱한 질문에 대답할 생각이 없던 난 그를 닦달하여 용병들을 준비하게 한 후 아메로스라는 개자식의 영지로 향했다.

내 생애의 첫 번째 모험. 하지만 생각 외로 레빈이 나의 뜻을 잘 따라주고 있기에 조금은 안도감이 들었다.

상대가 남작이라곤 하지만 사병의 숫자만도 백 명이 넘을 정도라 조금 부담감이 들었던 것도 사실이기 때문이다.

영지로 향하고 있는 내 옆으로 레빈과 함께 오늘 검을 겨루었던 덩치 큰 용병이 있었다.

"네 녀석도 따라오는 거야?"

그를 보며 난 왜 따라오냐는 식으로 넌지시 물어보았는데 그는 나의 도발에 아무렇지도 않은 표정을 짓고 있었다.

물론 나의 말을 넘길 수는 없는지 고개를 돌려 건방지게 씨익 미소 짓고는 자신의 소개를 했다.

"케넬스라 합니다. 잘 부탁하오, 영주."

"……."

용병들은 원래 저렇게 뻔뻔한 것일까 하는 생각이 들었다. 보통 싸움에서 패하면 그저 쥐 죽은 꼴로 처져 있는 것이 정상 아닌가?

하지만 케넬스는 자신이 패배했음에도 아무렇지 않게 전과 달리 존대를 하고 있었으니, 이것을 보며 놀라는 사람은 나만이 아니었다.

레빈 역시 지금 자신을 사이에 두고 일어난 일에 궁금한 표정을 짓고는 거구의 케넬스를 보며 물었다.

"케넬스, 혹시 너 이놈하고 싸우다 졌냐?"

"예, 애석하게도 단장님이 없을 때 영주님과 싸워 지고 말았습니다."

"음······."

그의 말에 잠시 침음을 흘리던 레빈은 의외란 표정으로 나를 보며 말했다.

"의외로군, 케넬스를 이기다니 말이야."

마음 같아서는 용병 나부랭이에게 내가 패할 것 같으냐고 쏘아주고 싶었지만 애석하게도 레빈의 검에 두 번이나 패한 처지인지라 미간을 찌푸리며 입을 다물 수밖에 없었다.

내 영지를 빠져나오는 것은 그리 많은 시간이 걸리지 않았지만 아메로스 녀석의 저택까지 가는 길은 한 시간이 넘는 길이었다.

솔직히 공작인 나의 영지가 녀석과 비교해서 크게 뒤진다는 것에 자존심이 상할 수밖에 없었지만, 현 자신의 모습을 알지 못하고 남의 것에 부러움만을 가진다면 어떠한 일도 할 수 없다 생각한 난 마음을 가다듬었다.

시간은 얼마든지 있었고, 나 역시 기회만 주어진다면 과거의 성세를 되찾을 것이기 때문에 이 정도의 작은 영지에 현혹되지 않으리라 마음을 먹은 것이다.

얼마 지나지 않아 녀석의 저택이 눈에 보이기 시작했다.

아직 남작에 지나지 않은 녀석은 성을 지니지 못하고 있었다. 물론 성을 가지고 있는 남작들이 있긴 하지만 그것은 과거의 잔재로 남은 성일 뿐 신분상의 제재로 인하여 남작은 아무리 돈이 많아도 자신의 성을 지을 수 없었다.

“레빈, 십여 명의 부하들과 함께 나를 따라라. 나머지는 일단 이곳에서 대기하고 있는 것이 좋을 듯하다.”

“알겠습니다요.”

나의 말에 레빈은 퉁명스러운 목소리로 대답하고는 뒤를 따르던 부하들에게 손짓을 했다. 백 명 정도의 용병이 한꺼번에 저택으로 향한다면 녀석 역시 그대로 보고 있지는 않으리란 생각에 일단 레빈을 비롯하여 십여 명의 부하들만 데리고 저택에 들어가기로 한 것이다.

레빈은 실력있는 부하 십여 명을 선출해 나의 곁으로 다가왔고, 그들과 함께 아메로스 남작의 저택으로 향했다.

점점 아메로스 남작의 저택이 다가오자 난 부러움을 감출 수가 없었다. 남작의 신분으로 성을 지을 수 없다고는 하지만 돈을 처발랐는지 족히 7층은 되어 보이는 녀석의 저택은 화려하기 그지없었기 때문이다.

철책 너머로 보이는 화려한 정원의 가운데에는 흰 대리석의 조각상에서 물을 뿜어내고 있는 분수대가 보였고, 그 주변으로는 이 지방에서 보기 어려운 꽃과 나무들이 화려한 색채를 뽐내고 있었다.

높다란 저택의 정문으로 다가가자 우리들의 모습을 보고 십여 명의 경비병들이 앞을 가로막았고 그들 중 가장 높은 직책에 있는 자가 앞으로 나서며 말했다.

“이곳은 아메로스 남작의 저택입니다. 무슨 일로 찾아오셨습니까?”

그는 나의 복장을 보고 귀족임을 눈치 챘는지 공손히 물어왔다.

“이드리샤 공작이다. 영지 내의 일로 남작을 만나고자 하니 안내해라.”

공작이란 말에 그는 조금 놀란 표정을 지었지만 이내 나의 신분을 생각해 내고는 표정이 변하기 시작했다.

공작의 작위를 지니고 있다고는 하지만 다른 이들에게 난 몰락한, 그저 이름뿐인 귀족이었고 그런 모습은 아무리 작위가 높다 하더라도 일개 귀족의 수하에게조차 우습게 보이고 있었던 것이다.

마음 같아서는 당장이라도 검을 뽑아 녀석을 베어버리고 싶은 심정이었지만 아직 일을 해결하기 전이기에 일단 화를 참을 수밖에 없었다.

"잠시만 기다리십시오."

그의 말에 난 검을 뽑을 뻔했다. 감히 남작의 일개 수하 주제에 공작을 문밖에서 기다리게 한다는 것은 있을 수 없는 일이기 때문이다.

적어도 저택 안으로 나를 안내해 들어가야 함에도 녀석은 몰락한 귀족 가문의 가주라 생각하며 나를 홀대하고 있는 것이다.

으드득…….

분노에 이가 갈렸지만 한 번 참은 것 두 번 참지 못하겠냐는 생각에 주먹을 쥘 뿐이었다. 고개를 돌려 보니 이런 나의 모습을 보며 레빈이 웃고 있었다.

"뭐가 그렇게 우습지?"

"글쎄요."

미간을 찌푸리며 말하는 나의 말에 그는 그저 미소를 지으며 아무것도 아니라는 듯 말해 죽여 버리고 싶은 마음이 샘솟았다.

하지만 그보다 실력이 안 되는 것은 둘째치더라도 지금 나를 도와줄 수 있는 유일한 사람이 놈인지라 그저 참고 또 참을 수밖에 없었다.

잠시 후 안으로 들어갔던 경비병과 함께 깨끗하게 차려입은 중년 남자 한 명이 모습을 보였는데 복장을 보아하니 저택의 집사인 것 같았다.

집사 녀석이 나에게 다가와 정중하게 인사를 올리며 말했다.

"오래 기다리셨습니다. 자, 안으로 들어가시지요."

"……."

녀석의 말에 화가 치밀어 오르기는 했지만 참고 그를 따라 저택 안으로 걸음을 옮겼다.

"아! 다른 분들은 여기에 남아주셔야겠습니다. 남작님께서는 하찮은 평민들과는 자리를 같이하실 수 없다 하셨습니다."

그때 뒤를 따라오는 용병들을 보며 집사가 미소를 띠며 말했지만 그것이 단지 평민들과 자리를 같이하기 싫어서가 아니었다.

이 안에 얼마나 많은 녀석의 사병이 있을지 모르는 상황에서 나 혼자만을 데리고 들어가 효과적으로 협박할 생각이라는 것을 짐작할 수 있었다.

"이자는 내가 친히 자작으로 임명한 자다."

"그렇습니까?"

내가 검을 쓸 줄 안다 하더라도 그것만을 믿고 혼자 안으로 들어갈 바보는 아니었다. 적어도 한 명 정도의 조력자는 필요했기에 집사에게 레빈은 평민이 아님을 밝혔다.

녀석은 잠시 레빈을 살펴보다 한 명쯤으로 어떻게 할 수 있겠냐 생각했는지 고개를 끄덕이고는 말했다.

"그렇다면 이분은 함께하셔도 무방할 것입니다. 안으로 드시지요."

내가 영지에서만 살아왔다 해도 용병들의 생리에 대해서는 알고 있다.

하나의 용병단을 이끌고 있는 자는 그 무리 중에서도 가장 강한 자가 선출된다. 기사들과 달리 용병은 순수한 힘의 논리가 지배되는 곳,

거기다 레빈과 싸워봤던 나는 그의 검술을 알고 있기에 조금 든든한 생각도 들었다.

솔직히 이 영지로 가겠다는 결정을 하면서 레빈을 자작으로 결정한 것에는 바로 이러한 이유도 있었다.

믿을 만한 부하의 존재는 뛰어난 머리나 무력보다 우선하는 것이기 때문이다.

안으로 들어가자 저택은 더욱 호화스러움을 뽐내고 있었다. 하루하루의 생계를 유지하기 어려워 쓸 만한 물품을 거의 팔아버린 나와 달리 저택 내부 여기저기에는 수많은 명화와 장식품들이 그 아름다움을 뽐내며 장식되어 있었다.

복도에 장식용으로 세워놓은 플레이트 메일만 하더라도 족히 내 성에 있는 사람들이 일주일은 먹을 수 있는 가격일 것이다.

'젠장, 누가 공작이고 누가 남작이야?'

괜히 아메로스 남작이 더욱 미워지는 것은 나도 사람임에 어쩔 수 없는 일이었다.

집사는 저택의 한 방에 도착하자 말했다.

"이 방에 남작님이 계십니다만 두 분께선 한 가지 물건을 저에게 맡겨주셨으면 합니다."

"물건?"

그의 말에 난 영문을 몰라 물어볼 수밖에 없었는데, 그는 아무것도 아니라는 표정으로 허리에 차고 있는 검을 가리키며 말했다.

"두 분께서 가지고 계신 검을 맡겨주셨으면 합니다."

"무슨 소린가?"

"남작님의 안전을 위해 저로선 죄송스럽지만 검을 휴대하신 분은 안으로 모실 수가 없습니다.”

“크윽…….”

그의 말에 난 미간이 찌푸려졌다. 귀족 중에서도 가장 하위 작위인 남작 주제에 감히 최고의 귀족인 공작에게 안전을 위해 검을 맡겨달라고 하다니… 으드득…….

아니, 오히려 공작인 나를 위하여 주위에 있는 남작 사병들이 검을 휴대할 수 없어야 정상이거늘, 어찌 이런 소리를 할 수 있는가.

아! 이 건방진 집사 녀석의 목을 베어버리고 싶다. 하지만 그때 옆에 있던 레빈이 미소를 지으며 그에게 검을 내주는 걸 볼 수 있었다.

“비싼 검이니 잘 다루게나.”

“그러도록 하지요.”

레빈이 위험할지도 모르는 곳에서 아무렇지도 않은 표정으로 자신의 검을 맡겼기에 난 녀석을 돌아보았다.

나의 눈초리에도 그는 아무렇지 않은 표정으로 그저 방긋 미소로 답하더니 귀에 대고 조용히 말했다.

“이따위 녀석들이 상대라면 자네라도 맨손으로 두셋은 상대할 수 있을 걸세. 일이 더 중요하니 지금의 모욕은 잠시 가슴속에 묻어두게나.”

“…….”

레빈의 말이 틀리지는 않기에 난 고개를 끄덕이며 집사에게 검을 내밀었다.

검을 건네받자 그는 그것을 뒤에 있던 사병에게 건네주고는 조심스럽게 방문을 두드렸다.

“들어오게.”

"들어가시죠."

잠시 후 방 안에서 들어오라는 말이 들려오자 집사는 문을 열고 우리를 안으로 안내했다.

걸음을 옮겨 방 안으로 들어선 난 상당히 기분이 처질 수밖에 없었다. 고작해야 남작에 지나지 않는 녀석이 공작의 작위를 가지고 있는 나의 방과 비교한다면 거지 소굴과 왕의 거처 정도로 비교될 화려한 곳에 살고 있었기 때문이다.

방으로 들어서자 은은한 장미 향기가 코를 자극하고 있었고 고가의 붉은색 카펫이 깔려 있는 방 안은 화사하기 그지없었다.

여기저기 고가의 장식품과 옥색의 빛을 드러내는 가구가 빛을 뿜어내며 자신의 몸체를 자랑하고 있는 데다 창문에 걸려 있는 커튼조차 난 옷으로도 해 입을 수 없는 북방의 특산품 비단이 화려한 무늬를 자랑하고 있었다.

카펫은 걸을 때에도 전혀 발목에 부담감이 느껴지지 않는 것이 실용 마법 중 하나인 충격 방지 마법이 걸려 있는 것으로 그것 하나만도 족히 수백 골드를 호가할 물품인지라 한숨밖에 나오지 않았다.

어디에서 이렇게 돈을 모았는지 부럽기까지 했다.

방 한가운데의 탁자에 아메로스라 생각되는 백칠십 정도 키의 중년 귀족이 황금빛 찻잔을 들고 차 마시는 걸 볼 수 있었다.

그가 마시고 있는 차의 향기를 맡은 난 그것이 어린 시절 아버지를 따라 딱 한 번 간 적 있는 백작가의 저택에서 음미해 보았던 고가의 루베나 차임을 알 수 있었다.

루베나 차는 한 스푼에 오 골드가 넘는 고가의 차였는데 놈은 그것을 훌훌 들이키고 있으니 눈물까지 날 정도였다.

‘빌어먹을 세상······.’

이런 모습에 난 세상을 원망하며 욕을 할 수밖에 없으니, 공작의 작위를 줄 테니 바꾸자고까지 하고 싶었다.

물론 절대 그럴 수 없음은 당연하지만 말이다.

우리들이 다가오자 녀석은 손으로 탁자의 곁에 있던 의자를 가리키며 말했다.

“앉으시지요.”

“큭······.”

감히 공작이 왔음에도 일어설 생각을 하지 않는 녀석의 모습에 집사에게 느꼈던 분노보다 더한 것을 느껴야 했지만 지금은 이것을 따질 때가 아닌지라 이를 갈며 천천히 자리에 앉았다.

내가 자리에 앉자 나를 아래위로 훑어보더니 이내 코를 쥐고는 손을 저었고, 잠시 후 한쪽에 시립해 있던 시녀 세 명이 급히 달려와서는 우리 주위에 향수를 뿌려대기 시작했다.

아마도 이곳으로 오는 동안 우리 몸에 배인 땀 냄새가 지독했기에 이런 행동을 취하는 것 같았으나 이것이 절대 예가 아님은 하찮은 천민이라도 알 수 있는 모습이었다.

뭐, 향수란 것 자체가 나에게는 낯선 물건인지라 냄새는 그리 나쁘지 않았지만 냄새가 좋다고 기분마저 좋아지라는 법은 없었다.

홧김에 안면을 후려치고 싶은 심정이었다.

“허허허, 공작 각하께서 무슨 일로 저의 영지를 찾아주셨는지요?”

“그것은 남작께서 더 잘 아실 텐데요?”

“뭘 말씀이십니까?”

나의 반문에 그는 아무것도 모르겠다는 표정을 지으며 답하니 울화통이 터지며 열불이 났다.

　그렇다고 내 집사가 네 녀석과 내통해서 영지의 돈을 우려먹지 않았느냐고 단도직입적으로 말하기에는 내 꼴이 영 아닌지라 가슴에 울화만 더할 뿐이었는데, 옆에 있던 레빈이 미소가 가득한 표정으로 아메로스를 보며 말했다.

　"남작께선 오딘이란 자를 아십니까?"

　"오딘이요?"

　오딘이 누구냐는 말에 그는 처음 들어보는 이름이란 표정을 짓고 있었는데 레빈은 이미 예상이라도 했다는 듯이 싱긋 미소를 지으며 말했다.

　"공작령에 큰 죄를 지은 자입니다. 공작가의 조사에 따르면 그가 남작과 연계하여 상당한 돈을 횡령했다고 하더군요."

　"무슨 말씀이오? 본인과 연계했다니!"

　레빈의 말에 남작은 노기 띤 얼굴로 소리쳤으나 레빈은 미소를 감추지 않고 손뼉을 치고는 뭔가 알았다는 투로 말을 이었다.

　"이런! 녀석이 남작을 끌어들여 자신의 죄를 감추려 했던 모양입니다. 뭐, 그 정도는 당연한 일이기도 하겠지요. 조사에 따르면 그가 횡령한 돈은 자그마치 오천만 골드를 넘어선다 하니, 감히 공작령에서 그런 짓을 저지른 간이 배 밖으로 나온 자이니까요."

　"오… 오천만 골드!!"

　레빈의 말에 남작은 물론 나도 놀랄 수밖에 없었다. 녀석이 횡령한 돈은 수십 년간 착복했다 하더라도 내 영지의 사정을 생각한다면 십만 골드를 넘어설 수 없었는데, 그것이 단숨에 오백 배나 불었으니 어찌 놀라지 않을 수 있겠는가?

아메로스 남작 녀석도 레빈의 입에서 어처구니없는 액수의 돈이 나오자 황당함을 감추지 못하고 있었다.

"말도 안 되는 소리! 오천만 골드라니!"

"휴… 애석하게도 그것은 사실입니다. 사실 공작 각하께서는 중앙 진출을 꾀하시며 공작가에 숨겨져 있던 비보를 처분하실 생각이었습니다. 그런데 오딘이라는 녀석이 감히 수대 공작가의 은총으로 살아왔음에도 그것을 착복했다 하더군요."

"……"

"본 영지를 샅샅이 뒤져 보았지만 안타깝게도 그 보고가 발견되지 않는지라 공작 각하께서는 급히 귀 남작의 령으로 와 이곳에 살고 있다는 녀석의 가족들 사택을 조사해 보려 했던 것입니다. 건국 공신인 초대 가주께서 멸망한 라피나르 제국의 황가에서 찾으신 비보인지라 낮게 평가한다 하더라도 족히 삼사천만 골드는 호가하는 것인데 그것이……"

"흠흠……"

레빈의 말에 녀석은 잠시 헛기침하며 놀란 표정을 바로잡더니 우리를 보며 정중한 표정으로 말했다.

"그런 일이 있었군요. 내 영지에 그런 자들이 있다니 정말 놀랄 일입니다. 일단 공작께서는 영지로 돌아가 계십시오. 본인이 녀석들을 조사하여 그 보고를 찾아내도록 하겠습니다."

"…알겠소이다."

나로선 레빈이 무슨 생각을 하는지 알 수 없었기에 일단은 남작의 말에 고개를 끄덕일 수밖에 없었다.

이렇게 되고 보니 더 이상 앉아 있을 수도 없는지라 내가 자리에서 일어나자 남작 녀석은 들어왔을 때와 달리 이제는 자리에 일어나 밖으로 안내했고, 녀석의 집사에게 건네주었던 검을 받아 든 우리는 저택에서 나와야 했다.

저택에서 벗어난 난 레빈을 보며 이유를 물어보았다.

"레빈, 도대체 무슨 생각이지?"

"일단 보고만 있으라고."

"음……."

녀석이 무슨 생각을 하는지 알 수 없어 머리가 아플 수밖에 없었는데, 부하들이 있는 곳에 도착하자 그는 영지로 돌아갈 생각을 하지 않고 부하들을 시켜 남작의 저택으로 보냈다.

나로서는 그저 그가 하는 대로 지켜볼 수밖에 없었는데, 영지 내에서만 살아온 나로선 그가 무슨 짓을 할지 예측할 수 없었고, 또다시 묻자니 체면도 있고 해서 그저 이미 눈치 챈 것처럼 고개를 끄덕이며 지켜볼 뿐이었다.

잠시 후 남작의 저택으로 갔던 녀석의 부하가 황급히 뛰어오는 것이 보였는데, 그는 우리들의 앞으로 와서는 황급히 말했다.

"남작 녀석이 부하들을 끌고 어디론가 급히 향하고 있습니다."

"그래? 저택에 남아 있는 사병들의 숫자는?"

"자세한 것은 알 수 없지만 한 이십여 명 정도 남아 있는 것 같습니다."

"그래? 후후후."

부하의 보고에 레빈은 회심의 미소를 짓더니 나를 보며 말했다.

"공작, 도적질 좀 해야겠소."

"도적질?"

“뭐, 도적질이라 봤자 빌린 것 받고 이자까지 더 받아 챙기는 거지만 말이오.”

“음… 뭘 생각하는지 모르겠지만 자네 뜻에 따르도록 하지.”

어찌 됐든 그가 남작의 저택을 털려 하는 것임은 알 수 있었기에 고개를 끄덕이며 승낙했고, 나의 승낙에 그는 부하들을 보며 소리쳤다.

“케넬스!”

“예.”

“넌 팔십 명 정도를 이끌고 우리들이 돌아온 후 숨어 있다 내가 신호하면 적을 상대하도록 해라.”

“예.”

레빈의 명령을 받은 그는 팔십 명의 용병들과 함께 말을 몰아 사라졌고, 레빈은 나머지 이십 명의 부하들을 보며 소리쳤다.

“자! 오랜만의 일이다. 작업복 걸치고 복면 써라!!”

“예!”

레빈의 말에 용병들은 무엇이 그리 신나는지 안장에 있던 주머니에서 시꺼먼 옷을 꺼내어서는 입기 시작했고, 마지막으로 복면까지 쓰자 말 그대로 밤손님과 다를 바 없는 모습이 되어버렸다.

그들이 모든 준비를 마치자 레빈은 손짓한 후 남작가를 향해 말을 몰았고, 잠시 후 부하들이 그의 뒤를 따라 움직이기 시작했다.

검은 복장에 복면을 하고 있는 한 떼의 인마가 밀려가자 정문을 지키고 있던 남작의 사병은 크게 놀라 황급히 문을 닫기 시작했다.

하지만 우리들이 오기 전에 완전히 문을 닫지 못했고, 레빈은 가장 선두에서 앞을 막아서는 사병의 목을 검으로 베어버리곤 소리쳤다.

“크하하하하! 한 놈도 살려두지 말고 목을 베어라!”

“예!”

레빈의 외침에 용병들은 큰 소리로 답하고는 남작의 사병들을 베어 넘기기 시작했고 나로선 정신이 없었지만 일은 저지르고 난 후라 부랴부랴 대충 얼굴을 가리며 앞을 막아서는 사병을 베며 저택 안으로 말을 몰아갔다.

일단 경비를 보고 있던 사병들 십여 명을 베어 넘기자 일은 일사천리로 진행되었다. 레빈은 남작가를 휘저으며 하인들을 죽이고 돈이 될 만한 물건들을 챙기게 했다.

이 소동에 남작의 아들이란 녀석들은 용병들의 검에 죽임을 당하고 족히 수십만 골드의 돈과 그 수배는 됨 직한 물건들을 남작가의 마차에서 데리고 온 저택의 하녀와 식솔들과 함께 마차에 싣기 시작했다.

이 일련의 행동에 나로선 놀란 입을 다물 수가 없었다.

마치 진짜 도적이라도 되는 듯 그들의 행동은 전혀 거침이 없었기 때문이다. 뭐, 다시 생각해 보면 이러한 모습이 내 성에서도 똑같이 이루어졌으리라 생각되긴 했지만 내 성이 아니라는 것과 저 돈들과 물건들이 내 것이 될 거라 생각하니 그리 기분 나쁘지는 않았다. 아니, 통쾌함에 희열마저 느끼고 있었다.

“대충 털었으면 돌아가자고. 어차피 이 저택도 네 녀석 것이 될 거니까 말이야.”

“내 것이?”

“일단 내가 시키는 대로만 하라고!”

“음…….”

할 수 없이 그가 하는 대로 따라할 수밖에 없었는데, 남작가의 저택이 있는 마을을 빠져나오자 그는 도망치듯 달아나던 것을 멈추고 천천히 길을 가기 시작했다.

"무슨 생각이지?"

"남작을 기다려야지."

"남작을?"

"후후후, 자기 저택이 털린 것을 알면 어찌 나올지 궁금하군. 하하하하!!"

악마 같은 녀석이었다. 공작인 내가 저런 하류 잡배에게 끌려 다니는 것은 자존심이 상했지만 여기서 내가 무슨 힘이 있겠는가?

도적질을 한 후 한 시간 정도가 지났을까? 한 떼의 무리들이 황급히 말을 달려오는 것이 보였고, 레빈은 말을 멈추게 하고는 그들이 다가오는 것을 기다렸다.

두두두두!!

수십 기의 말들은 얼마 지나지 않아 우리들 앞에까지 도착했고, 그 선두에는 역시나 아메로스 남작이 땀을 뻘뻘 흘리며 숨을 헐떡이고 있었다.

그리고 우리들이 자신의 마차와 함께 있는 것을 보자 그는 격한 숨소리를 내며 소리쳤다.

"이드리샤!! 이 찢어 죽일 자식아!!"

녀석이 우리가 자신의 저택을 급습했음을 알게 되었기 때문이다. 나로선 일은 일대로 저지른 것인지라 공작의 입장에서 거짓을 말할 수 없어 고민이었다.

그러나 내가 뭐라 말할 새도 없이 레빈이 앞으로 나와서는 얼굴을 일그러뜨리며 말했다.

"아메로스 남작님! 어찌하여 공작 각하께 그런 불손한 말씀을!!"

"공작?! 이 개놈들아! 네 녀석이 내 저택에서 사람을 죽이고 도적질하지 않았더냐!!"

"예? 도적질이라니요?"

도적질하지 않았느냐는 남작의 말에 레빈은 영문을 알 수 없다는 표정으로 되물었고, 그는 미간을 찌푸리며 소리쳤다.

"네 녀석들이 한 일을 모른단 말이냐!!"

"무슨 말씀을 그리하십니까!!"

하지만 레빈은 그를 보며 도리어 호통을 쳤고, 아메로스 남작은 그의 모습에 크게 놀란 표정을 보였다.

"공작 각하께서 영지로 돌아가시던 중 도적들의 손에 남작의 가솔들이 끌려가는 것을 보곤 죽음을 각오하고 이들을 구했음에도 도리어 도적으로 내몰다니! 남작께선 도대체 무슨 생각을 하시는 것이오!"

"……."

레빈의 말에 아메로스 남작은 뭐라 말을 할 수가 없었는데, 그때 뒤에 있던 사병 한 사람이 우리들을 보며 소리쳤다.

"영주님, 속지 마십시오! 분명 저들이 저택을 털고 영주님의 식솔들을 납치해 간 자들입니다!"

그는 남작의 저택에서 도망친 사병인 듯한 자였는데 우리들이 타고 있는 말이나 복장을 보고 확신한 듯 소리쳤다.

그 말에 남작은 분노를 참지 못하고 나를 보며 노성을 내질렀다.

"이 빌어먹을 새끼! 공작이라 예우해 주었더니 은혜도 모르고 감히 내 영지를 털어! 뭐 하는 게냐! 저 주제도 모르는 녀석들을 잡아 목을 베어라!"

은혜? 니가 날 예우해 줘? 그의 말에 난 황당함에 입이 다물어지지 않았다.

녀석은 참을 것도 없다는 표정으로 부하들을 보며 소리쳐 우리들을 공격하려 했다. 하지만 그때 레빈이 앞으로 나와서는 고함을 내질렀다.

"멈춰라!!"

고막을 찢을 듯한 고성에 남작은 물론 그의 사병들이 자신도 모르게 멈추어 섰고 나 역시 놀랄 수밖에 없었다.

"아메로스 남작, 내 분명 정중히 설명했음에도 본인의 말을 믿지 않고 하찮은 평민 나부랭이 사병의 말을 믿는단 말이오! 거기다 공작 각하의 목을 베라 지시하다니! 이것이 작위의 권위를 넘어서는 월권 행위라는 것을 모르시오!"

"흥! 작위의 권위 따위는 개나 주어라! 감히 내 아들들을 죽이고 뻔뻔하게 작위의 권위를 내세우다니! 네 녀석들의 사지를 찢어버리지 않는 한 내 분이 풀리지 않는다!"

"오호, 작위의 권위를 무시하겠다라… 알겠습니다. 삐이이!!"

남작의 말에 레빈은 더 이상 볼 것 없다 생각했는지 회심의 미소를 짓고는 휘파람을 길게 불었다.

"죽여!!"

레빈의 휘파람 소리가 길게 울려 퍼지자 남작은 위급한 생각이 들었는지 급히 자신의 부하에게 우리들을 죽여 버리라 명령했다.

물론 난 이대로 당하고 싶은 생각이 없었기에 남작의 사병들이 달려오는 것을 보며 검을 빼어 들었는데, 멀리서 짙게 흙먼지가 깔리며 한 떼의 인마가 달려오는 것을 볼 수 있었다.

귀청을 찢을 듯한 휘파람 신호를 듣고 케넬스와 함께 있었던 팔십 명의 용병들이 이쪽으로 달려온 것이다.

남작의 사병들은 뒤쪽에서 정체를 알 수 없는 무리들이 달려오자 크게 당황했고, 레빈은 볼 것 없다는 듯이 검을 뽑아서는 녀석들에게 달려가 사병 하나의 목을 베며 소리쳤다.

"한 놈도 살려두지 마라!"

"예!"

레빈의 외침에 다른 용병들도 사병들을 향해 달려들었고 난 감정이 많을 수밖에 없는 남작을 향해 말을 몰아갔다.

"저… 저놈을 막아라!!"

내가 달려들자 남작은 놀란 목소리로 자신의 부하에게 나를 막으라 소리쳤고 다섯 명의 사병이 나를 향해 달려들었다.

"훙!!"

하지만 이런 녀석들에게 당할 내가 아니었다. 모두가 말을 타고 있는 기마전인만큼 앞에서 나에게 달려들 수 있는 녀석들의 숫자는 기껏해야 세 명에 지나지 않기 때문이다.

물론 그것도 말 머리가 차지하는 거리를 생각한다면 한 번에 상대하는 자는 양 옆의 두 명인데다가 기마술이 뛰어나지 못한 녀석들인만큼 잘만 움직이면 내가 상대할 숫자는 한 명으로 줄어들게 된다.

오히려 다섯 명이 한꺼번에 나에게 달려든 만큼 유리한 것은 나였다.

예상대로 나를 향해 달려든 녀석들은 말 때문에 제대로 검조차 휘두르지 못해 우왕좌왕하고 있었고 그것을 놓칠 내가 아니었다.

하긴 하위 귀족의 사병들이 말이나 제대로 몰아봤겠는가. 그저 가끔씩 남작을 따라 이리저리 움직여 본 것이 전부일 테지.

"하압!!"

적을 상대함에 미숙함을 보인다 하여 봐줄 정도로 아량이 넓은 사람도 아닌지라 앞을 막아서는 사병 한 녀석의 목줄기를 베어 쓰러뜨린 난 곧바로 놈의 옆에 있는 자에게도 검을 휘둘렀다.

내가 싸우고 있는 방식은 영지에 왔던 유랑 검사의 충고를 그대로 따르는 것이었다. 기마에서 가장 유용한 병기는 둔기다. 랜서는 처음 접전에만 단 한 번 효용이 있을 뿐 그 후로는 전혀 소용이 없는 무기였고, 검은 균형을 잡기 어려운 마상에서 숙련되지 않았다면 오히려 적의 먹이가 될 수 있는 무기였다.

그런 이유로 적과 싸울 때 반드시 일격에 상대를 쓰러뜨릴 수 있는 곳을 노리는 것이 마상 전투의 기본이다.

상대의 어떠한 부위에도 강한 타격을 줄 수 있는 둔기가 마상 전투에서 가장 쓸모가 있고, 검과 같은 무기는 적의 몸에 박혀 병기를 잃을 확률이 높았기에 사용하는 데 주의가 필요한 것이다.

유랑 검사에게 마상 전투에 대해 지도받을 때 적을 일격에 쓰러뜨릴 수 있는 급소나 갑옷이 보호해 주지 않는 부분을 공격하라 배웠고, 난 그것을 상기해 적을 벨 때 거의 대부분 목줄기나 관절 등을 노려 적을 쓰러뜨렸다.

물론 그러한 부분을 상처 입히는 것은 쉬운 일이 아니었다. 사람의 몸이라는 것이 급소를 노렸다고 해도 이상하게 죽지 않는 경우가 많기 때문이다.

하지만 경험이 미숙한 자인 경우에 작은 상처에도 당황하여 제풀에 말에서 떨어지는 일이 많아 적당히 공격이 적중만 돼도 상당히 효과가 있었다.

아메로스의 사병들은 방패를 들고 있는 부류가 아닌데다 마상 전투가 서툴러 왼손의 고삐를 놓지 못하는 녀석들이기에 상대하는 것은 비교적 쉬웠다.

이런 정도의 녀석들을 상대로라면 힘이 아닌 검속이 훨씬 더 승패를 좌우하는지라 단숨에 두 녀석의 목줄기를 베어 넘긴 후 말을 옆으로 돌려 내 검에 쓰러진 녀석이 타고 있는 말의 옆구리를 강하게 발로 찼다.

히히힝!!

신고 있던 철제 구두의 날카로운 앞 축이 말의 옆구리에 상처를 내자 말은 고통에 울며 날뛰기 시작했고, 뒤에 있던 두 사병은 내가 박찬 말이 날뛰는 바람에 말의 발굽에 채였는지 그대로 땅으로 떨어져 나갔다.

남은 녀석은 한 명. 더 이상 볼 것 없다는 생각에 말을 박차고는 앞으로 질주해 나간 난 녀석에게 달려들어 강타를 먹였고, 상대는 검을 들어 나의 공격을 막기는 했지만 반동에 뒤로 떨구어졌다.

"아메로스!!"

다섯 명의 사병들을 모두 쓰러뜨린 난 아메로스를 향해 소리치며 달려들었고, 녀석은 내가 달려오자 크게 당황한 표정을 지었다.

그저 가문 대대로 내려온 재산을 바탕으로 더러운 수법을 써가며 현재의 위치를 고수한 녀석인지라 나를 상대로 싸울 수 있는 놈이 아니었다.

하지만 쉽게 죽일 생각은 없었기에 그대로 말을 몰아갔고, 녀석은 말을 옆으로 돌려 나에게 검을 휘두르려 했지만 난 들고 있던 검을 녀석이 타고 있던 말의 머리를 향해 집어 던졌다.

히히힝!!

"우아아!!"

검에 맞은 타격으로 말이 날뛰자 놈은 깜짝 놀라 본능적으로 고삐를 부여잡은 손을 당겨서는 말 머리에 몸을 붙였는데 애석하게도 그것은 내가 생각하고 있던 반응 중 하나였다.

말이 앞발을 들어 올리는 걸 본 나는 말의 왼쪽 허벅지에 검을 던지며 빼두었던 단검을 박아 넣었고, 말이 앞발을 내리자마자 통증을 이기지 못하고 고꾸라져 남작 녀석은 땅으로 뒹굴고 말았다.

"아메로스!! 감히 네까짓 놈이 본 공작을 우습게 봐!! 작위의 권위를 우습게 본 죗값을 받게 해주지!!"

"끄아악!!"

녀석이 땅에 떨어지는 것을 보며 난 그대로 말을 몰아 땅에 떨어진 녀석을 말발굽으로 짓밟기 시작했다.

"끄아악!!"

밑으로 남작의 고통스러운 비명 소리가 들려오자 난 쾌감마저 들어 계속 말에게 제자리걸음을 시켜 쉬지 않고 녀석을 짓밟았다.

내가 남작을 쓰러뜨리는 사이에 케넬스와 팔십 명의 용병들이 남작의 사병들과 전투를 벌였고, 남작의 비명이 사라졌을 때쯤 용병들에 의해 사병들은 두 명 정도만 남은 채 모두 불귀의 객이 되어 있었다.

"하하하하!!"

나를 무시하던 남작을 철저하게 짓밟았다는 생각에 웃음을 참을 수가 없었는데 그런 나를 보며 레빈은 미간을 찌푸리고 있었다.

녀석은 내가 했던 모든 일을 보고 있었던 것이다.

"잔인하군."

"작위의 권위를 무시한 녀석에겐 당연한 처벌이다."

"음… 귀족의 생리에 대해서 다시 생각해 보아야겠군."

"하하하하!"

마음대로 반말을 지껄이는 녀석이었지만 남작을 밟았다는 기쁨에 그리 기분이 나쁘지는 않았다.

남작까지 완전히 쓰러뜨리자 우린 마차를 돌려 다시 남작의 저택으로 향했다. 이제 남작가는 완전히 무너진 것과 다름이 없었기에 우리의 앞을 막아설 존재는 아무도 없었다.

"너희들은 오래간만에 회포를 풀도록 해라!"

"예!"

"까아악!!"

레빈은 남작의 저택에 들어서자마자 부하들을 보며 소리쳤고, 녀석들은 큰 소리로 대답하고 포로로 잡아두었던 남작가의 시녀들을 잡아서는 방으로 끌고 다니기 시작해 사방에서 여인들의 비명 소리가 시끄럽게 울려 퍼졌다.

난 그런 자들의 모습을 보며 포로로 잡아두었던 남작의 식솔들을 향해 걸음을 옮겼다.

남자들은 모두 죽였기에 살아남은 것은 마흔 정도인 남작의 정실 부인과 이십 대와 삽십 대의 첩, 그리고 두 명의 딸뿐이었다.

두 명의 딸은 십대 후반과 초반의 소녀들이었는데 두 딸 모두 미색이 출중한 것을 보며 난 두 딸의 머리채를 잡고는 말했다.

"레빈! 이 두 년은 내가 알아서 할 테니 적당히 아무나 골라잡으라고."

"그 꼬마 계집애는?"

“뭐야, 피도 안 마른 꼬마 계집애가 취미였나?”

“흥! 딸의 시녀로 삼을까 해서 말하는 것이다.”

“그래? 상관없지! 그럼 이년이라도 데리고 갈 텐가?”

아메로스의 어린 딸을 알리샤의 시녀로 삼는다는 말에 난 십대 후반의 딸을 보이며 말했으나 그는 고개를 저으며 답했다.

“이런 머리털에 피도 안 마른 계집은 사양한다. 저기 저 계집을 데리고 빠질 테니 알아서 해라!”

나의 말에 그는 남작의 어린 애첩을 가리키며 말했고, 난 고개를 끄덕이고는 남작의 첫째 딸 머리채를 잡았다.

이런 전투에서 계집이라는 것은 승자의 당연한 전리품. 시녀들과 같은 하찮은 족속들로 몸을 덥힐 생각은 없었기에 남작의 첫째 딸은 상당히 마음에 들었다.

미색도 그럭저럭 출중한 데다가 귀족가의 신분이었으니 말이다. 뭐, 오늘부터는 그저 내 영지에 속한 노예에 지나지 않겠지만.

“케넬스!”

“예, 공작님!”

“이 꼬마 계집은 영지로 돌아가 알리샤의 시녀로 쓸 계집이니까 괜히 더러운 손으로 건드리지 말고 잘 챙겨놓고 남은 계집 중 아무나 끌고 가 회포나 풀어라!”

“크크크, 맡겨만 주십시오.”

정실 부인은 나이가 있는지라 볼품이 없었지만 하나 남은 애첩은 삼십 대 초반의 나이에 육감적인 여인인지라 케넬스는 그년을 범할 생각을 하며 입가에 침을 흘리고 있었다.

저택이 어떻게 생겼는지 모르는 나로선 방을 찾는 것이 조금 귀찮을 수밖에 없었지만 한참을 찾다 보니 쓸 만한 방 하나를 찾을 수 있었다.

물론 이미 그곳에서 용병 한 녀석이 시녀의 옷을 찢어버린 채 범하고 있는 추한 모습을 보아야 했지만 말이다.

"젠장, 방 찾기 진짜 힘들군."

녀석을 뒤로하고 다시 방을 찾자니 이제는 조금 귀찮은 마음까지 들었기에 끌고 가던 계집을 보며 말했다.

"여기 쓸 만한 방 어딨어?"

"흑흑흑……."

남작의 딸이 눈물을 펑펑 흘리고 있어 머리를 긁적일 수밖에 없었다. 하지만 이년도 머리가 있다면 자신의 처지가 어떤 것이라는 것쯤은 알겠지라는 생각이 들었다. 지금의 나는 이딴 년의 걱정 따위는 하고 싶지 않았다.

"젠장! 방이 어딨냐고! 방이!"

"꺄아악!! 흑흑흑… 저… 저… 쪽이요……."

질질 짜고 있는 계집 때문에 화가 머리끝까지 오른 난 머리채를 쥐어 잡고는 흔들었고 비명을 지르며 울부짖던 계집은 그제야 손을 들어서는 떨리는 목소리로 말했다.

"젠장, 더럽게 귀찮군!"

공작의 작위를 가지고 있는 내가 아무 데서나 계집의 몸을 탐할 순 없는지라 그 계집이 가리킨 방으로 향했고, 다행히 그곳에는 어떤 녀석도 자리 잡지 않고 있었다.

방의 모습을 보아하니 남작 녀석의 거처인 듯했는데 용병 녀석도 주제를 아는지, 내가 이곳으로 올 것이라 생각했는지 아무도 자리를 잡지 않고 있었던 것이다.

난 방 안으로 들어서자마자 남작의 딸년을 침대에 내팽개치고는 검을 풀며 말했다.

"뭐 해! 질질 짜지 말고 옷이라도 벗어, 이 멍청한 년아!"

"흑흑흑……."

내 말에 계집은 흐느끼며 입고 있던 옷을 벗기 시작했다. 아직 죽고 싶은 마음은 없는가 보다라는 생각이 들었다.

옷을 벗다 보니 내 언행에 조금 회의가 밀려왔다. 아멘 왕국의 공작이란 녀석의 입에서 용병들이나 쓰는 상소리가 나왔기 때문이다.

뭐, 이것 역시 검을 배웠던 유랑 검사나 사병 녀석들과 있다 보니 입에 배어버린 것인데, 그나마 내 이런 말버릇을 고쳐 주려 노력했던 것이 영지의 돈을 빼돌리던 오딘 집사라는 것을 생각하며 세상사 정말 모르는 것이란 생각이 들었다.

대충 옷을 벗고 침대 쪽을 보자 남작의 딸년이 옷을 모두 벗은 채 침대에 누워 있는 것을 볼 수 있었다.

얼굴 보기가 부끄러운지 반대쪽으로 고개를 돌려 흐느끼고 있는 걸 보니 피식 웃음이 흘러나왔다.

유서 깊은 귀족의 여인이라면 혀를 깨물고 자살이라도 했겠지만 애석하게도 내 앞의 계집은 그러지 못하고 있다는 생각이 들었기 때문이다.

죽는 게 무서운 것인지 모르겠지만 지금 나에게는 욕정을 풀 만한 대상이니 그저 자살하지 않아 다행이란 생각이 들 뿐이었다.

"이름이 뭐야?"

난 문득 이년의 이름이 무엇일까 하는 생각에 물었지만 계집이 계속 흐느끼기만 하자 얼굴을 찡그릴 수밖에 없었다.

“야! 빌어먹을 계집아! 이름이 뭐냐고!”

“흑흑… 리… 리안나…….”

“리안나라……. 음… 나쁜 이름은 아니구만!”

리안나라는 이름을 잠시 중얼거린 난 침대 위로 올라갔다.

다음날 리안나란 계집을 뒤로하고 밖으로 나오자 십여 명의 용병들이 저택의 중앙 계단에 모여 있는 것을 볼 수 있었다.

“레빈은 어딨느냐?”

“아마 식당 쪽에 계실 겁니다.”

녀석들도 이제는 나에게 조금 익숙해졌는지 나의 물음에 한 녀석이 조심스럽게 대답을 했다.

“식당은 어딨는데?”

“일층 왼쪽 문입니다.”

“알았다.”

계단을 내려와 식당으로 들어서니 레빈과 함께 십여 명의 용병들이 식탁에 앉아 음식 먹는 것을 볼 수 있었다.

주위에는 대여섯 명의 시녀가 여기저기 찢어진 옷을 입은 채 두려운 표정으로 벌벌 떨며 이들을 지켜보고 있었다.

식탁의 중앙에 위치한 상석은 레빈이 나를 위해 비워두었기에 그곳으로 걸음을 옮겨 자리한 난 시녀를 보며 말했다.

“음식을 내와라!”

“아! 예!”

나의 말에 시녀들은 황급히 뛰어갔고 난 고개를 돌려 레빈을 보며 말했다.

“남작가를 차지하긴 했는데 이젠 어쩌지?”

“일단 뇌물부터 먹여야겠지.”

“뇌물?”

“남작 주제에 공작을 해코지하려 했으면 어느 정도 믿는 구석이 있었겠지. 그놈을 찾아 우리들이 적당히 돈을 먹인다면 영지 삼키는 것쯤 쉬운 일이지.”

“음…….”

그 말에 난 미간을 찌푸렸다.

남작이 어떤 줄을 가지고 있는지는 모르겠지만 공작 신분인 내가 뇌물을 사용해야 한다는 것이 마음에 들지 않았기 때문이다.

하지만 허명에 눈이 어두워 현실을 바라보지 못한다면 어떠한 일도 할 수 없는지라 레빈의 의견을 따를 도리밖에 없었다.

다행히 레빈이나 마법사인 게리오스라면 이런 일은 쉽게 처리할 수 있을 것이란 생각이 들었다.

하지만 생각해 보니 조금 기분 나쁜 것이 있는지라 난 레빈을 보며 차가운 목소리로 말했다.

“레빈, 아니, 레빈 자작.”

“응? 왜?”

“반말 지껄이지 마!”

“…….”

“푸하하하하!”

나의 말에 레빈은 침묵에 잠겼고, 같이 밥을 먹고 있던 용병들은 그 모습에 음식 먹던 것을 멈추고는 대소를 터뜨리기 시작했다.

지네들 딴에는 자신의 단장이 이런 취급 당하는 것을 본 적 없을 테니 우습겠지 하는 생각에 난 싱긋 웃으며 시녀들이 내온 수프를 먹기 시작했다.

"젠장!"

레빈도 자신의 처지가 상당히 기분 나쁜지 투덜거리며 음식을 먹으니 장인이라면 장인이라 할 수 있는 그의 모습이 재밌다는 생각마저 들었다.

용병으로 오랜 삶을 살아왔던 자라 거친 면도 있었지만 나이에 비해 귀여운 면도 없지 않았기 때문이다.

간단히 아침 식사를 마치고 자리에서 일어나자 식당 안으로 긴 로브 자락을 휘날리며 게리오스가 두 명의 용병과 함께 들어오는 것을 볼 수 있었다.

"게리오스 남작, 무슨 일로 자네가 이곳까지 왔는가?"

내 영지를 맡기고 있던 게리오스가 이곳까지 온 것을 보며 의아해 물어보았고, 그는 세 장의 서류를 건네주며 말했다.

"싸인을 해주시고 문장을 찍어주셨으면 해서 말입니다."

"문장?"

각 가문에는 그 나름대로의 문장이 존재했고, 가주들은 그것을 반지로 만들어 중요한 서신을 보낼 때 밀랍에 문장을 찍어 보내게 되어 있었다.

이것으로 이 서신이 어느 귀족가에서 왔다는 것을 알게 해주는데, 반지에는 특정한 마나 배열이 존재하기 때문에 밀랍에 서려 있는 문양과 마나의 배열로 문장의 진위를 가릴 수 있었다.

그가 직접 이곳까지 가져온 것이라면 중요한 것이라는 걸 알 수 있었기에 내용을 살펴보았는데 그것을 보며 조금 놀랄 수밖에 없었다.

"이건?"

"영주님이 들고 계시는 것은 노턴코프의 론 백작에게 보내는 서신이고, 나머지 둘은 아델슨 후작과 아메로스 남작의 뒤를 보아주던 션우드 자작에게 보내는 서신입니다."

그의 말에 웃음밖에 나오지 않았다. 게리오스는 이미 내가 아메로스 남작의 영지를 차지하리라 예상하고 있었던 것이다.

노턴코프는 아멘 왕국의 사방군단 중 북쪽의 국경을 지키는 군단으로 사방군단 중에선 가장 약하다고 알려져 있었다.

아멘 왕국 북부에는 북쪽의 국경을 가르는 긴 산맥이 존재하는데 드래곤 산맥이라 불리는 이 산맥에는 지상계 최강의 생명체인 드래곤이 레어를 틀고 살고 있었다. 그 때문에 북부 군단에는 병사들을 많이 배치할 수 없었고, 드래곤이라는 방벽으로 인하여 국경 자체에 흔들림이 없어 당연히 노턴코프에 배치된 병사들의 수는 적을 수밖에 없었다.

북부 군단의 군단장인 론 백작은 다른 군단장과 달리 적이 존재하지 않는 군단을 소유하고 있기 때문에 군의 훈련보다는 자신의 뱃속을 채우는 데 더 급급한 탐관오리였다.

내 영지가 북쪽에 위치해 있는 만큼 나 역시 북부 군단의 영역에 속한다고 할 수 있기 때문에 게리오스는 그에게 편지를 보내려 한 것이다.

아델슨 후작은 아멘 왕국의 유일한 계승 후작으로 두 명의 공작에 비한다면 그 힘이 약하다고 할 수 있지만 그를 따르는 자들이 두 명의 공작에게 속해 있지 않은 중립파, 아니, 사실상 왕당파의 세력에 속한 귀족들인지라 함부로 다룰 수 없는 인물이었다.

게리오스는 두 명의 공작에게 미움을 받고 있다 할 수 있는 나를 위해 중립파의 중심 인물인 아델슨 후작에게 줄을 대려 하는 것이다.

션우드 자작은 알타스 상단을 이끌고 있는 상인 출신의 귀족으로 삼대상단의 주인 중 한 사람이었다. 아마도 아메로스는 그에게 뇌물을 바쳐 도움을 받고 있었으리란 생각이 들었다.

"론 백작과 아델슨 후작이라면 모를까 션우드라면 조금 그렇군."

공작의 작위를 가진 내가 자작 정도의 인물에게 고개를 숙이고 들어간다는 것이 껄끄러운지라 미간을 찌푸리며 말했는데, 그 역시 예상하고 있었는지 고개를 끄덕이며 답했다.

"물론입니다. 하지만 일단 그가 아메로스 남작의 뒤를 봐주고 있었던 만큼 체면치레는 해주어야 론 백작가와 아델슨 후작가와 연줄이 닿은 후에도 뒤끝이 없으리란 생각이 듭니다."

"과연!"

역시 게리오스란 생각이 들었다.

"션우드 자작에게 어느 정도의 돈을 주면 될 것 같은가?"

"제가 생각하고 있는 액수는 오십만 골드 정도입니다."

"오십만 골드!!"

게리오스의 말에 난 입을 다물 수가 없었다.

물론 영지를 가진 귀족들에게 오십만 골드는 크긴 해도 놀랄 정도는 아니었다. 하지만 가난하게 살아온 나에게 그 액수는 상상치도 못할 큰돈이었다.

"오십만 골드라 하더라도 그리 걱정하실 것은 없습니다. 제가 예상한 바대로라면 백작과 후작에게 어느 정도의 뇌물을 바친다 해도 아메로스 남작의 영지와 재산을 생각한다면 그리 크지 않은 액수이니까요."

“음… 하지만 자작에게 오십만 골드라면 백작과 후작에겐 얼마를 내놓아야 한단 말인가?”

백작과 후작에게 자작보다 적은 돈을 뇌물로 바칠 수는 없는지라 작위에 비교하여 생각한다면 두 사람에게 나갈 돈은 엄청난 액수가 될 수밖에 없기에 그에게 되물었던 것이다.

“그 두 사람은 돈을 걱정하실 필요가 없습니다.”

“돈을 걱정할 필요가 없다니?”

“저희들의 조사에 따르면 백작의 취미는 대륙의 명화를 수집하는 것이라고 하더군요. 이번 일이 있기 전에 조사한 것에 따르면 아메로스 남작가에 명화 ‘거울을 보는 여인’ 이 있다 들었습니다. 아마 그것이라면 백작은 크게 만족할 것입니다.”

“음… 후작은?”

“그것은 레빈님의 도움이 필요할 듯합니다.”

“응? 나?”

게리오스와 나의 대화를 듣고 있던 레빈은 뜬금없이 자신의 이름이 나오자 영문을 몰라 되물어보았고, 게리오스는 미소를 지으며 말을 이었다.

“후작에게는 스물여섯 살의 아들이 있다고 들었습니다.”

“아들… 혹시 크로이드를 말하는 것인가?”

“그렇습니다.”

“그럼 내 소장품을…….”

“그것이라면 충분히 후작의 마음을 돌릴 수 있으리란 생각이 듭니다. 후작은 자신의 아들인 크로이드를 상당히 아끼고 있다 들었으니 말입니다.”

"불가!"

게리오스의 말에 레빈은 절대 안 된다는 듯 손을 내저으며 소리쳤고, 난 크로이드에게 주어야 한다는 그 소장품이 무엇인지 궁금할 수밖에 없었다.

"도대체 그 소장품이 무엇인데 레빈 자작이 저렇게 정색을 하는 것인가?"

"별것 아닙니다. 레빈님께서는 쓸데없는 눈요깃거리에 지나지 않는 물건이지요."

"말도 안 되는 소리! 나트론의 지팡이가 눈요깃거리밖에 되지 않는 물건인가!!"

"나트론의 지팡이?"

나트론의 지팡이라는 말에 난 게리오스를 보며 그것에 대해 알고 싶다는 표정을 지어 보였다.

"나트론의 지팡이는 고대의 유명한 마법사가 사용했던 지팡이입니다. 레빈님께서 우연히 던전을 탐색하다가 발견한 물건이지요. 지팡이의 마법석으로 드래곤 하트가 붙어 있기 때문에 마법사에게는 천금보다 귀한 물건입니다."

"호오! 그런 물건이 있었단 말이지? 그럼 크로이드란 녀석이 마법사인가?"

"예, 천재 마법사라는 명성을 지니고 있을 정도로 뛰어난 인물이지요. 아직 서른도 되지 않은 나이임에도 4서클을 마스터하고 현재 5서클 비기너이니 대단한 것이죠."

"오오오오!!"

마법에 대해서 잘 알지는 못하지만 아직 서른도 되지 않은 자가 4서클을 마스터한 것이 얼마나 대단한 일인가는 잘 알고 있었다.

검을 다루는 기사가 무엇보다 바라는 것이 명검이라면 마법사들이 자신의 목숨보다 더 소중하게 생각하는 것은 마법서와 지팡이였다.

마법서와 같은 경우에는 9서클 마법이 적혀 있는 희대의 보물이라 할지라도 그것을 익히지 못하면 그저 감상용이 되어버리니 능력에 따라 좌우된다 하지만 마법의 지팡이는 그 경우가 다르다.

대륙 최고의 보물이라고 하는 마신의 지팡이는 1서클을 간신히 익힌 마법사라 할지라도 5서클에 이르는 마법과 마나의 존재를 가져다 준다고 할 정도이니 그 가치는 나라 하나와 바꾼다고 해도 부족한 것이다.

현재 그것을 가지고 있는 이가 대륙 최강의 용병단인 루드그레인 용병단의 마법사 아르하나스이니 망정이지 보통의 마법사가 가지고 있었다면 대륙은 마신의 지팡이로 인한 마법사들의 대혈전이 벌어졌다 해도 이상할 것이 없었다.

게리오스의 말대로 나트론의 지팡이에 드래곤 하트가 붙어 있다면 그것은 천문학적인 액수로 팔려 나갈 수 있는 물건이었고, 마법사들이라면 제시한 돈의 수배를 주고서라도 차지하려 할 물건이다. 아니, 전 재산에 마누라, 자식까지 덤으로 주고서라도 손에 쥐려 할 것이다.

"정말로 드래곤 하트가 붙은 지팡이라면 수백만 골드, 아니, 수천만 골드가 문제가 아니잖아?"

"물론입니다. 하지만 저는 그런 물건을 바라지도 않고, 레빈님께는 그저 장식용일 뿐이니 후작의 아들에게 선물로 주는 것이 가장 좋겠지요."

"무슨 소리야! 그걸 제국 경매에라도 넘기면 수대는 놀고먹을 수 있는 돈이 생긴다고!"

"그만한 돈은 그냥 준다고 해도 안 가지실 분이 아닙니까."

"젠장! 너 같으면 이런 녀석을 위해 공짜로 넘기고 싶겠냐!"

레빈의 말에 화가 나긴 했지만 솔직히 나트론의 지팡이인가 뭔가 하는 물건을 공짜로, 그것도 자신을 우습게 보는 귀족 녀석에게 내준다면 나라도 차라리 상대방의 목을 베어버리고 말 것이다.

"레빈님도 손해 보시지 않으면 되지 않습니까?"

"응? 손해 보지 말라니?"

"공작령의 작위까지 얻으셨으니 문젯거리를 처리하셔야 하지 않겠습니까?"

게리오스는 레빈에게 미소 지으며 말하고는 의미심장한 표정으로 나를 쳐다보았다. 나로선 미루어둔 일이 무엇인지 알 수 없었는데, 레빈은 그 멍청한 머리로도 그것이 무엇인지 깨닫고는 손바닥을 치며 소리쳤다.

"아! 그렇군! 그게 있었어!"

나로선 그가 무엇 때문에 그리 좋아하는지 알 도리가 없었다.

그런 나를 보며 게리오스는 싱긋 미소를 짓곤 아무것도 아니라는 투로 그 조건을 이야기했고 난 그 조건에 입을 다물 수가 없었다.

"공작님께 드리는 조건이란 알리샤님을 첩이 아닌 정식 부인으로 받아들이시라는 것입니다."

"뭐라? 알리샤를 정식 부인으로 받아들이라고?"

"예, 사실 나트론의 지팡이라면 지참금으로는 크게 넘치고도 남는 물건이 아닙니까?"

게리오스는 나의 말에 아무 문제가 없을 것이란 표정으로 이야기하고 있었으나 나로선 쉽게 승낙할 수 없는 일이었다.

제 3 장 레빈과 울브스 블러드 마치

몰락한 귀족가라고 하지만 대공작의 신분을 가지고 있는 내가 자신의 재산인 농노 출신 계집을 정식 부인으로 적에 올린다는 것은 무리가 있는 일이었기 때문이다.

농노를 정식 부인으로 받아들이라는 말은 뭐랄까? 손에 들고 있는 금화를 아내로 맞아들이는 것과 다를 바가 없었다.

영지로 돌아온 나에게 게리오스는 계속 알리샤를 정식 부인으로 맞아들이라 권유했고, 그때마다 난 말도 안 된다며 거절하고 있었다.

"말도 안 되는 소리! 농노를 어찌 공작의 정식 부인으로 맞을 수 있단 말인가! 아무리 몰락했다 하더라도 그게 가능한 소리야!"

난 절대 할 수 없는 일이라 소리치고 있었지만 게리오스는 고개를 저으며 말했다.

"아니요, 전혀 문제없습니다."

그 말과 함께 미리 준비했는지 두꺼운 책을 꺼내어 나의 앞에서 펼쳐 보이더니 한쪽 면을 가리키며 말했다.

"알리샤님의 정식 이름은 알리샤 폰 이리드 알리티아입니다. 알리티아 가문은 지금은 거의 잊혀지기는 했지만 셔먼 왕국의 자작가입니다."

"뭐야! 귀족이라는 것이 아무 이름이나 대면 되는 줄 아는 거야?"

"전혀 문제가 없습니다. 저 역시 그러한 문제점은 이미 해결했으니까요."

그 말과 함께 게리오스는 품에서 하나의 반지를 꺼내 들었는데 그것은 귀족 가문의 표식이 새겨져 있는 황금 반지였다.

"그건?"

"예, 알리티아 가문의 표식입니다. 마신전의 마나 인증이 새겨져 있는 진품이기 때문에 어느 누구도 의심하지 않을 것입니다."

"큭……."

몇 번의 거절을 듣고는 철저한 준비를 한 게리오스였다. 하긴 그는 내 마법사가 아니라 레빈의 마법사였고, 자신이 따르고 있는 사람의 딸 상황을 호전시키기 위해선 할 수 있는 모든 일을 할 사람이었다.

왕국의 귀족 가문은 자신 가문의 문장이 담긴 표식을 하나 가지고 있었는데 그것은 왕국의 허가서에 의해 마신전에서 직접 주조하여 나오는 것이다. 마신전에서 나온 문장의 반지는 독특한 마나의 배열로 위조가 거의 불가능하기 때문에 반지를 가지고 있다면 어느 누구도 그가 귀족이라는 것을 의심하지 못한다.

하지만 남들의 문제가 아니라 당사자인 내가 문제였다. 아무리 귀족이란 호칭을 얻을 수 있어도 당사자인 나는 알리샤가 내 영지의 농노였다는 것을 잘 알고 있기 때문이다.

솔직히 알리샤가 싫은 것은 아니지만 그것은 그저 신분 낮은 애인이
나 첩 정도라 생각했던 것이지 정식 부인으로까지는 단 한 번도 생각
한 적이 없었다.

차라리 알리샤가 아니라 내가 직접 무너뜨린 그 능글능글했던 아메
로스 남작의 딸 리안나라는 계집이 내 정식 부인이 된다면 내가 죽인
놈의 딸년이라 할지라도 이 정도로 거부감이 들지는 않았을 것이다.

귀족가의 결혼이라는 것은 고귀한 자들이 서로 간의 혈통을 유지하
기 위한 연을 맺는 것이라는 생각이 누구보다 강한 나였기 때문이다.

"거기다 레빈님께서는 필요하시면 영지도 만들 수 있으니 신분을 위
장하는 것은 그리 문제 될 것이 없습니다."

"하지만……."

"솔직히 이 결혼은 레빈님께서 밑지는 장사입니다. 공작이라고는 하
나 몰락해 가는 가문에 지참금으로 나트론의 지팡이를 내놓는 것이 말
이나 된다고 생각하십니까? 그 정도의 물건이면 다 닳아 빠진 계집이
라도 대륙의 명문 마법사의 가문 어느 곳이라도 제발 달라고 사정할
정도입니다."

누가 용병 아니랄까 봐 게리오스 역시 흥분하니까 용병의 말투가 튀
어나오고 있었다. 솔직히 나 역시 이 결혼이 손해가 아니라는 것쯤은
잘 알고 있다. 하지만 마음이 내키지 않음은 어쩔 수 없는 일이었다.

"휴… 잠시 생각할 시간을 다오."

"…알겠습니다. 하지만 나트론의 지팡이는 삼 일 이내에 후작가로
보내야 하니 생각할 시간은 삼 일밖에 되지 않음을 기억해 주십시오."

"알겠네."

나의 말에 게리오스는 고개 숙여 인사하고는 방을 나갔고, 난 문이 닫히는 소리와 함께 한숨이 나왔다.

어쩌다 일이 이렇게 됐는지 답답할 뿐이었다.

나는 그 일로 계속 고민에 빠질 수밖에 없었고 곁에 있던 알리샤는 그런 내가 걱정스러운지 곁에서 맴돌고 있었다.

현재 나를 걱정해 주는 유일한 사람은 알리샤뿐이니 그녀가 이쁘지 않을 수 없지만 그렇다고 신분의 벽이라는 것이 그리 쉽게 무너지는 것은 아니었다.

첩 정도라면 모를까 정식 부인이라니…….

한참을 그렇게 알리샤를 바라보던 난 그녀를 보며 천천히 입을 열었다.

"알리샤……."

"예."

"만약에 네가 내 정식 부인이 된다면 어찌하겠느냐?"

"예? 무슨 말씀을……?"

"그냥 만약에 말이야."

나의 말에 알리샤는 잠시간 생각에 잠기더니 차분한 목소리로 말했다.

"그것이 영주님의 뜻이라면 따라야지요."

"하긴……."

확실히 알리샤라면 내가 시키는 것이 무엇이라도 따를 만한 여인인데다 정식 부인을 시켜준다는 데 따르지 않을 리가 없었다.

괜한 것을 물어봤다는 생각이 들었는데, 알리샤는 가녀린 손으로 내 다리를 주물러 주며 조용히 말했다.

"영주님께서 무엇을 그리 걱정하시는지 모르오나 저의 일이라면 그리 심려치 마십시오. 천녀는 그저 영주님께서 명하시는 일을 따를 뿐입니다."

"음… 그럼 만약 내가 너에게 죽으라고 한다면 어찌할 생각이냐?"

그녀의 말을 듣고 가끔씩 충성을 맹세한 신하에게 주군이 던지는 말을 한번 해보았는데 이 말에 알리샤는 조금 놀라는 표정을 지었지만 이내 침착한 표정을 찾으며 말했다.

"그것만은 따를 수가 없습니다."

"역시나……."

역사서 같은 걸 보면 주군의 말에 신하는 명령이라면 목숨이라도 내놓겠다는 말을 종종 내뱉곤 했는데 역시 천한 신분의 여자이기 때문일까? 내 명에 죽겠다는 대답은 하지 않았다.

하지만 잠시 후 난 그 생각이 착각임을 절실히 깨달을 수 있었다.

"천녀는 아무것도 바라는 것이 없습니다. 그저 영주님 곁에서 평생을 섬기며 살아가고 싶을 뿐입니다. 제가 만약 영주님의 명에 죽는다면 그것마저도 영주님과 함께할 수 있을 때뿐일 것입니다."

"……."

나로서는 그녀에겐 오직 나를 섬기는 생각밖에 없는 것이 아닐까 하는 생각이 들 정도였다. 죽음마저 나를 섬길 수 있으면 따르겠다니… 감동하기는 했지만 조금 두렵기도 한 것이, 다시 생각해 보면 죽기 전까지, 아니, 죽을 때까지 찰거머리같이 나를 따라붙겠다는 이야기도 되기 때문이다.

뭐, 알리샤 같은 미녀가 죽을 때까지 따라붙겠다면 기분 나쁠 리는 없겠지만서도 정식 부인이 될 여자가 끈덕진 천민 의식이 가득하니…

응? 내가 뭐라 생각한 거지? 정식 부인이라니!!

실수였다. 마음속으로는 이미 알리샤를 정식 부인으로 생각하고 있었기 때문이다.

생각지도 않은 고민거리로 머리가 지끈지끈 아파오고 있을 때 쾅 하는 소리와 함께 누군가가 방문을 열고 안으로 뛰어들어 왔다.

"영주님! 큰일 났습니다!"

"무슨 일인가?"

안으로 들어온 사람은 레빈의 부하인 케넬스였다. 나와의 싸움에서 패한 이후 그럭저럭 말을 잘 듣는 녀석이었는데, 표정에 다급함이 서려 있는 것으로 보아 심상치 않은 일이 벌어진 것을 알 수 있었다.

"일단의 병사들이 영지로 진군해 오고 있다 합니다."

"병사들?"

"예, 보고된 바로는 녀석들의 문장기에 독수리와 푸른색의 별, 그리고 두 개의 꽃이 그려져 있다고 합니다."

"푸른 별은 아멘 북부 쪽 문가의 상징… 그리고 두 개의 꽃은 자작급 작위를 뜻하는 것이니 독수리를 가문의 영수라 하는 자작가라면… 션우드 자작?!"

귀족들이 숙지해야 하는 교양 중에 문장으로 어떠한 귀족가라는 걸 알아내는 것이 있었다.

귀족들은 가문마다 각각 자신들의 문장을 지니고 있었다. 이드리샤 공작가의 가문을 상징하는 문장기에는 두 마리의 그리폰과 할버드, 그리고 다섯 송이의 노튼화이트(아멘 왕국 북쪽에 자생하는 식물로 다섯 개의 꽃잎을 가진 일 년생 화초이다)가 새겨져 있었다.

문장에 새겨져 있는 그리폰은 가문을 상징하는 영수로 현 왕가의 상징은 골드 드래곤이다. 그리고 꽃은 귀족의 작위 등급을 말하고 있어 자작은 두 송이의 꽃이, 공작가는 다섯 송이가 새겨져 있는 것이다. 그리고 별이나 할버드가 나타내는 것은 문가와 무가를 나누는 것이다.

이 외에도 가문을 상징하는 문장기에는 그 귀족의 근거지나 영지의 위치, 가문이 국가에 세운 공덕 등에 따라 독특한 문양과 색 등이 있지만 영수와 문무의 구별, 가문을 나타내는 꽃의 개수, 이렇게 세 가지만으로 상대를 판별하는 것이 보통이었다.

케넬스의 말을 듣고 영지로 향하고 있는 병사들이 션우드 자작이라는 것을 깨달은 난 자리에서 일어나서는 그를 보며 말했다.

"적의 숫자는?"

"오백 명 가까이 된다 알고 있습니다."

"오백 명이라… 레빈은 알고 있는가?"

"사람을 보냈으니 소식을 들으셨을 것입니다."

"알겠네. 일단 나가보도록 하지."

"예."

오백 명의 부하들을 이끌고 온 것이라면 일이 심상치 않게 흘러가고 있는 것이었다. 그 숫자라면 자신의 영지 사병 중 반 가까이를 끌고 온 것이니 자작이 직접 원정을 나섰을 확률이 높았다.

방을 나와 회의장에 도착하자 레빈과 게리오스가 자리에 앉아 대화를 나누고 있는 것을 볼 수 있었다.

"게리오스, 어찌 된 일인가?"

게리오스가 일을 원만히 처리할 것이라 생각했는데 션우드 자작이 부하들을 이끌고 직접 영지로 쳐들어왔다니 그에게도 실패라는 것이 있구나 하는 생각이 들었다.

"아무래도 다른 문제가 섞여 있는 것 같습니다. 상대의 선전 포고문을 보니 여자 문제를 트집 잡고 있더군요."

"여자 문제?"

"예, 저희들이 처리한 아메로스 남작의 장녀가 션우드 자작과 연이 있었다고 하더군요."

"리안나라는 계집 말인가?"

"예, 션우드 자작은 그녀를 구하기 위해 직접 저희 영지로 사병들을 이끌고 쳐들어온 것이 되지만 실제로는 자신의 측근인 아메로스 남작이 공격당한 것에 대한 복수전이나 또 다른 이권 문제가 개입되어 있겠지요."

녀석이 쳐들어온 것에 그 리안나라는 계집이 올라 있자 난 미간을 찌푸릴 수밖에 없었다.

하지만 션우드는 그저 명목으로 그년을 내세운 것뿐, 사실 찾아보면 다른 명목은 얼마든지 내세울 수 있는 일이었다.

어찌 됐든 계집 탓만을 하고 있을 순 없는지라 레빈을 보며 물었다.

"션우드 측의 숫자가 오백이나 된다 하는데 괜찮겠소?"

"음… 내 부하들이라면 그 정도의 오합지졸들을 상대하는 것은 어려운 일이 아니지만 숫자가 숫자인만큼 어느 정도의 피해는 감수해야겠지."

레빈이 내 영지의 단승 자작 신분이 되었다곤 하지만 아직까지 그는 용병단장으로서의 위치가 더 크다고 할 수 있었다.

그런 상황에서 션우드 자작의 군대를 상대로 부하들을 함부로 굴릴 순 없는 일인지라 난 그에게 의견을 물어볼 수밖에 없었고 레빈 역시 난처한 표정을 드러내고 있었다.

아무리 상대가 오합지졸이라 해도 오백이나 되니 무시할 것이 못 되었다.

잘못하여 피해가 크기라도 한다면 승리해도 용병단는 복구하지 못할 정도의 피해를 입을 수도 있기 때문이다.

"게리오스, 뭔가 좋은 수가 없겠는가?"

솔직히 영지에 박혀 있던 난 군사 전술에 능하지 못했기에 그나마 우리들 중 가장 똑똑한 게리오스에게 의견을 물어볼 수밖에 없었다.

레빈의 용병단에서도 게리오스는 마법사의 역할과 함께 참모의 역할도 겸하고 있었기에 이 상황을 타개할 방법이 있을지도 모른다는 생각이 들었다.

"용병 대부분이 말을 소유하고 있어 상대에 비해 기동력 면에선 우수하다 할 수 있습니다. 그것을 최대한 활용하기 위해선 적을 평원으로 끌어들이는 것이 가장 효과적인 방법이겠지요."

"휴… 확실히 기동력이 떨어지는 적이라면 그러한 방법이 좋을 듯하군."

기마의 기동력을 이용한 전술은 아멘 왕국의 통상적인 전술 중 하나이지만 과연 용병이 기마전술을 얼마나 효과적으로 사용할 수 있을지는 알 수 없는 일이었다.

갑옷을 입기 위해 방으로 돌아가자 이미 알리샤는 출전에 필요한 준비를 모두 해두고 있었고 내가 들어서자 살짝 미소를 지으며 말했다.

"영주님, 출전 채비를 해두었습니다."

"고맙다."

그녀는 힘겹게 하프 플레이트 아머를 들어 나에게 걸쳐 주었다. 여린 여인의 힘으로는 힘거운 작업일 수 있었지만 연신 이마에 흐르는 땀을 닦으면서도 아무 말 없이 갑옷을 입혀주는 알리샤를 보며 션우드 자작가의 대전에 앞서 무엇인가 비장함마저 들고 있었다.

갑옷을 모두 걸친 난 알리샤를 보며 말했다.

"알리샤."

"예."

"이 싸움이 끝난 이후에 말이야……."

"예……."

"그때 나의 정식 부인이 되어주지 않겠어?"

결전을 앞에 두고 난 그녀에게 프로포즈를 했다. 솔직히 공작이라는 신분이 그녀를 정식 부인으로 맞이하는 것을 막고 있었지만 개인적으로 그녀가 싫은 것은 아니었다.

여인으로서의 헌신적인 모습이나 아름다운 자태와 행동거지, 그리고 여인으로서 가져야 할 소양 등 그리 모자란 것이 없었기 때문이다.

그저 귀족의 작위만으로 거부하기엔 그녀는 나에게 너무도 아까운 존재였다.

사실 그녀의 아비인 레빈을 하나뿐인 단승 자작으로 임명했을 때부터 이러한 것을 마음에 두고 있었을지도 모른다.

단지 공작이라는 허울뿐인 나의 직함이 그것을 애써 거부하고 있었을 뿐.

"알리샤, 나의 프로포즈에 대한 답은 돌아온 후에 듣겠소."

놀라고 있는 알리샤에게 넌지시 말한 난 그대로 걸음을 옮겼다.

갑옷을 입고 나왔을 때 이미 레빈과 게리오스는 모든 준비를 마치고 있었다. 나와는 달리 대부분의 사람들이 간단한 레더 아머를 걸치고 있었지만 적을 상대하기 전에 보이는 그들의 모습은 여느 기사의 당당함 못지않아 조금 안심이 됐다.

레빈은 션우드 자작의 군대를 섬멸하는 것은 어렵지 않다 이야기하고 있지만 삼백 대 오백이라는 숫자의 차이는 나에게 불안감을 주기에 충분했다.

그러나 용병들이 패배란 단어는 전혀 생각지도 않는 모습인지라 당당한 아멘 왕국의 공작 신분을 지닌 내가 그까짓 자작 정도의 인물을 앞에 두고 겁에 질린 모습은 어울리지 않는다는 생각이 들었다.

내가 걸어나오자 용병 중 한 사람이 준비해 놓은 말을 가져다 주었고 말에 오른 난 게리오스와 레빈에게 미소를 지으며 말했다.

“자작이고 남작이고 멋지게 해치우고 나중에 술이나 한잔하자고.”

“좋지.”

“저도 환영입니다.”

나의 말에 두 사람은 미소를 지으며 대답했고, 난 허리에 차고 있던 검을 뽑아 들고는 용병들을 보며 소리쳤다.

“건방진 션우드 녀석이 감히 본작의 영지를 침범했다. 식후 간식거리도 되지 않는 녀석의 군대를 상대하는 데 죽는 놈들은 무덤에 싸구려 서든 주(아멘 왕국의 서민들이 먹는 술로 곡주의 일종이다. 시금털털한 맛으로 술 맛은 그리 없지만 싼 가격 때문에 많은 이들이 먹는 술이다)를 뿌려줄 것이고, 살아남는 놈들은 델싱 와인(델싱 지방의 포도로 만든 와인)을 죽을 때까지 입에 처넣어줄 테니 각오들 하라!”

“와!”

귀족이라기보다는 오히려 용병에 가까운 나의 호통에 녀석들은 크게 함성을 내지르기 시작했으니 아무래도 델싱 와인을 위해서라도 살아남을 것이라는 생각이 들었다.

"레빈 자작, 출발합시다."

"그러지! 케넬스, 출발하자!"

"예! 출발!"

레빈의 말에 케넬스는 용병단의 앞에 서서 크게 소리쳤고, 드디어 션우드 자작의 군대를 상대하기 위해 용병들이 평원을 향해 진군을 시작했다.

용병이라고는 하지만 그래도 레빈이나 게리오스가 상당히 심혈을 기울였는지 진군하는 이들의 진열은 전혀 흐트러지지 않고 있었다.

"이거 정규군과 비교해도 뒤지지 않겠는데?"

"당연한 소리! 내가 어떻게 키운 놈들인데."

내 말에 레빈은 당연하다는 표정으로 말을 했다. 그 때문에 과거 나의 사병들을 생각하며 조금 부러울 수밖에 없었다.

하지만 그리 실망하지는 않았다. 알리샤를 정실로 맞아들이기로 한 이상 레빈을 잡아두는 게 그리 어렵지는 않을 것이기 때문이다.

그가 딸을 아끼는 이상 나에게서 벗어날 수 없었다.

삼백여 명의 용병들이 길게 진열을 이루어 움직이자 내 영지민들은 보이는 족족 도망가기에 급급했다.

전쟁을 겪어본 자들이 없다고는 하지만 수많은 용병들이 진군하는 가운데 멀쩡히 그것을 보고 있을 겁없는 자들이 아니니 당연하다 할 수 있었다.

한 시간 정도 후에야 우린 션우드 자작과의 싸움이 있을 평원에 도착할 수 있었다. 평원이라고 해봤자 다른 영주들의 영지에 비한다면 손바닥만한 것이 분명하긴 했지만 그나마 내 영지에서 제대로 농사지을 곳은 이곳밖에 없는지라 평원이라 말하고 있었다.

"평원에서 싸움할 생각을 하다니… 내가 미쳤군."

유일한 농지가 혹시 이 싸움으로 망가지지는 않을까 하는 생각에 난 조금 후회하는 마음이 들었다. 아직까지 별다른 수입원이 없기에 농지는 나에게 상당히 중요한 곳이기 때문이다.

"아메로스 남작의 영지를 손에 넣었으니 그리 큰 문제는 없을 것입니다."

"물론 이번 전투로 영지의 경영에 어려움이 생기지는 않겠지만 나에게는 중요한 문제다. 얼마나 많은 피와 땀이 이 작은 밀밭에 쏟아졌는지 알기나 하는가?"

"후후후, 그런 마음을 잃지 마십시오."

내 말에 미소 짓는 게리오스의 모습을 보며 뭔가 밀리는 느낌이 드는 것은 어쩔 수 없었다. 대공작인 나보다 그가 오히려 귀족 같아 보였기 때문이다.

이제 얼마 지나지 않으면 선우드 자작의 군대가 평원에 도착할 것이 분명한데 게리오스는 마치 무엇인가를 기다리고 있는 듯 사방을 둘러보더니 자신의 마법 지팡이를 들고 마법 주문을 외우기 시작했다.

"위대한 마나의 존재여, 그대를 따르는 이가 그대의 힘을 원하노니!"

마법사라는 존재를 몇 번 보긴 했지만 그 대부분이 그저 마을을 돌아다니며 서커스와 같이 자잘한 마법으로 사람들의 눈길을 끄는 그런 광대 같은 자들뿐이었다.

마법사를 고용할 돈도 없는 나로서는 정식 마법사를 한 번도 본 적이 없었던 것이다. 하지만 마법이라는 것에 대해 어느 정도 아는 것은 있었다.

　마법사의 주문 첫 번째 영창은 마법의 근원인 마나의 힘을 주위의 공간에 형성시키는 것으로 지금 게리오스의 몸에 내재되어 있는 마나가 흩어져 나오기 시작했다.

　그리고 두 번째 주문을 통해 흩어진 마나의 입자는 각 마법을 형성하기 위한 배열을 시작하고, 세 번째 주문을 통해 그것이 실체화되어 드디어 마법이 실행되는 것이다.

　"위대한 힘으로 마나의 영능을 떨치게 하소서. 이글 아이!"

　푸른 빛과 함께 마법의 시동어를 외친 그는 잠시 후 미간을 찡그리고는 마법을 회수한 후 나에게 말했다.

　"아무래도 선우드 자작 외에 다른 귀족들이 참여한 것 같습니다."

　"다른 귀족?"

　"예, 가능성있는 귀족 가문이라면 아메로스 남작의 영지와 인접해 있는 데니언 남작으로 그 역시 선우드 자작 파벌에 속해 있는 자입니다."

　"이런… 숫자는?"

　"데니언 남작으로 생각되는 귀족의 합류로 숫자는 팔백 명 정도로 늘어나 있는 상태입니다."

　난감한 일이었다. 처음 오백 명이라면 어떻게든 해볼 수가 있지만 삼백 명이 더 추가된 상태에서 이대로 싸움을 했다가는 승리한다 해도 돌이킬 수 없는 피해를 입을 것이 뻔한 일이다.

　"음……."

　어떻게든 이 상황을 타개할 방법을 찾아보았지만 역시나 생각나는 것이 없는지라 한숨이 나올 수밖에 없었는데, 옆에 있던 게리오스가 한참을 생각하더니 나를 보며 말했다.

"노턴코프를 이용하는 것이 어떻습니까?"

"노턴코프?"

"예, 부하를 시켜 그림을 보내었으니 지금쯤이면 도착했을 것입니다. 그 정도의 선물을 보냈으니 약간의 뇌물을 더 들인다면 노턴코프에서 원군을 얻을 수 있으리라 생각합니다."

확실히 노턴코프를 담당하는 론 백작은 탐욕스러운 인물로 알려져 있으니 게리오스의 말에 고개를 끄덕일 수 있었다.

하지만 여기에서 노턴코프까지의 거리는 하룻길, 거기에다 원군이 오는 시간을 감안한다면 족히 오 일은 넘게 걸릴 것이 분명했다.

"시간이 너무 촉박하지 않겠나?"

"그렇긴 하지만 현재로서는 노턴코프의 원군 외에 이 상황을 타개할 방법은 없다고 생각합니다."

"…좋소. 노턴코프에 관한 전권을 남작에게 일임할 테니 최대한 빨리 원군을 청해오도록 하시오."

"예."

"레빈 자작."

"불렀는가?"

"……."

작위까지 주었음에도 맞먹는 녀석을 보며 한 대 패주고 싶었지만 지금 상황에서 믿을 수 있는 사람은 레빈뿐이기에 화를 참을 수밖에 없었다.

"적을 섬멸하라는 부탁은 하지 않겠소. 피해를 최소화하며 시간을 끌 수 있겠소?"

"시간을 끄는 일이라… 녀석들이 두 무리가 합쳐져 이루어진 무리들이라면 어려운 것만은 아니겠지."

"두 무리가 합쳐져 이루어진 무리?"

"이 싸움에 데니언 남작이 아메로스 남작의 영지 중 일부를 약속받았을 것은 분명한 일. 선우드 자작에게 어느 정도 전과를 보여주어야 한다면 가지고 노는 것쯤은 어렵지 않겠지."

확실히 그의 말이 틀린 것은 아닌지라 믿어보기로 했다.

하지만 잠시 후 용병들이 준비하는 것을 보며 의아한 생각이 들었는데, 단순히 병장기를 챙기는 것이 아니라 용병들이 옷을 갈아입고 있었기 때문이다.

"게리오스 남작, 이게 무슨 일이오?"

나로선 영문을 알 수 없어 물어보았는데 그는 미소를 지으며 말했다.

"공작님께선 울브스 블러드 마치라고 들어보셨습니까?"

"울브스 블러드 마치?"

"예, 아멘 왕국과 북부 국경을 같이하고 있는 셔먼 왕국 도적단을 일컫는 말입니다."

"도적단? 그런데 지금 그것이 저들과 무슨 연관이 있단 말인가?"

나로선 도적단과 용병들이 옷을 갈아입는 것이 무슨 상관인지 알 수가 없었는데 그가 그런 나를 보며 말했다.

"저들이 바로 울브스 블러드 마치입니다."

"응?"

그렇다면 레빈이 데리고 온 용병들은 용병이 아니라 도적이란 말인가? 도저히 이해가 되지 않았는데 게리오스가 이들에 대해 자세히 설명해 주었다.

“사실 지금까지 말씀드리지 않았지만 용병들 대부분이 말을 소유하고 있다는 것이 조금 이상하지 않습니까?”

“음… 그건 그렇지.”

용병들에게 급수가 있다고는 하지만 같은 용병이라 할지라도 말을 소유하고 있느냐 없느냐에 따라서 상당히 다른 취급을 받고 있었다.

같은 전쟁 용병이라 할지라도 말을 소유하고 있다면 그는 보병이 아니라 기병에 포함되기 때문이다.

보병 용병들의 경우에는 정규군이 나서기 전 적을 막는 방패 역할이나 가장 위험한 전투에 포함되는 반면 용병 기병의 경우는 그 기동성 때문에 전술상 중요한 곳에 쓰이기 때문이다.

같은 위험성이 존재한다면 요지에 투입되어 많은 액수의 돈을 받을 수 있기에 대부분의 용병들은 모두 말을 소유하려 했지만 대륙엔 평균적으로 말 한 마리의 가격이 십 골드를 넘기 때문에 웬만한 용병이 아니라면 말을 소유하는 것은 어려운 일이었다.

그래서 내 영지로 들어온 레빈의 용병들 대부분이 말을 소유하고 있기에 그저 레빈이 딸을 빨리 구하기 위해 용병단의 돈을 무리하게 사용하여 말을 구입했다 생각했는데 게리오스의 말을 들어보니 그것이 아니라는 생각이 들었다.

“그렇다면?”

“고대어인 울브스 블러드 마치를 대륙어로 번역하면 늑대들의 피의 행렬이라는 뜻이 됩니다. 셔먼 남부에서 악명을 날리던 울브스 블러드 마치는 정해진 본거지 없이 도적단 모두가 마적(馬賊)으로 이루어져 마을을 습격하며 돌아다니는 무리들이었지요.”

“음…….”

확실히 마적의 무리들이라면 정규군이라 할지라도 이들을 잡는 것은 어려운 일일 것이다.

"그러던 것이 레빈 단장님이 두목이 되면서 도적질을 그만두고 용병단으로 바뀌게 된 것이죠."

"그렇군."

레빈의 용병단에 대해 그다지 아는 것이 없던 나로선 그의 말에 고개를 끄덕일 뿐이었는데, 그들의 말안장 한쪽에 모두 활이 매어져 있는 것을 보며 이상하단 생각이 들었다.

"말 위에서 활을 쏜단 말인가?"

"아! 공작님께서는 북방 민족 중 하나인 요족을 본 적이 있으십니까?"

"요족이라면 알디하렌 제국 서북쪽 국경에 닿아 있는 알마서스 왕국이 골치를 썩고 있다는 그 무리들이 아닌가?"

"예, 수만에 이르는 정규군을 보유하고 있음에도 한 부족의 숫자가 오천을 넘지 않는 요족들에게 고생하고 있는 것은 이들 요족이 모두 기병으로 이루어진 것도 있지만 그것 외에도 그들 모두가 마상에서 활을 쏠 수 있다는 사실 때문입니다."

"……!!"

그 말에 난 놀랄 수밖에 없었다. 아멘 왕국을 비롯하여 많은 국가들이 기병을 보유하고 있다고는 하지만 그들 중 어느 한 국가도 마상에서 활을 쏘는 궁기병을 보유하고 있는 곳은 없었기 때문이다.

확실히 마상에서 활을 쏜다면 목표를 맞히는 것은 어렵겠지만 일단 익숙해지기만 한다면 상당한 힘을 보일 것은 분명한 일이었다.

"레빈 단장님의 용병단이 숫자는 그리 많지 않으면서도 크게 이름을 떨친 이유는 바로 용병단 전부가 궁기병으로 이루어져 있기 때문입니다."

"음……."

"아마도 단장님은 마적단으로 변장해 선봉에서 움직이는 데니언 남작의 병사들을 괴롭힐 생각이신 것 같습니다."

"알겠네."

레빈이 이끌고 가는 용병들의 숫자는 모두 백 명. 그다지 많은 숫자는 아니지만 궁기병이라면 충분히 시간을 끌며 녀석들을 괴롭힐 것이라 생각했다.

팔백 명이나 되는 숫자를 상대로라면 기병을 보유하고 있다 하더라도 쉽게 녀석들을 쫓아내는 것은 어렵기 때문이다.

나로선 현재 레빈이 거느리고 있는 삼백 명이 전부이지만 션우드 자작은 보이는 병사가 전부일 리 없기 때문이다.

"적이다!!"

레빈이 이끌고 있는 백 명의 궁기병이 다가가자 션우드 자작과 데니언 남작의 팔백의 사병들은 적의 출현에 놀라 소리치기 시작했다.

아마도 녀석들은 레빈들의 출현에 당황했을 것이다. 공작이라곤 하지만 변방에 작은 영지를 소유하고 있는 내게 말을 살 수 있는 재력 같은 것이 있을 리 없기 때문이다.

그런 생각에 그 역시 궁병과 보병 정도만을 이끌고 왔을 뿐 기병은 많이 봐줘도 백 명을 넘지 않아 보였다.

아마도 션우드는 지금 모습을 드러낸 우리 기병들이 아메로스의 돈으로 급히 급조한 병력이라 생각할 것이 분명했다.

"음… 역시 데니언이로군……."

멀리 보이는 또 하나의 문장기를 보며 난 선우드와 함께 온 귀족이 데니언임을 알 수 있었다. 상단을 이루고 있는 선우드인만큼 제대로 된 영지가 없거나 영지가 있어도 더 많은 돈을 벌고자 하는 귀족들은 분명 그에게 붙었을 것이고, 아마도 데니언이라는 자 역시 그런 부류 중 하나일 것이다.

아군의 일백 기병들을 상대하기 위해 선우드 측에서 나온 이는 데니언의 사병들이었다. 문장기를 앞세우며 달려오고 있는 그가 거느린 사병들은 대략 일백의 궁병과 이백의 보병들로 보였다.

진의 선두에 서서 아군을 기다리는 것으로 보아 사정거리에 온다면 궁병에게 활을 쏘게 하여 적의 숫자를 줄인 후 보병으로 충돌해 오는 기병을 상대하기 위함일 것이다.

하지만 그것은 상대가 급조한 기마병이라고 생각했을 때나 가능한 대처법이었다. 현재 전장에 나가 있는 기병들은 한때 마적으로 서면 왕국을 어지럽히던 무리들. 정규군조차 제대로 대처하지 못했다던 이들을 하급 귀족인 데니언의 사병들이 상대할 수 있을 리 없었다.

*　　　*　　　*

레빈은 데니언의 사병들이 앞으로 나오자 안장에 매어져 있던 활을 들어 적진의 중앙을 향해 겨누었다. 그가 활을 겨눈 곳을 보자 그곳에 있는 귀족 가문의 깃발과 함께 세 명의 기사에게 호위받는 귀족을 확인할 수 있었다.

"어디 얼마나 간이 큰지 볼까!!"

그 말과 함께 레빈의 손에선 한 발의 화살이 날아갔고 화살은 허공을 가르며 귀족이 있는 곳으로 맹렬한 속도로 뻗어 나갔다.

"헉!!"

깃발 옆에 있던 사람은 다름 아닌 선봉을 서고 있던 데니언 남작이었는데 기마의 무리에서 한 발의 화살이 자신을 향해 날아오자 크게 놀랄 수밖에 없었다.

"끄악!!"

"피하십시오!!"

그것을 보며 급히 한 명의 기사가 말 등 위에서 그를 향해 몸을 날렸고 날카로운 파공음을 내며 날아오던 화살은 기사에 등에 박히고 말았다.

"끄악!!"

아멘 왕국의 기사들이 입는 하프 플레이트 아머를 입고 있다곤 하지만 화살은 갑옷을 뚫어버릴 정도로 강렬한 위력이었기에 기사는 화살이 등에 박히자 비명을 지르며 땅으로 쓰러지고 말았다.

다행히 그가 몸을 날린 덕에 데니언 남작은 목숨을 구할 수 있었으나 함께 말 위에서 머리부터 떨어졌는지라 상당한 충격을 받고 말았다.

"이런 빌어먹을……."

"영주님, 괜찮으십니까!!"

그가 말에서 떨어지자 다른 두 명의 기사들이 급히 말에서 내려와 그를 부축했다. 남작은 고통에 얼굴을 일그러뜨리며 자리에서 일어나 자신을 보호하던 기사들에게 노기를 드러내며 소리치기 시작했다.

"이 빌어먹을 자식! 막으려면 잘 막아야지! 감히 뭐 하는 것이냐! 당장 이놈의 목을 베어라!"

“영주님!!”

“영주님! 명을 거두어주십시오. 리페스는 영주님을 구하기 위해 결례를 범한 것뿐입니다.”

“닥쳐라!!”

하지만 뼛속까지 귀족인 그는 자신을 구한 기사의 공로보다 사소한 상처를 입힌 것에 더 화를 내더니 다른 기사들을 보며 소리쳤다.

“뭐 하는 것이냐! 당장 저놈의 목을 베고 궁병들은 저 도적놈들에게 본 남작의 무서움을 보여주어라!!”

“…예…….”

그 말에 오른쪽에 있던 기사는 할 수 없다는 표정을 지으며 고개를 끄덕였고 병사들 몇 사람에게 손짓을 하자 그들은 화살에 맞은 기사를 끌고 뒤로 물러섰다.

왼쪽에 있던 기사는 남작의 명을 받고 궁병들에게 큰 소리로 명령을 내렸다.

“제1궁병대는 적을 조준하라!!”

그의 명령에 일백의 궁병들은 일제히 들고 있던 롱 보우를 들어서는 적을 향해 들어 올렸고 잠시 후 기사의 명령이 떨어졌다.

“발사!!”

기사의 외침과 함께 화살은 일제히 하늘을 가르며 레빈이 이끌고 있는 궁기병을 향해 비 오듯 쏟아져 내렸다.

“기수를 좌측으로 돌려라!!”

적진에서 수많은 화살이 날아오자 레빈은 큰 소리를 지르며 기수를 좌측으로 돌렸고 그의 부하들 역시 일사불란하게 좌측으로 말을 몰아 달려나갔다.

"멍청한 것들!! 흥!"

레빈은 기수를 좌측으로 돌리며 콧방귀를 뀌었다.

그들의 행동이 우스웠기 때문이다. 레빈 측에서 활을 쏜 사람은 오직 레빈 한 사람. 그는 검사로서 상당한 실력의 소유자, 어느 정도 마나를 조절할 수 있는 사람이었기에 활의 사정거리는 다른 사람에 비해 거의 두 배에 가까웠다.

이 때문에 적이 활을 쏜다 하여도 사정거리에 도달하지 못해 이들에게 닿을 수 없음은 당연한 일이었다.

데니언 남작의 궁병들이 쏜 화살은, 아니나 다를까, 레빈들에게 닿지도 못하고 중간에 땅으로 떨어지고 말았다.

이러한 방법은 레빈이 귀족들의 사병들과 싸울 때 많이 사용하는 전법 중 하나였다.

거의 대부분이 기병으로 이루어진 레빈의 용병단은 기동력 면에서는 한 국가의 기사단과 비교해도 앞설 정도였다.

그런 장점을 바탕으로 궁기병의 모습을 취하고 있는 레빈은 다른 이보다 사정거리가 먼 자신의 힘을 바탕으로 적의 지휘관에게 일발의 화살을 날리는 것으로 싸움을 시작했다.

만약 상대가 약간의 전투 경험이 있는 자라면 일발의 화살에 동요하지도 않을 것이지만 활을 쏘며 반격하거나 군대를 진군시키기 때문이다.

이 일발의 화살로 적 지휘관이 미숙한 자라는 것을 깨달은 레빈은 자신감을 보이고 있었다. 일자 형태로 늘어서 있는 적진의 좌측으로 말을 몰며 빠른 속도로 자신의 용병들을 움직였다.

한편 데니언은 사병들이 쏜 화살이 모두 중간에 떨구어지자 노한 목소리로 소리치며 병사들과 기사들을 다그치기 시작했다.

"멍청한 것들! 활 하나 제대로 쏘지 못하느냐!!"

그의 호통에 기사들은 뭐라 한마디도 말을 할 수가 없었다.

데니언 남작가의 기사들이야 그저 일반 사병보다 제대로 된 검술을 익혔을 뿐 제대로 기사 수업을 받거나 전투를 경험해 본 적이 없는 자들이었다.

데니언 남작의 영지 특성상 아메로스 남작과 션우드 자작 사이에 영지가 끼어 있기 때문에 실제 전투를 경험할 수 있는 환경이 아니었기 때문이다.

거기에다 기사의 특성상 활이라는 것을 써본 적이 없는지라 사정거리에 대해서도 미숙할 수밖에 없었다.

좌측으로 기수를 돌리며 달리던 레빈의 궁기병들은 어느 사이엔가 갑자기 기수를 돌려 남작의 병사들을 향해 말을 몰아왔고, 그것을 보던 남작은 크게 놀라서는 옆에 있던 기사를 보며 소리쳤다.

"뭣 하는 것이냐!! 적이 진군해 오지 않느냐!!"

"이런!!"

레빈은 일자로 늘어서 있는 적진을 보며 좌측으로 기수를 돌렸다가 일자진의 끝으로 와서는 다시 기수를 돌려 진군해 들어갔고 기사들은 급히 병사들을 독촉하여 적 기병들이 달려오는 곳으로 진을 바꿀 수밖에 없었다.

하지만 전투 경험이 없고 진의 변형에 미숙할 수밖에 없는 데니언 남작의 병사들은 갑작스럽게 움직이자 크게 진이 흔들렸고, 간신히 우측에서 밀려오는 적을 상대하기 위해 보병과 궁병의 진열을 대충 조절했을 때는 이미 레빈의 궁기병대가 이들을 향해 활을 쏘고 있었다.

"발사!!"

후두둑!!

"끄악!!"

"으악!! 내 눈!!"

빠른 기동성을 보이며 움직이고 있는 레빈의 궁기병대에 비해 움직임이 느리고 혼잡한 상황의 데니언 남작 쪽 병사들은 적 기병들이 활을 쏘자 크게 당황할 수밖에 없었다.

아니, 기병들이 활을 쏜다는 그 자체가 이들에게는 충격이었다.

이 때문에 허공을 가르며 날아온 화살들이 자신들을 향해 쏟아지자 제대로 싸움도 하지 못한 채 적의 화살에 밥이 될 수밖에 없었다.

데니언 측 사병들의 대부분은 엉성한 레더 아머만을 걸치고 있었기에 피해는 더욱 클 수밖에 없었다.

"궁병들은 활을 쏴라!!"

급히 궁병을 맡고 있는 기사가 진열이 흐트러진 상황에서 활을 쏘아 궁기병을 상대하게 하였지만 어느 사이엔가 궁기병은 기수를 돌려 다시 뒤로 사라지고 있었고, 이들이 쏜 화살은 또다시 허허벌판에 떨어질 뿐이었다.

궁기병들의 한 번 공격으로 인하여 수십 명이 죽임을 당하고 그 배에 달하는 숫자가 부상을 당하자 데니언 남작은 당황할 수밖에 없었다.

하지만 이에 그치지 않고 레빈의 궁기병은 다시 빠른 기동력을 바탕으로 멀리서 적이 진형을 만든 반대쪽을 향해 말을 몰아가 똑같은 공격을 시도했고, 그 때문에 데니언 남작의 병사들은 도저히 정신을 차릴 수가 없을 정도였다.

세 번 정도 똑같은 공격으로 적의 진형을 흩뜨린 레빈은 기수를 돌려 후퇴를 지시했고, 이들이 물러나는 것을 보며 데니언은 그제야 안도의 한숨을 내쉴 수 있었다.

하지만 이 세 번의 공격으로 인하여 그가 이끌고 있던 삼백 명의 병사들 중 칠십 명 이상이 죽거나 크게 다쳤기 때문에 첫 전투의 피해에 데니언은 골치가 아플 지경이었다.

*　　　*　　　*

게리오스의 이글 아이와 이미지 마법을 통해 전투를 지켜보던 나로선 레빈이 이끄는 용병들의 모습에 탄성을 내지를 수밖에 없었다.

"호오… 궁기병의 능력이라니… 말이 나오지 않는군. 그나저나 데니언 남작이란 녀석, 갖고 놀기 좋은 녀석인 것 같군."

"부하들에게 신임을 얻지 못하는 성격인 듯합니다……."

나의 말에 게리오스 역시 고개를 끄덕이며 수긍했다. 상대가 저런 녀석이라면 우리의 계획은 쉽게 이루어질 수 있을 것이다.

한 차례 기습으로 큰 성과를 이룬 레빈은 부하들과 함께 내가 있는 곳으로 돌아왔고, 단 한 명의 부상자도 없이 상당수의 전과를 올린 그를 보며 난 흡족한 표정으로 그를 반겼다.

"수고했네, 레빈 자작."

"…휴……."

하지만 수고의 말을 듣는 레빈은 그리 표정이 좋지 않았다.

아무래도 자작이라는 작위가 그리 마음에 들지 않았던 모양이다.

사실 그가 받은 작위가 제대로 된 것도 아닌 데다가 누군가에게 묶여 있는 것 같은 기분일 테니 용병인 레빈에게 그리 달가울 리 없을 것이다.

내가 레빈에게 반기는 말을 하자 옆에 있던 게리오스가 나를 보며 말했다.

"일단 궁기병이라는 생소한 병과의 적들에게 공격을 당했으니 선우드는 함부로 움직이지 못할 것입니다."

"그렇겠지."

"하지만 이것으로 끝낼 순 없는 일입니다. 그들을 계속 잡아둘 필요가 있으니 어둠을 틈타 레빈 자작님께서는 다시 한 번 수고를 해주셔야겠습니다. 물론 적을 공격할 것까지는 없고, 활의 사정거리 밖에서 적진 주위를 돌고 돌아오시면 되겠습니다."

"주위를 돌고 오라고?"

"과연, 알겠네."

나로선 그 연유를 알 수 없어 물어보았으나 레빈은 대충 짐작한 듯 고개를 끄덕이고 있어 더 이상 물어볼 수 없었다.

용병보다 못하단 소리는 듣고 싶지 않았기 때문인데, 이러한 나의 답답함을 눈치 챘는지 게리오스가 자세한 설명을 해주었다.

"궁기병이라는 생소한 병과에 당한 이후라 이들은 함부로 움직이지 못할 것입니다. 하지만 이대로 오늘 하룻밤을 편히 쉬게 할 수는 없으니 레빈 자작님이 기마병을 이끌고 적의 시선을 끈다면 기습이 있을 것이라 생각하고 경계에 만전을 기울일 것이 분명합니다. 우리와 달리 장거리를 달려온 자작의 병사들을 더욱 지치게 하는 것이지요."

"과연."

마법사들이 똑똑하다는 것은 알고 있었지만 이러한 전투의 전술에 관해서도 박식하리라고는 생각지 못한 나였다.

하지만 생각해 보면 그것은 당연한 일이었다. 레빈과 게리오스는 전쟁터를 전전하는 전쟁 용병인지라 나나 션우드같이 자신의 영지에서 전투라는 것을 겪어보지 않은 귀족들과 비교한다는 것 자체가 무리인 것이다.

게리오스의 예상대로 션우드는 이전의 전투 때문인지 쉽게 움직이지 않았고, 그 때문에 게리오스의 전술은 쉽게 먹혀들어 갔다.

칠흑 같은 어둠이 밀려오자 레빈은 다시 한 번 부하들을 이끌고 가 적진의 주위를 돌기 시작했고, 그 때문에 십여 일간 급속 행군으로 상당히 지쳐 있음에도 불구하고 션우드 자작의 사병들은 휴식을 취하지 못할 수밖에 없었다.

아군으로선 전투가 아닌 그저 적의 주위를 맴도는 것만으로도 적을 피로하게 만드는 것은 물론 그 때문에 사기를 저하시킨 것이다.

몇 번 적을 괴롭힌 레빈이 부하들과 함께 아군의 진영으로 돌아오자 또다시 지휘 막사에서는 작전 회의가 열렸다.

"일단 노턴코프의 인정만 받을 수 있다면 아메로스 남작의 영지가 공작님의 것이 되는 건 반은 이루어졌다 할 수 있습니다."

"문제는 션우드 자작이라 그건가?"

"예, 이번 싸움에서 승리한다 해도 션우드 자작은 아직 오백 정도의 사병을 거느리고 있는 데다 상단의 특성상 용병 길드와 밀접한 친분이 있을 테니 이들을 통해 용병을 고용한다면 작위에 따른 군사의 보유법에 따라 이천에 가까운 병사들을 모을 수 있을 것입니다. 그러니 아군 측으로서는 절대 이번 싸움에서 큰 피해를 입어선 안 됩니다."

"이천이라… 휴……."

레빈이 오기 전에도 기껏해야 삼십여 명 정도의 사병밖에 보유하지 않고 있었던 나로선 이천이란 숫자가 엄청나게 느껴질 뿐이었다.

"그런데 션우드가 노턴코프의 론 백작과 연이 닿아 있으면 어찌할 것인가? 삼대상가의 주인인 션우드라면 돈으로도 충분히 론 백작을 자신의 편으로 끌어들일 수 있다고 생각하는데 말이야."

나로선 션우드가 도움을 요청하려는 론 백작을 돈으로 끌어들이지 않을까 걱정될 수밖에 없었다. 전형적인 가렴주구형의 귀족인 론 백작이라면 션우드의 재력에 놀아나기 충분했기 때문이다.

하지만 게리오스는 나의 걱정을 그저 기우라고 생각했는지 안심하라는 듯 고개를 저으며 말했다.

"영주님의 걱정은 이해하나 론 백작이라면 문제가 없을 것입니다."

"문제가 없다니?"

"공작님께서는 모르시겠지만 션우드가 영주님을 노리고 병사들을 몰고 온 후 몇 가지 사실을 알 수 있었습니다. 그중 하나가 바로 북부의 상권을 장악하고 있는 션우드와 노턴코프의 론 백작과는 예전부터 모종의 관계가 있다는 것입니다."

"모종의 관계?"

"예."

게리오스의 말에 나는 과연 그 둘의 관계가 무엇일까 궁금했고, 그는 자신이 알고 있는 모든 것을 이야기해 주었다.

션우드가 북부의 상권을 장악하고 있다곤 하지만 내수가 차지하고 있는 물량은 극히 소수에 지나지 않았다.

이는 다른 두 개 상권의 주인이 플로렌과 함께 공작의 작위에 있는 네라드 공작과 페이든 공작의 소유였기 때문이다.

왕국의 첫째와 둘째를 다투는 이들 두 개의 상회가 이 두 명의 공작을 등에 업고 아멘 왕국 내수의 대부분을 차지하고 있었기 때문에 정권의 힘을 얻을 수 없는 선우드가 내수에서 이득을 보지 못함은 당연한 일이었다.

그 때문에 선우드는 자연히 왕국의 외부로 그 눈을 돌릴 수밖에 없었고, 그러한 상황에서 찾은 것이 북부를 담당하고 있는 노턴코프로 이어지는 무역로였다.

바다와 닿아 있는 서쪽과 알테스 강이 있는 남쪽이 좁고 북쪽과 동쪽의 국경이 넓은 아멘 왕국의 정식 무역로는 북쪽 드래곤 산맥이 끝나는 곳에 국경을 인접하고 있는 톨스톤 왕국과 남쪽 테라만 왕국이 주무역 대상이었다.

하지만 밀무역에 한해서는 이러한 무역로를 따르지 않는데, 밀무역을 장악하고 있는 귀족이 바로 선우드 자작이었다.

본국의 북쪽은 최강의 종족들이 다수 존재하는 드래곤 산맥의 영향으로 삼방의 경계에 비해 병력이 적게 배치되어 있는 데다가 국가 간의 국경 분쟁 자체가 없기에 다른 국경의 병사들과 비교한다면 병사들의 질이 상당히 떨어지고 있었다.

선우드는 이러한 국경의 허점을 노려 드래곤 산맥으로 지도에 나와 있지 않은 산맥로를 통해 알디하렌 제국과의 대외 무역에 중점을 두고 있는 것이다.

북방의 군사 대국인 알디하렌 제국은 본국과 함께 대륙 이대강국으로 불리는 나라였다.

본국 몇 배의 국토를 가지고 있지만 국토의 70%가 험준한 산지로 이루어져 있어 평원이 많은 아멘 왕국에 비해 평원을 찾기 힘들었고, 아멘과 달리 마물들이나 이민족들이 산재해 있기 때문에 지역과 지역 간의 소통이 힘들 수밖에 없었다. 그렇기 때문에 영주들이 살고 있는 성이나 규모가 큰 마을을 제외한다면 지역 간의 불균형이 심했다.

하지만 국토의 대부분을 차지하는 산맥에서 생산되는 광물은 그 양이 제국을 제외한 대륙 전체의 국가가 생산하는 양보다 많아 실로 엄청난 광물을 보유하고 있다 해도 과언이 아니었다.

그러니 내수에 힘을 쓸 수 없는 션우드가 그것을 보고 있을 리 없었던 것이다.

아멘과 알디하렌은 드래곤 산맥의 영향으로 건국 이래 직접적인 싸움은 없었지만 아멘 왕국과 알디하렌, 그리고 그 사이에 끼어 있는 셔먼 왕국은 역사적으로 상당히 좋지 않은 관계를 가지고 있기에 나머지 두 나라를 가장 껄끄러운 국가로 생각하고 있었다.

그런 이유로 무역이 가능하다 할지라도 무역 관세가 터무니없이 높아 알디하렌에 밀을 수출하고 있는 션우드는 높은 관세 덕에 제대로 된 이익을 얻는다는 것이 애초부터 불가능했다.

물론 실제 알디하렌과 교역하는 것 자체가 불가능하다. 정식 무역로로, 즉 서북쪽 국경을 같이하고 있는 톨스톤 왕국을 통한 중계 무역밖에 그가 알디하렌 측과 교역할 수 있는 방법이 없는데, 관세도 관세이거니와 물류비와 그 밖의 잡다한 돈을 따진다면 아무리 많은 양을 교역해도 적자를 면할 길이 없는 것이다.

그런 상황에서도 그가 중계 무역을 계속하는 것은 무엇일까? 그것은 바로 밀무역로가 따로 존재하기 때문이다. 그리고 그러한 밀무역, 그 중에서도 작고 단가가 높은 귀금속을 통해 이득을 내고 있는 것이다.

어마어마한 광물을 생산하고 있는 알디하렌과 달리 아멘은 국토의 대부분이 평원, 그 탓에 귀금속의 경우 아멘 왕국과 알디하렌 제국의 귀금속 시가는 3:1의 비율에 달하고 있는 상황이다. 이런 상황에서 밀무역으로 관세를 물지 않은 션우드는 상당한 재력을 쌓을 수 있었던 것이다.

션우드의 밀무역로는 션우드, 데니언, 아메로스 북부 국경, 드래곤 산맥의 비밀로, 알디하렌 제국으로 이어지고 있다.

그런 상황에서 내가 아메로스 남작의 영지를 빼앗아 막대한 부를 창출하는 무역로가 중간에 막혀 버리고 만 것이니 부랴부랴 자신의 사병들을 모아 내 영지를 공격하게 된 것이다.

이번 일을 통해 노턴코프의 상급 기사에게 비밀리에 정보를 수집한 게리오스는 론 백작이 션우드의 뇌물 공세에 넘어가지 않을 것임을 자신할 수 있었다.

그것은 북부 국경을 담당하고 있는 론 백작과 션우드 자작과의 관계 때문이다.

북부 국경을 담당하고 있는 론 백작이 자신의 땅에서 밀무역을 통해 막대한 부를 구축한 션우드를 모를 리 없었고, 자연히 션우드는 이러한 밀무역로를 유지하기 위해 정기적으로 론 백작에게 뇌물을 상납했던 것이다.

하지만 사람의 욕심이란 것은 끝이 없는 데다 상대가 전형적인 타락 귀족인 론 백작이니만큼 엄청난 액수의 돈을 받음에도 불구하고 그것에 그치지 않고 션우드의 귀금속 밀무역을 탐내고 있었다.

론 백작 역시 그동안 보아온 것이 어느 정도 있을 것이니 아마도 현재의 상황을 이용하여 자신이 밀무역에 나서려 할 것임이 분명한 것이다.

그 때문에 션우드는 론 백작에게 도움을 청하지 못하고 자신을 따르는 데니언과 함께 병사들을 끌고 오게 된 것이다.

게리오스에게 이야기를 모두 들은 난 고개를 끄덕이곤 말했다.

"그런 일이 있었는가?"

"예, 션우드 자작이 제국과의 보석 밀무역으로 한 해 벌어들이는 돈은 그의 상가 전체 소득에 80%를 차지할 정도로 엄청납니다."

"80%?"

"단순히 액수로 따진다면 매년 순이익으로 오천만 골드 이상을 벌어들인다고 할까요?"

"오천만 골드?!"

오천만 골드라는 액수에 난 숨이 막히는 것을 느꼈다. 션우드가 삼 대상가 중 하나의 주인이라는 것은 알고 있지만 매년 오천만 골드를 벌어들이는 거부라곤 생각지도 못했기 때문이다.

"물론 오천만 골드라는 돈에서 밀무역로를 유지하기 위해 상당한 액수가 빠져나가는지라 실제로 션우드가 벌어들이는 돈은 삼천만 골드 정도지만 그 정도만 해도 제국과의 상권이 얼마나 군침 도는가를 아실 수 있겠지요?"

"오천만이나 삼천만이나 상상하기 어려운 액수인걸 뭐."

자신과 싸우고 있는 션우드가 그런 엄청난 돈을 벌어들이고 있다는 생각에 조금 심통이 나는 건 어쩔 수 없는 일이었다.

"하하하!!"

그런 나의 모습에 게리오스는 대소를 터뜨렸고 왠지 날 비웃는 것 같아 조금 기분이 나빠졌다.

"뭐가 그렇게 우습나?"

"하하하, 제가 안 웃게 생겼습니까? 그렇게 부럽다면 공작님께서도 밀무역을 개척하시면 되지 않습니까?"

"응? 밀무역?"

"예, 공작님도 아시다시피 공작님의 영지는 산맥을 끼고 있다곤 하지만 제국과의 거리가 먼지라 선우드 자작처럼 제국과의 밀무역은 어려운 형편입니다."

"그렇지."

척박한 산맥을 끼고 있는 본 가 역시 영지가 국경과 인접해 있다곤 하지만 농토가 있는 것도 아니고 산맥을 개발할 수 있는 것도 아닌지라 그저 허울뿐인 영지라 생각했다.

"하지만 아메로스 남작의 영지를 차지한 이상 상황이 바뀔 것은 당연한 것 아니겠습니까?"

"상황이 바뀌다니, 무슨 말인가?"

"생각해 보십시오. 이번 싸움에서 저희가 승리하고 론 백작을 끌어들일 수 있다면 선우드는 더 이상 저희가 차지한 아메로스 남작의 영지를 노릴 수 없게 될 것입니다."

"그렇다면 무역로를 잃어버린 선우드 대신에 우리 쪽에서 론 백작과 손을 잡아 밀무역을 하면 되겠군. 아니면 선우드에게 론 백작처럼 통행로 명목으로 돈을 받아 챙기거나 말이야."

삼천만 골드의 수익 중 일부를 양도하는 한이 있어도 난 그가 론 백작과 독점하고 있다시피 하는 보석 밀무역을 같이 하려 하지는 않으리란 것을 알 수 있었고, 론 백작 역시 이번 기회에 보석 밀무역권을 자신이 쥐려 할 것이란 생각이 들었다.

"이런, 공작께선 대외 무역을 너무 우습게 생각하시는군요."

"응? 무슨 소린가?"

"선우드는 전형적인 상인 귀족입니다. 하지만 론 백작은 대대로 북부 국경의 방비를 맡고 있는 무관 귀족이라는 것을 잊지 마십시오."

"상인 귀족과 무관 귀족이라……."

"후후후… 아시겠습니까?"

게리오스의 말이 무엇을 뜻하는지 알 수 없던 난 고개를 갸우뚱거릴 뿐이었다. 나 역시 무역이라는 것은 지금까지 그저 먼 나라의 이야기라 생각하고 있었기 때문이다.

"휴… 모르겠는데?"

"이런, 지금부터는 무역에 관한 것을 배우도록 하십시오. 음… 제가 말씀드리고자 하는 것은 론 백작에게는 상권을 이어갈 머리가 없다는 것입니다."

"머리가 없다니?"

"그저 밀무역에서 생기는 엄청난 상권이 탐이 나 저희를 도울 것은 분명하지만 상권이라는 것이 그리 호락호락한 게 아닙니다. 수대를 이어가며 상인이었던 선우드는 되어야 깐깐한 제국 상인들과 겨룰 수 있는 것이지 그저 싸우는 것과 영지민을 쥐어뜯어 재물을 모으는 것밖에 모르는 론 백작이 상인들과 머리 싸움에서 이길 리는 없지요. 아마 호되게 경을 치고 상권을 다시 선우드에게 넘길 것이 분명한 일입니다."

"호오! 그렇다면 중간에 우리가 상권을?"

확실히 그 상권을 차지할 수 있다면 엄청난 돈이 굴러들어 옴은 분명한 일이었기에 나 역시 탐이 날 수밖에 없었는데 게리오스는 그것 역시 고개를 저었다.

"또 뭐가 문젠가?"

"확실히 제국과의 보석 밀무역 상권은 엄청난 이득을 불러올 수 있겠지만 공작님은 공작님의 현 상황에 대해서 이해를 하고 계십니까?"

"무슨 소린가?"

"영지는 척박하고 가진 바 군사나 여러 가지 면에서 공작님은 결코 상권을 유지할 수 없다는 것입니다."

"……."

확실히 현재의 내 능력으로는 상권을 가진다 하더라도 그것을 뒷받침할 재력도 없거니와 미약한 영지의 힘을 생각한다면 근처의 다른 귀족들을 막을 방도가 없었다.

론 백작의 입장에선 그저 중간에서 일정액을 상납받는 위치인지라 액수가 크게 늘어나지 않는 이상 누가 상권을 차지하더라도 그저 두고 볼 것이 분명했다. 아니, 보석 밀무역권의 주인이 바뀌는 것을 틈타 더 많은 이득을 챙기려 할 것이기에 오히려 내 쪽이 불리해질 것은 분명한 일이었다.

"그렇군……. 그럼 어쩌라는 거지?"

"이 싸움에서 승리하면 공작님께서는 상권을 다시 선우드 자작에게 돌려주십시오."

"돌려주라… 그럼?"

"영주님이야 일정한 양의 상납금을 받아 챙기시면 되지 않겠습니까?"

"음……."

"무역로가 있건 없건 공작님 영지의 사정은 그리 좋지 않습니다. 군사력이나 여러 가지 면에서 선우드와 상대가 되지 못하지요. 공작님께 선 일단 이 싸움에서 승리해 론 백작과 아델슨 후작의 조력을 얻어내 시는 것이 가장 중요합니다. 그렇게 되면 상황이 크게 바뀌게 되니까 요.”

“상황이 바뀐다?”

“예, 일단 두 세력의 힘을 얻을 수 있다면 선우드는 힘은 있으나 이 들 두 사람 때문에 함부로 공작님의 영지를 노릴 수 없게 될 것입니다. 그가 많은 돈을 벌어들이고 있다 하더라도 아멘 왕국은 귀족 간의 병 력 유지 한계가 있어 자작의 작위에서 거느릴 수 있는 사병의 숫자는 기껏해야 이천 정도가 한계일 테니 론 백작과 아델슨 후작과 연이 닿 아 있는 공작님을 건드린다는 건 그에겐 모험을 하는 일이 되는 것이 지요.”

“음…….”

“선우드는 뼛속까지 상인인 사람입니다. 그런 자가 위험을 무릅쓰고 모험하지 않을 것은 분명한 일, 상권을 유지시킬 수만 있다면 차라리 상납금을 바치고 저희가 차지한 아메로스 남작 영지의 밀무역로를 그 대로 유지할 것은 분명한 일입니다.”

“호오!”

확실히 그렇게만 된다면 론 백작에게는 미치지 못하겠지만 상당한 액수의 돈을 상납받을 수 있으니 내 입장에선 그리 나쁜 것이 아니었 다.

“하지만 그것으로 끝이 아닙니다.”

“응? 끝이 아니라니?”

“저희가 제국과의 밀무역은 어렵겠지만 셔먼 왕국은 사정이 다르지 않습니까?"

"셔먼 왕국?"

"예, 확실히 셔먼 왕국과의 거래는 제국과의 거래와 비교해 크게 차이가 나긴 하지만 그것만 해도 공작님께는 상당한 부를 가져다 드릴 것입니다. 그것을 바탕으로 계속 무역로를 개척하여 아멘과 셔먼 왕국 간의 통상 무역권 및 밀무역권을 공작님께서 독점하는 것입니다. 또, 션우드와 달리 공작 각하께서는 작위부터 가질 수 있는 사병의 숫자가 상대가 되질 않습니다. 셔먼과의 무역을 통해 얻은 재력으로 영지의 병사들을 늘리고 용병들을 고용하여 힘을 비축한다면 후에 아델슨이나 론 백작의 도움 없이 혼자의 힘으로도 션우드가 가지고 있는 제국 밀무역권을 차지할 수 있을 것입니다."

"하지만 셔먼 왕국으로 가는 길이 없지 않은가. 우리 쪽에서 그곳으로 가려면 이스턴코프를 통해 적국이라 할 수 있는 엘란스트 왕국을 경유하여 가야 하는데, 관세도 관세이거니와 이스턴코프는 내 입장에서 기대하기 힘든 곳이지 않은가?"

셔먼 왕국 쪽으로 무역로를 개척하는 것은 그야말로 본국에서나 내 입장에서 낙타가 바늘구멍으로 들어가는 것보다 어려운 일이었는데, 그런 나를 보며 게리오스는 고개를 저으며 말했다.

"아무렴 제가 그런 가능성없는 말씀을 영주님께 드렸겠습니까?"

"그렇다면?"

"일단 저희 용병단은 엘란스트 왕국을 경유해서 온 것이 아니라는 것을 말씀드리고 싶군요."

"응?"

그의 말에 조금 놀란 표정을 지을 수밖에 없었다. 셔먼 왕국에서 온 이들이 엘란스트 왕국을 경유하지 않았다는 것은 단 한 가지 방법밖에 없기 때문이다.

"그렇다면 드래곤 산맥을 넘어?"

"예, 그리고 그 길이 바로 영주님께서 개척하실 밀무역로라는 것이지요."

"호오!!"

서먼 왕국과 밀무역을 한다는 것 자체가 나로선 생각도 못해본 일인지라 그저 탄성만 나올 뿐이었다.

"하지만 서먼 왕국과의 상권 성립은 아직 먼 이후의 이야기. 지금은 다른 것에 신경 쓰지 마시고 션우드를 몰아낼 생각만 하십시오, 공작님."

"아! 알았다고, 그래. 오늘은~ 어찌 싸워야 하나?"

은근히 말을 늘이며 게리오스가 생각한 바를 끌어내 보려 했다. 이들을 만나면서 나도 많이 영악해졌다 할 수 있었다.

"좋습니다, 수하의 의견을 적절히 끌어내는 것도 영주로서의 덕목 중 하나이니 그냥 넘어가지요."

"……."

역시나 그러한 면을 놓치지 않는 게리오스였으니 난 잠시 입을 다물 수밖에 없었다.

"일단은 레빈 단장님께 당분간 모든 것을 맡기도록 하십시오. 용병단을 이끌고 많은 전투를 행하셨던 분이니 션우드 자작 정도의 인물을 상대로야 쉽게 시간을 끌 수 있을 것입니다."

"알겠네."

나야 가문에 남아 있던 책으로만 전술에 관한 것을 조금 숙지하고 있을 뿐 실제 접한 일은 없었기에 전쟁터에서 잔뼈가 굵은 레빈에게 모든 것을 맡기는 것도 나쁘지 않다는 생각이 들었다.

물론 그의 지시가 있든 없든 레빈은 이미 궁기병대를 준비해 두고 있었고, 그 때문에 이번 출전은 조금 다른 모습을 보이고 있었다.

*　　　　　*　　　　　*

지금까지 선두에서 진을 움직이던 레빈은 이번만큼은 전투에 참여할 준비를 하지 않고 있었다.

"케넬스!"

"예, 단장."

"오늘은 네가 진의 선두에 서서 이끌되 만약 적이 움직인다면 한 번의 공격 이후 바로 본진으로 돌아오고, 그렇지 않다면 시간을 끌어라."

"시간을 끌다니요?"

"우리가 왜 도적 시절의 옷을 입었다고 생각하나? 서면 왕국에서 명성을 날렸던 우리였으니 우리의 정체를 알고 있는 자들도 없지는 않을 것이다. 내전으로 시끄러워진 서면 왕국의 유민이 아멘 왕국으로 다수 흘러 들어왔으니 말이다."

"그렇군요."

한때 그들이 있었던 서면 왕국은 내전으로 상황이 그리 좋지 않았다. 물론 전쟁 용병이라면 이러한 것이 돈벌이가 될 수도 있겠지만 이러한 내전이 오래 계속되면 물자의 부족으로 인하여 내국에 인플레이션이 가중되기 마련이다.

즉, 많은 돈을 받을 수 있다 하더라도 살아가는 데 필요한 물품을 사기 위해선 많은 돈을 지출해야 함은 어쩔 수 없는 일, 이러한 것들을 제공해 주는 곳이라면 모를까 그렇지 않다고 하면 보통 1년의 정기 계약을 주로 하는 용병단의 특성상 상황은 그리 좋지 못하다.

정권이 어떻게 바뀌느냐에 따라 자칫 적자에 시달리거나 반도의 무리들처럼 휩쓸려 죽임을 당할 수도 있는 일이기 때문이다.

그래서 장기적인 내전의 상황에서는 용병들도 자신들의 안위를 생각하여 피하는 것이 보통이었다.

딸의 일도 있었지만 만일 이러한 사정이 없었다면 레빈이 용병단 전부를 데리고 아멘 왕국으로 넘어오는 일은 없었을 것이다.

"우리가 도적단이라는 것을 녀석들이 알게 되면 우리의 애송이 공작이 어떻게 우리를 끌어들였는가에 대해 생각할 것이다."

"그렇다고 한다면?"

"네 생각대로다. 우리 같은 도적단이야 상인 나부랭이 입장에선 그저 돈 몇 푼 쥐어주면 신의를 저버릴 집단이라 생각할 것은 분명한 일, 분명 귀찮은 싸움보다는 돈으로 해결하여 쉽게 애송이 공작 나리를 상대하려 할 것이다."

"녀석이 오면 단장이 없다는 핑계를 대고 시간을 끌라는 것이군요."

"그래, 시일은 내일 오후쯤이면 좋겠군. 뭐, 주는 돈 마다할 필요는 없으니 적당히 선수금 받아 챙기고 뒤통수를 치는 것도 나쁘지 않겠지."

"하하하! 과연 단장님이십니다! 맡겨만 주십시오."

레빈의 말에 케넬스는 다시 한 번 단장의 말에 재밌는 일을 맡았다는 생각을 했다.

그의 말대로 케넬스가 궁기병을 이끌고 션우드 자작의 진영 쪽으로 움직이자, 아니나 다를까, 백기를 휘날리며 한 명의 기사가 이들 쪽으로 말을 몰아 달려왔고, 케넬스는 부하들에게 활을 쏘지 말라 지시하며 그를 맞이했다.

션우드 진영 쪽에서 백기를 들고 달려온 기사는 첫눈에 보아도 상당한 실력을 지닌 기사로 날카로운 눈매 뒤로 보이는 거구의 덩치를 지닌 기사였다.

그는 케넬스가 있는 곳으로 도착하자 주위를 한번 돌아보고는 궁기병들의 모습을 살피는 듯했는데, 이미 레빈의 지시를 받고 단단히 준비한 상태였기에 용병으로서의 어수선함은 전혀 보이지 않고 마치 한 왕국의 정병같이 굳건한 모습을 보이고 있었다.

그러한 모습에 션우드 자작 측에서 온 기사는 다소 놀란 표정을 지으니, 그저 실력있는 도적단 정도라고 생각했었기 때문이다.

"무슨 일로 찾아왔는가?"

기사의 모습을 보며 케넬스는 덤덤함 표정으로 툭 던지듯이 말했고, 그 탓에 션우드 측은 미간을 찌푸리고 말았지만 일을 성사시키기 위해선 참을 수밖에 없었다.

"션우드 자작님께서는 귀하들에게 각별한 관심을 보이고 계십니다."

"우리에게? 하하하하! 한낱 도적 떼들에게 귀족 나리가 관심을 보이시다니 영광이군, 영광이야!! 하하하!!"

기사의 말에 케넬스는 재미있다는 듯이 대소를 터뜨렸고, 영주를 우습게 보는 그의 행태가 마음에 들 리 없었으나 듣고 보니 한 가지 사실을 확인할 수 있었던지라 그것으로 만족할 수 있었다.

'확실히 저들이 울브스 블러드 마치가 맞는 듯하군.'

　실제로 도적단이라고 밝혀진 이상 자신들의 예상이 맞아떨어진 것이니 일을 진행하는 것도 나쁘지 않단 생각이 든 그는 케넬스를 보며 넌지시 물었다.

　"참으로 호탕한 사람이군요. 그런데 귀하 같은 사람이 공작 측의 휘하에 있다니 예상 밖입니다."

　"후! 기사 나리, 무슨 용건으로 찾아오셨수?"

　션우드의 기사 멘하스는 자신의 앞에 있는 자를 넌지시 띄워보았으나 도적이나 용병으로서 잔뼈가 굵은 데다가 이미 레빈에게서 몇 가지 이야기를 들었던지라 그의 속셈을 낱낱이 파악하고 있었기에 뚱한 얼굴로 그에게 직접적으로 용건을 물었다.

　상대가 이렇게 나오자 멘하스로서도 돌려 말할 필요가 없다 생각하고는 미소를 지으며 말했다.

　"션우드 자작께서는 귀하들의 실력을 높이 사고 있소. 어떻소이까? 귀하들이 원한다면 평생 놀고먹을 수 있는 재물을 손에 쥘 수 있을 텐데 말입니다."

　"호오! 평생 놀고먹을 수 있는 재물이라."

　"그렇소. 물론 원한다면 이곳보다 더 좋은 장사 자리도 제공해 줄 수 있소이다. 안전하고 물 좋은 곳으로 말이야."

　"하하하하하!!"

　멘하스의 말에 케넬스는 다시 대소를 터뜨렸다. 이번 싸움에 자신들의 손을 들어준다면 돈은 물론 도적단이 활동할 수 있는 장소까지 제공해 준다 했기 때문이다.

　하지만 케넬스는 귀족들의 섭리를 잘 알고 있었다. 어찌 보면 도적들보다 더 믿을 수 없는 자들이 바로 귀족이란 족속이었다.

“솔직히 기사 나리의 제안이 귀에 솔깃하긴 하지만 이것은 제가 결정할 일이 아니오.”

“응? 귀하가 아니라면?”

“두목께서는 이곳보다 쏠쏠한 곳으로 잠시 떠나셨으니 내일쯤이면 도착하실 것이오. 우리들이야 그저 물 좋은 곳으로 움직이는 것이니 내일 시기를 맞추어 다시 만나는 것이 어떻겠소?”

“음······.”

확실히 그가 두목이 아니라면 함부로 일을 정할 수 없는지라 멘하스는 잠시 생각에 잠겼다가 고개를 끄덕이며 말했다.

“알겠습니다. 귀하의 소식을 기다릴 터이니 힘 좀 써주시오.”

“글쎄, 솔직히 개인적으로는 마음이 내키지 않는군.”

케넬스가 입맛을 다시며 뚱한 표정으로 말하자 그가 무엇을 원하는지 안 멘하스는 안장에 채워져 있던 자루를 풀어 그에게 던져 주었다.

“호오!!”

기사가 던져 준 자루에서 느껴지는 묵직한 기운에 케넬스는 환한 표정을 지으며 이내 그것을 자신의 말안장에 묶은 후 말했다.

“기사 나리, 좋은 결과를 기다리시오. 후후후.”

“귀하만 믿겠습니다.”

그 말과 함께 멘하스는 기수를 돌려 자작의 군영으로 사라졌고 케넬스는 그런 그의 뒤를 보며 조소를 터뜨린 후 부하들에게 소리쳤다.

“자, 오늘은 이만 돌아가도록 하자!”

“예!”

케넬스의 말에 용병들은 크게 대답한 후 말의 기수를 돌려 다시 플로렌이 있는 군영으로 돌아갔다.

　군영으로 돌아온 케넬스에게 경과를 들은 플로렌과 레빈들은 일이 생각대로 풀리자 크게 기뻐했다.

　"거기에다 단장님에게 잘 부탁한다고 돈까지 쥐어주더군요."

　"하하하하! 그래? 얼마나 쥐어주던가?"

　"족히 수백 골드는 넘을 듯합니다."

　수백 골드를 넘는다는 말에 플로렌은 조금 놀란 표정을 짓다가 이내 안색을 정리하고는 케넬스를 보며 말했다.

　"자네의 능력으로 얻은 것이니 이번에 나간 용병들과 알아서 분배하도록 하게."

　"감사합니다. 그럼 전 이만."

　케넬스가 밖으로 나가자 플로렌은 레빈과 게리오스를 보며 말했다.

　"이제 생각대로 일이 풀리니 녀석들을 몰아내는 것도 어렵지 않을 것 같소, 게리오스."

　"예, 공작."

　"내 생각에는 이번 일을 통해 녀석들을 속여 큰 피해를 주고 싶은데 무슨 좋은 생각이 없겠소?"

　플로렌은 일단 적이 속아 넘어간 이상 이 기회를 틈타 션우드에게 피해를 줄 수 있는 방법이 있을 거란 생각에 물어보았는데 게리오스는 고개를 저으며 말했다.

　"만일 이 싸움을 피할 수 없고 반드시 션우드 자작을 이곳에서 죽여야 한다면 그러한 방법을 쓰는 것도 나쁘지 않으나 지금은 그럴 필요가 없다 생각합니다."

　"그럴 필요가 없다고?"

　"예, 션우드는 장사치입니다. 도적들의 신의를 믿지 못하는 인물이니 자신의 측으로 돌아섰다 하더라도 그리 신용하지는 않을 것입니다. 그저 공작님을 돕지 못하게 하는 선에게 일을 끝낼 뿐, 어떠한 수단도 쓰지 않을 것이 분명합니다.”

“음… 그런가?”

게리오스의 말에 그도 그럴 것 같다는 생각을 한 플로렌은 뒤통수를 긁적일 수밖에 없었다.

“예상대로라면 론 백작의 군대가 도착할 때까지는 나흘 정도의 시간이 남아 있습니다. 공작님께서는 일단 시간을 최대한 끄는 것이 좋을 것입니다.”

“알겠네.”

플로렌이 할 수 없다는 표정으로 대답하자 게리오스는 미소를 지으며 레빈에게 말했다.

“단장님께선 일단 최대한 시간을 끌도록 하십시오. 그리고 때를 틈타 공작님의 군영에서 빠져나간다 전하십시오. 사흘 정도 뒤로 미룬다면 론 백작의 군대가 도착하여 일을 쉽게 성사시킬 수 있을 겁니다.”

그의 말에 고개를 끄덕이는 레빈이었다.

플로렌은 혹시나 하는 생각에 그를 보며 자신이 불안하게 생각하는 것을 물었다.

“그런데 게리오스, 만약 론 백작이 병사를 보내오지 않으면 어떡하지? 그렇게 되면 모든 것이 수포로 돌아가는 게 아닌가?”

“물론 그럴 가능성도 없지는 않겠지만, 전에도 말씀드렸듯이 보석 밀무역에 그가 큰 관심을 보인다면 저희들에게 지원병을 보낼 가능성은 충분합니다.”

“그렇겠지… 휴……..”

그 말에 플로렌은 믿어야지, 믿어야지 하는 생각으로 마음을 가다듬으려 했지만 흔들리는 마음을 진정시킬 수 없었다.

게리오스와 레빈들과의 회의가 끝난 플로렌은 자신의 처소로 돌아와 심각한 고민에 빠질 수밖에 없었다.

처음에는 자신의 인생을 더럽게 꼬이게 만들 작자들이라 생각했던 것이 지금에는 몰락한 가문을 되살릴 존재로 떠오르고 있었기 때문이다.

만약 저들이 이번 일만 마치고 사라진다고 한다면 지금까지의 밝은 청사진은 모두 사라질 것이 뻔한 일이다.

"역시… 저들을 잡을 방법은 알리샤뿐이란 건가?"

솔직히 알리샤를 정식 부인으로 맞아들이기로 했지만 그렇다고 후회가 되지 않는 것은 아니었다.

만일 일이 순조롭게 풀리어 중앙 정계에까지 오를 수 있게 된다면 그녀와의 결혼은 아마 큰 장애로 다가올 것이 분명했기 때문이다.

물론 어디에 있는지도 모를 몰락 귀족의 적을 쓴다고는 하지만 공작 신분의 귀족이 몰락 귀족과 성혼을 한다는 것도 말이 되지 않는 일이었다.

'그렇다고 내치기에는 너무 아까운 인재들이고… 미치겠군.'

사실 처음 저들과 손을 잡았을 때는 자신이 힘만 생긴다면 내칠 것이란 생각을 하고 있었지만 지금까지 계속 지내다 보니 상당한 인재들이라는 것을 알 수 있어 그러한 생각은 변할 수밖에 없었던 것이다.

이런저런 고민을 하던 플로렌은 그대로 밤을 새고 마니, 다음날 시뻘게진 눈을 들어서는 레빈과 게리오스를 만날 수 있었다.

"공작님, 무슨 일이 있으셨습니까?"

"아! 아무것도 아니네."

게리오스로선 플로렌이 초췌한 얼굴로 나타나자 이상한 생각이 들수밖에 없었는데, 플로렌은 손을 내저으며 중얼거리고는 레빈을 보며 말했다.

"레빈, 이번에는 나도 따라갈까 하는데 괜찮겠나?"

"응? 네가?"

"그래."

"음… 하긴 네 녀석의 일이기도 하니 궁금하기도 하겠지. 케넬스, 공작에게 옷을 가져다 주어라!"

"예."

플로렌의 같이 가겠다는 말에 레빈은 그리 큰 문제가 없을 것이라 생각하며 케넬스에게 도적단의 옷을 가져다 주라 했고, 플로렌은 잠시간 고개를 끄덕이다 문득 무슨 생각이 들었는지 레빈에게 대노하며 소리쳤다.

"그건 그렇고, 레빈 경!"

"뭐."

"내가 반말 지껄이지 말랬지!!"

"휴……."

역시나 플로렌은 레빈의 반말에 노기를 터뜨렸고, 그런 플로렌을 보며 그는 한숨 쉬며 처소를 나갔다.

그도 그럴 것이 자식 뻘 되는, 그것도 자신이 가장 싫어하는 귀족에게 머리를 숙이고 들어가야 된다는 것이 그에게 얼마나 고행이겠는가?

그러한 것을 잘 알고 있는 게리오스였기에 레빈이 나가자 플로렌을 보며 부탁하듯 말했다.

"공작님, 레빈 단장님의 말투는 이제 그만 인정해 주시지요. 이 일이 끝난다면 장인어른이 되실 분이 아닙니까."

"나도 알아!"

"레빈 단장님은 서먼 왕국의 내전 중 왕당파에서 귀족이 되라 권유했던 것도 마다하셨던 분입니다. 그만큼 실력과 인품이 있는 분이시지요. 하나 과거 귀족들에게 아내는 물론 부모까지 모두 잃었던 분인지라 귀족이라는 것 자체를 증오하는 분이십니다. 서먼에서도 귀족들에게 결코 존대하지 않았던 분이니 솔직히 따님이 공작님의 곁에 있는 것도 마음에 들지 않으실 것입니다."

"……."

"영주가 수하를 이끎에 상하의 관계를 뚜렷이 하여 조직의 질서를 세우는 것도 중요하지만 그것보다 중요한 것은 수하에게 믿음과 충성을 이끌어내는 것입니다. 이러한 것을 얻기 위해선 여러 가지 일이 필요하나 그중 한 가지를 말하자면 능력이 있는 자를 봄에 그를 인정하고 그만큼의 명예를 보장하는 것입니다."

"음……."

"때에 따라 강함과 부드러움을 적절히 사용하여 그것을 행하는 것이야말로 영주의 자질이라 할 수 있으니 영주께서는 더 이상 레빈 단장님의 말투를 신경 쓰지 말고 그것을 인정하시는 것이 좋을 듯합니다."

플로렌으로선 게리오스의 말이 마음에 들지 않음은 어쩔 수 없었다. 하찮은 평민이 작위 중 최고라 할 수 있는 공작의 작위를 가진 이에게 평어를 사용함이 어찌 말이나 되는 일이겠는가?

제대로 된 권력이라도 있었으면 당장에 목을 베어도 이상할 것이 없는 일이었다.

하나 생각해 보면 목을 벨 능력도 없거니와 그 정도의 인재를 내친다는 것은 있을 수 없는 일이었다.

몰락한 공작의 자제로 태어나서 가장 뼈아프게 느꼈던 것은 작위에 맞는 힘이었다. 지금도 힘이 없기에 자작 정도의 인물에게 위기를 느끼는 것이 아닌가?

권위를 내세우는 것도 중요하지만 처세에 능한 것도 귀족으로서의 소임이라 할 수 있으니 게리오스의 말을 따르는 것이 옳은 것임을 그 역시 알고 있었다.

"…알겠네. 내 자네의 뜻에 따르도록 하지."

"옳으신 결정입니다."

잠시 생각에 잠겨 있던 플로렌은 그의 뜻을 따르겠다 말했고 게리오스는 만족한 표정으로 고개 숙여 인사를 했다.

케넬스가 가져다 준 도적단의 옷을 입은 플로렌은 선우드 자작에게 갈 준비를 하는 레빈들에게 말을 몰아갔지만 아까의 일로 그 역시 속이 상했는지 플로렌이 다가옴에도 그저 딴 곳을 쳐다볼 뿐이었다.

그런 레빈을 보며 플로렌은 조금 웃기기도 했다. 나이 오십이 넘은 사람이 삐쳐 있는 것이 귀엽기도 했기 때문이다.

"레빈 자작?"

"…무슨 일이십니까, 공작 나리."

플로렌이 자신을 부르자 레빈은 뚱한 표정으로 존대하며 말하니, 딸의 문제도 있거니와 그러한 일로 싸울 때가 아님을 그 역시 잘 알고 있기에 한 수 접어주고 있는 것이었다.

"…장인어른."

"응?"

그런 그를 보며 플로렌은 다시 그를 불렀고, 레빈은 그의 말에 조금 놀란 표정을 지었다. 뼛속까지 귀족의 권위가 박힌 놈이 자신을 장인어른이라 부를 리 없을 것이라 생각하고 있던 그였기 때문이다.

"하루이틀 보고 살 것도 아닌데 언제까지 말투 문제로 싸울 순 없는 노릇이 아니겠소. 내 위치상 장인어른에게 존대는 할 수 없지만 장인어른의 존대도 바라지 않겠소. 이 정도로 타협하도록 합시다."

"…크하하하하!"

플로렌의 말이 끝나자 레빈은 잠시 멍한 표정을 짓다 이내 대소를 터뜨리고는 커다란 손을 들어 그의 등을 몇 대 내려친 후 호탕한 목소리로 말했다.

"나이도 어린 놈에게 평대를 듣는 것이 고깝기는 하지만 나 역시 귀족 나리들에게 존대받고 싶은 마음은 없다! 좋다! 이 정도라면 나 역시 나쁠 것은 없지! 자, 가자고, 공작 나리!!"

"……."

순식간에 풀려 버린 레빈의 모습에 역시나 단순한 족속이라 생각을 하는 그였지만 그리 기분이 나쁘진 않았다.

변방의 몰락한 귀족으로 있던 플로렌으로선 지금까지 귀족들 간의 어떠한 모임에도 간 적이 없었기 때문에 실제 그의 얼굴을 알고 있는 아멘 왕국의 귀족은 거의 전무하다 해도 과언이 아니었다.

오죽하면 영지가 접해 있는 아메로스 남작까지 그를 처음 보았겠는가?

공작이라는 높은 작위를 가졌음에도 불구하고 대외적으로 전혀 알려지지 않은 존재인 플로렌으로선 과연 자신과 다른 귀족은 어떠한 모

습을 보이고 있을까 하는 궁금증에 이번 션우드 자작을 만나기 위해
동행한 것이다.

션우드의 진영 가까이로 다가가자 잠시 후 일단의 무리들이 말을 타
고 그들이 있는 곳으로 다가왔다. 숫자는 삼십여 명 정도에 지나지 않
았지만 그 하나하나가 실력있는 기사들로 보여 만약 레빈이 배신을 한
다 해도 충분히 션우드는 빠져나갈 수 있을 듯이 보였다.

션우드는 자신을 보호하는 기사 무리들의 중간에 있었던 것이다.

레빈은 플로렌을 보며 조용히 말했다.

"자네는 그저 내가 하는 대로 지켜만 보도록 하게. 무슨 말이 나온
다 하더라도 말이야."

"음… 알겠네."

레빈의 말에 플로렌은 고개를 끄덕였다. 션우드 자작의 무리들이 십
여 미터 앞으로 다가오자 케넬스가 앞으로 나와서는 큰 소리로 소리쳤
다.

"거기에서 멈추시오!"

서로 간에 아직 신용을 할 수 없는 입장이기에 어느 정도 거리를 둠
은 당연했고, 케넬스의 말을 들은 션우드의 무리들은 말을 멈추었다.

말이 멈추자 션우드의 무리들 사이에서 한 명의 기사가 모습을 드러
냈는데 그는 케넬스와 이야기를 나누었던 션우드의 심복 기사 멘하스
였다.

"본인은 션우드 자작님의 기사인 멘하스라 하오! 자작께서 울브스
블러드 마치의 수장과 대화 나누기를 원하고 계십니다."

멘하스의 말에 케넬스는 고개를 끄덕였고, 잠시 후 자작 측에서 종
자 몇 사람이 뛰어와서는 이들 사이에 두 개의 의자를 가져다 놓았다.

그것을 보며 레빈이 천천히 말에서 내려 그곳으로 걸음을 옮기자 그 뒤로 플로렌과 케넬스가 뒤를 따라갔고, 션우드 측에서는 자작과 함께 두 명의 기사가 카이트 실드를 들고 그를 보호하며 의자가 있는 곳으로 걸음을 옮겼다.

플로렌으로선 이러한 교섭 방식을 처음 보는 것이기에 조금 흥미가 생겼다.

션우드와 레빈이 행하고 있는 이러한 교섭 방식은 삼인교섭이라 하며 이것은 대륙에 보편화되어 있는 교섭 방식 중의 하나였다.

두 무리의 수장들이 전투 중에 간단한 교섭을 하기 위하여 행해지는 것으로 보통 수장과 그를 보필하는 심복, 경호를 위한 기사 한 명을 대동하는 것이 일반적이다.

자리에 앉은 두 사람은 잠시간 서로를 바라보다 레빈이 먼저 입을 열었다.

"본인은 울브스 블러드 마치의 수장인 레빈이라 하오. 아멘 왕국의 삼대상가 중 하나인 션우드 상가의 주인을 만나뵈니 영광이구려."

"셔먼 왕국에서 명성이 자자한 레빈님을 만나뵈니 본인 역시 영광이오."

"하하하하하!!"

상인과 도적단의 관계는 조금 묘한 것이 있었다. 상인에게 도적단이라고 하는 것은 영원한 적일 수밖에 없고, 도적단에게 상단은 놓칠 수 없는 수입원이기 때문이다.

하지만 도적이 너무 심하게 굴면 상단이 다른 길을 모색할 수밖에 없고, 상단에선 무역로를 포기하면 물류비에 상당한 자금이 소모되는지라 많은 상인과 도적단이 서로 간의 협의를 통해 돈을 상납하는 것으로 끝내곤 한다.

그러니 션우드가 귀족이라 할지라도 레빈에게 함부로 말을 할 수 없고, 레빈도 션우드에게 말을 함부로 할 수 없는 상황인 것이다.

션우드의 말에 레빈은 무엇이 웃긴지 크게 대소를 터뜨렸고, 잠시 후 웃음을 멈춘 그는 날카로운 눈빛을 보이며 자작에게 차가운 목소리로 말했다.

"부하의 말을 들으니 자작께서 저에게 무슨 제안을 하신다던데?"

"후후후… 별다른 것은 아니오. 그저 서로 간에 좋은 선에서 이 싸움을 끝내자는 취지로 이렇게 만날 것을 청한 것이오."

"서로 간에 좋은 선이라… 음……."

그 말에 레빈은 잠시 생각에 잠기는 듯한 표정을 지었고, 션우드는 그에게 미소 지으며 말했다.

"공작이 당신에게 어떠한 조건을 제시했는지 모르나 본인은 그가 제시한 것보다 많은 것을 드릴 용의가 있소이다."

"후후후… 역시 아멘 삼대상가의 주인다운 말씀이시군요."

"묻겠소이다. 울브스 블러드 마치의 수장께선 공작에게 어떠한 제안을 받았소이까?"

그 말에 레빈은 그를 보며 천천히 입을 열었다.

"공작의 영지."

"……!!"

그 말에 션우드는 크게 놀랄 수밖에 없었다. 생각 외로 플로렌이 이 자들을 끌어들이기 위해 강수를 썼기 때문이다.

플로렌이 가지고 있는 영지가 척박하고 쓸모없다고는 하지만 왕이 하사한 영지임은 틀리지 않으니, 그것을 도적단들에게 양도한다 함은 자칫 반역으로까지 몰릴 수 있는 일이었다.

물론 플로렌의 입장에서는 풍요롭다 할 수 있는 아메로스 남작의 영지를 빼앗았으니 척박한 영지야 그리 필요가 없음은 분명했고, 울브스 블러드 마치의 입장에서는 서먼 왕국의 눈을 피할 수 있는 완벽한 본거지를 얻을 수 있는 것이니 서로 간에 상당히 도움되는 거래임이 분명했다.

멍청하다 생각했던 플로렌이 설마 자신을 목을 걸고 이러한 일을 벌이리라고는 상상도 못했던 선우드로선 잠시 생각에 잠겼다.

게리오스가 플로렌에게 서먼 왕국과의 무역을 제안했던 것과 마찬가지로 선우드 역시 그것을 생각하고 있었기 때문이다.

도적단인 울브스 블러드 마치가 정식 통로를 통해 아멘 왕국으로 들어왔을 리는 만무한 일, 그렇다고 한다면 분명 드래곤 산맥에 서먼 왕국에서 아멘 왕국으로 통하는 비로가 있음이 분명하다 생각한 것이다.

현재 서먼 왕국은 왕당파와 귀족파와의 내전이 심각한 상황이기에 플로렌의 영지를 통하여 무기 밀매를 한다면 제국과의 보석 밀매에는 미치지 못하겠지만 상당한 이득을 볼 수 있음이 분명했다.

이러한 이유로 선우드는 아메로스 남작의 영지를 되찾음과 동시에 플로렌의 영지마저 집어삼키려 생각하고 있었던 것이다. 거기에다 공작의 영지를 집어삼킬 수 있는 명분까지 있으니 그리 문제 될 것은 없었다.

하지만 레빈의 말에 과연 이들을 자신에게 끌어들여 보석 밀무역의 무역로만을 확보할 것인지, 아니면 이것을 포기하고 힘으로 밀어붙여 서먼 왕국과의 무역로까지 확보할 것인가 하는 고민이 생겼다.

하지만 잠시간 생각에 빠진 그는 이내 마음을 결정했고 곧 레빈을 보며 자신의 조건을 말했다.

"본인 역시 공작의 영지를 약속하겠소이다. 그리고 그와 함께 백만 골드를 내어드리지요."

"호오!"

그 말에 레빈은 탄성을 내질렀다. 영지를 보장하고도 백만 골드라면 그리 나쁘지 않은 조건이었기 때문이다.

생각 외로 션우드는 좋은 조건을 제시했지만 물론 다른 생각을 하고 있었다.

도적을 상대로 이러한 좋은 조건을 내세운 것은 일단 플로렌을 쓰러뜨린 후 보석 무역권을 먼저 확보하기 위함인 것이다.

그리고 일단 무역로를 확보한 후 때를 보아 이들을 치자고 생각한 것이다.

확실히 서먼 왕국을 주 무대로 하는 도적단이었기에 이들에게 영지를 양보한 후 때를 기다린다면 서먼으로 움직일 때가 있을 것은 분명했고, 그때를 노려 자신의 병사로 국경을 봉쇄한 후 론 백작에게 어느 정도의 돈을 주어 노턴코프의 군대를 불러들인다면 기병의 특성상 산지에서의 싸움엔 불리함을 보일 것이기에 이들을 몰아내는 것은 문제없으리라 생각한 것이다.

삼인교섭이 끝난 후 플로렌은 상당히 기분이 저하될 수밖에 없었다.

공작인 자신을 두고 마치 눈앞에 둔 먹잇감마냥 무시하는 발언을 서슴지 않았기 때문이다.

"션우드 개자식! 언젠가 내 손으로 네 목을 베어버리겠다. 으드득……."

"아직은 이르네. 영지를 위해서라도 당분간은 내버려 둘 필요가 있지."

"으드득… 하긴, 녀석이 론 백작의 얼굴을 보고 시퍼렇게 변하는 낯짝을 보고 싶긴 하군."

레빈과 함께 자신의 진영으로 돌아오자 게리오스가 밖으로 나와 이들을 맞이하였다. 그는 플로렌이 막사로 들어가자 미소를 지으며 말했다.

"론 백작에게서 전령이 도착했습니다."

"도움을 주겠다고 하나?"

"예, 예정대로 삼 일 정도 후에 천 기 정도의 병사를 보내준다 합니다."

"천 기라… 충분하군."

"션우드 자작과의 일은 어찌 되었습니까?"

션우드 자작과의 교섭에 대해서 묻자 레빈은 미소를 지으며 말했다.

"몇 가지 챙겨야 할 물건이 있다 하여 삼 일 뒤에 울브스 블러드 마치의 모든 병사들을 철수한다 하였네."

"잘하셨습니다. 그렇다면 션우드의 본격적인 공격도 삼 일 후가 되겠군요."

"그렇지."

"선금은 얼마나 받으셨습니까?"

"약속은 백만 골드에 선금은 삼십만 골드를 받았네."

"그럼 나머지 잔금마저 받는다면 이번 원정은 이득이라 할 수 있겠군요."

"그렇지. 자, 이제부터는 어찌하면 좋겠는가?"

"척후를 보내어 션우드의 움직임을 면밀히 살피는 것이 중요합니다.

단장님을 완전히 신용하는 것이 아닌 만큼 그들이 어찌 나올지는 모르니까 말입니다."

"선수금까지 주었는데도?"

일단 선수금까지 주었다면 어느 정도 자신들을 믿는 것이 아닐까 생각하여 물었지만 게리오스는 고개를 저으며 말했다.

"제 생각으로는 션우드 자작은 셔먼 왕국과의 무역도 생각하고 있을 것이 분명합니다. 분명 레빈 단장님께선 그와의 교섭에서 공작님의 영지를 약속받았다고 하셨겠지요?"

"그렇네."

"션우드는 귀족이기에 앞서 상인입니다. 가까이에 도적단의 본거지를 그대로 둘 인물이 아니지요. 또, 영지에 도적단을 둔다는 것은 자칫 역모로 몰릴 수도 있는 위험한 일입니다. 그러한 약점을 그대로 놓아둘 위인이 아니니 기회를 틈타 단장님을 몰아내려 하겠지요."

"하긴 귀족들이 도적단을 신용할 리는 없겠지."

게리오스의 의견을 따라 척후병을 보내어 그들의 움직임을 살펴보는 한편 위급 시 재빠르게 움직일 수 있도록 모든 준비를 마친 후에야 플로렌은 잠시 휴식을 취할 수 있었다.

이제 삼 일 후면 아메로스 남작의 영지는 확실히 자신의 손으로 들어온다 할 수 있었기에 영지의 돈 문제도 모두 해결될 것은 분명한 일이다.

다행히 게리오스의 기우와 달리 션우드 자작은 자신의 사병들을 움직이지 않았고, 약속된 사흘 후 레빈은 부하들 이백 명과 함께 그와 약속된 장소로 움직였다.

그곳에 도착하자 선우드의 심복인 멘하스가 오십여 명의 병사들과 함께 그들을 기다리고 있었고 레빈이 다가오자 미소를 지으며 말했다.

"과연 약속을 지켜주셨군요."

"후후후, 우리야 자작이나 공작이나 그리 다를 것 없지 않소이까? 그저 돈이나 많이 받을 수 있다면 그쪽으로 움직이는 것이 당연한 일. 돈은 가져오셨소이까?"

"물론입니다."

레빈의 말에 멘하스는 고개를 끄덕이고는 뒤로 신호를 보내니 두 명의 병사가 커다란 궤짝을 들고 다가와 그들 앞에 내려놓았다.

"케넬스."

"예, 두목."

그것을 보며 레빈의 말에 케넬스는 천천히 궤짝으로 다가가 물건을 살펴보곤 고개를 끄덕였다.

"좋소, 우리는 약속대로 더 이상 공작이나 자작의 일엔 상관하지 않을 것이오."

"고맙소이다."

"가자!!"

물건을 모두 챙긴 레빈은 미소를 지으며 부하들과 함께 서쪽으로 말을 몰아 사라졌고, 멘하스는 이제 플로렌을 공격할 시기가 왔음을 생각하며 급히 선우드 자작이 있는 곳으로 움직였다.

한 시간 후 모든 것이 완벽히 처리되었다고 생각한 선우드 자작은 남아 있는 팔백 명 정도의 병사들을 플로렌의 영지를 향해 진군시키기 시작했다.

“영주님! 션우드 자작의 군대가 보입니다.”

“음…….”

플로렌은 남아 있는 백 명의 용병들과 함께 일자진을 이루며 적이 오기를 기다리고 있었다. 하지만 막상 전투에 임하려니 조금 불안해졌는지 션우드의 팔백의 군세를 보며 침음을 흘리다 옆에 있는 게리오스를 보며 말했다.

“론 백작의 병사들은 아직 소식이 없는가?”

“아무래도 조금 시간을 끌어야 할 듯하군요.”

“그래? 그럼 내가 직접 나서야 하나?”

“그게 좋을 듯합니다.”

“좋다! 가자!!”

게리오스의 말에 고개를 끄덕인 플로렌이 허리에 차고 있던 롱 소드를 뽑아 들고 크게 소리치며 앞으로 나가자 그의 뒤로 일백의 기병 역시 각기 기병용 병기를 들고 따르기 시작했다.

“자작님! 공작의 병사들입니다!”

“숫자는?”

“기병으로 일백 기 정도 되는 듯합니다.”

“기병?”

플로렌의 기병대가 움직이자 멘하스가 급히 자작에게 보고했다.

상대가 보병이 아니라 기병이란 것에 션우드로선 조금 놀랄 수밖에 없었다.

울브스 블러드 마치와의 일로 그가 소유하고 있는 기병들은 거의 대부분 도적단일 것이고, 공작 자신의 사병은 보병들로 이루어져 있으리라 생각했기 때문이다.

"예상외로군. 하긴 아메로스 남작에게서 재물을 긁어냈을 테니 그리 문제 될 것이 없었던가?"

"그런 것 같습니다. 일백의 기병대라니……."

"하나 급조한 기병이라면 오합지졸일 것이 분명하다. 멘하스, 네가 직접 기병을 이끌고 적들을 상대하라!"

"예!"

션우드의 말에 멘하스는 큰 소리로 대답하고는 물러갔는데 그의 옆에 있던 데니언 남작으로서는 조금 기분이 상할 수밖에 없었다.

울브스 블러드 마치라는 도적단만 아니었다면 플로렌을 상대할 사람은 바로 그 자신이었기 때문이다.

이번 전투를 통해 션우드에게 환심을 사 밀무역의 수입을 더 늘릴까 하던 그로서는 참으로 원통할 수밖에 없는 일이었다.

지금이라도 당장 앞으로 나서고 싶은 마음이 굴뚝같았지만 션우드의 명령을 어길 수 없는 일인데다 보병의 절반이 죽거나 다친 상황에서 아무리 오합지졸이라 할지라도 기병을 상대하기란 어려웠기에 그저 입술을 깨물 수밖에 없었다.

션우드 자작에게 명을 받은 멘하스는 이번 원정에 데리고 온 일백의 기병대를 이끌고 달려갔다.

적진에서 기병이 달려오는 것을 보며 플로렌은 마음을 가다듬고 자신의 뒤를 따르는 용병들을 향해 큰 소리로 소리쳤다.

"일진은 나를 따르고 이진은 레빈을 따라 각기 회군하라!"

"이열 회군!!"

플로렌의 명령이 떨어지자 일백의 기병대들은 크게 소리치며 두 무리로 나뉘어지는가 싶더니 그대로 기수를 돌려 후퇴하기 시작했고, 멘하스는 이들이 자신들의 위세를 보며 도망친다 생각하고는 적들의 뒤를 쫓았다.

"적들이 우리들의 기세에 놀라 도주한다! 기병대는 뒤를 쫓아 적을 주살하라!"

"와아아아!!"

그러나 플로렌의 기병들이 도주를 하고 있다곤 하지만 움직임은 결코 멘하스의 기병이 따를 수 없을 정도였다. 울브스 블러드 마치 출신의 마적들로 이루어진 그들인지라 정규 기병이나 기사들만큼 말을 다루는 데 뛰어났기 때문이다.

생각 외로 플로렌의 기병들이 일사불란하게 움직이자 멘하스는 조금 불안한 마음이 들었지만 자신이 이끄는 백 명의 기병들을 제외하고라도 많은 숫자의 병사가 남아 있기에 일단 플로렌의 병사들을 줄이는 것이 우선이라 생각하며 뒤쫓는 것을 멈추지 않았다.

그러나 이것은 플로렌과 게리오스가 이미 준비하고 있었던 일 중 하나였다.

숲 속에서 플로렌의 회군을 지켜보고 있던 게리오스는 마법 지팡이를 들어 주문을 외우기 시작했다.

"위대한 마나의 존재여, 그대를 따르는 자가 그 힘을 원하노니 그 위대한 권능의 힘을 그대의 종에게 내리소서! 멀티 디그!!"

마법의 주문이 완성되자 그의 마법 지팡이에서 푸른색의 빛이 번쩍이며 앞으로 뻗어 나갔고, 도주하는 플로렌을 유성과 같은 모양으로 지나친 푸른 빛은 잠시 후 수십 개로 분리되며 대지로 파고들기 시작했다.

디그는 땅에 구덩이를 만드는 마법으로 보통 한 번의 마법으로 만들 수 있는 구덩이는 각 서클에 따라 달라지지만 보통 직경 일 미터에 깊이 역시 일 미터 정도에 지나지 않았다.

하나 이러한 깊이 역시 근접에서 이루어졌을 때나 가능한 것이고 거리가 멀어질 때마다 땅을 파헤치는 힘이 약해짐은 당연한 것이었다.

거기에다 그가 시전한 멀티 디그의 마법은 임의적으로 디그 마법의 힘을 수십 개로 나누어 버리는 마법. 그 때문에 더욱 힘이 약화됨은 분명했다.

하지만 디그를 사용했다 해서 깊은 구덩이를 원한 것은 아니었기에 그리 문제 될 것은 아니었다.

쿠구구궁!!

게리오스가 시전한 디그 마법은 대지에 닿자마자 큰 소리를 일으키며 많은 구덩이를 만들어냈다. 멀티 디그에 의해서 만들어진 구덩이는 그 하나하나가 이십 센티미터를 넘어서는 것이 없을 정도로 작은 크기였다.

하지만 이러한 것이 더욱 큰 효과를 나타날 때도 있었으니, 멘하스는 갑자기 자신들의 앞에 나타난 마법의 빛이 대지에 수많은 작은 구덩이를 만들어내자 크게 놀랄 수밖에 없었다.

"젠장!!"

히히힝!!

"끄악!!"

쿵!!

도망치는 적을 쫓기 위하여 최대한 빠르게 말을 몰아가던 기병들은 마법으로 생긴 구덩이에 놀라 말을 멈추려 했으나 이미 그것을 피할 시간은 없었다.

빠르게 달리던 말은 다리가 구덩이에 빠지자 대여섯 기의 말이 쓰러짐과 동시에 기병들은 그대로 대지에 나둥그러지고 말았다.

또, 앞서 기병들이 나가떨어지는 것을 보며 급히 멈추어 선 자들은 그것을 보지 못하고 뒤따르던 기병들과 연쇄 충돌하기 시작했고, 순식간에 멘하스의 기병대는 사방으로 나둥그러지거나 자빠지는 행태를 보이며 아수라장이 되고 말았다.

"적들을 주살하라!!"

그리고 그와 함께 플로렌은 도망치던 것을 멈춘 후 기수를 돌려 소리쳤고 일백의 기병들은 일제히 멘하스의 기병을 향해 공격해 들어가기 시작했다.

"와아아!!"

채재쟁!!

"끄악!!"

"사람 살려!!"

기병의 특성상 돌격해 오는 쪽이 전투에서 더 유리함을 보이는 것은 당연했다. 일백의 기병들이 밀려들어 오자 멘하스가 이끌던 기병들은 제대로 된 반항도 하지 못한 채 메이스와 플레일을 들고 있는 플로렌 기병들의 밥이 되고 말았다.

멀리서 이 모습을 지켜보고 있던 션우드는 갑자기 멘하스의 기병 대열이 흐트러지다 이내 공작의 기병에게 공격을 당하자 크게 놀라서는 급히 데니언 남작에게 소리쳤다.

"데니언 남작! 급히 보병 이백을 이끌고 멘하스를 구해오시오!"

"알겠습니다."

자작의 말에 데니언은 고개를 끄덕이며 대답하고는 급히 걸음을 옮겼으나 아군이 위기에 닥쳤음에도 불구하고 그의 입가에는 미소가 걸려 있었다.

'멍청한 녀석. 크크크!'

이 싸움에서 공을 멘하스에게 빼앗길까 노심초사하고 있던 데니언은 그가 위기에 처하자 오히려 반가울 수밖에 없었던 것이다.

데니언은 급히 이백의 보병을 이끌고 기병을 구하기 위해 움직이기 시작했다.

한편 기병을 이끌고 공격해 들어간 플로렌은 처음 접해보는 전투라 정신이 없을 지경이었다.

게리오스는 자칫 그가 첫 전투에서 크게 다치는 것은 아닐까 만류했지만 작위에 앞서 그 역시 검을 익힌 사람, 이러한 전투를 피하고 싶지는 않았다.

하지만 단 한 명의 병사도 베지 못한 그로서는 답답할 수밖에 없었는데, 그때 그의 뒤로 한 명의 기병이 빠르게 달려오고 시작했다.

"공작님! 뒤를 조심하십시오!"

적 기병 하나가 공작을 향해 급히 말을 몰고 달려오자 옆에 있던 용병이 놀라 소리쳤고 플로렌 역시 놀라 급히 말 머리를 돌려 적의 공격을 막아설 수밖에 없었다.

채재쟁!!

"끄악!!"

쿵!!

하지만 강한 기세로 달려드는 기병을 막는 것은 그리 쉬운 일이 아니었고, 롱 소드로 적의 메이스를 막긴 했지만 그 기세를 이기지 못하고 그대로 낙마하고 말았다.

다른 이들과 달리 무거운 하프 플레이트 메일을 입고 있던 플로렌으로선 낙마의 충격을 크게 받을 수밖에 없었기에 떨어지며 등이 부서지는 것 같았지만 급히 몸을 일으켜서는 옆에 떨구어진 검을 들고 자세를 잡았다.

카가강!!

"끄윽!!"

아니나 다를까, 플로렌이 일어서자마자 공격을 해왔던 기병이 돌아와서는 다시 메이스를 휘둘렀고, 낙마하며 정신이 없는 상태에서 플로렌은 제대로 반항도 하지 못한 채 상대의 메이스에 투구를 강타당하고 말았다.

제 4 장
성전 건립

처음 나가는 전투, 정신이 없을 정도다.

아니, 머리에 충격이 와서 쓰러진 때문일까? 세상이 뒤집어지는 듯한 느낌과 사방에서 길게 울리는 말발굽 소리, 비명 소리에 마치 꿈속에 있는 듯한 느낌이 들었다.

"고~옹~ 작~ 님!!"

길게 울려 퍼지는 누군가의 목소리. 에코가 상당히 멋지긴 했지만 고개를 돌려 나의 위치를 말하려 해도 손가락 하나 힘이 들어가지 않는 나로선 어찌할 수가 없었다.

그리고 시간이 지남에 따라 시야는 더욱 크게 흔들리기 시작했다.

흔들리는 시야로 누군가의 손이 보였으나 도대체 지금 무슨 일이 일어나고 있는지 정신을 차릴 수가 없을 정도였다.

그리고 그대로 세상이 희미해지는가 싶더니 이내 검게 변해 버리고 말았다.

　잠깐 눈을 감고 일어난 듯한데 희미해진 시야 속으로 나를 보며 울먹이는 듯한 표정의 알리샤가 보였다.
　꿈을 꾸고 있는 것일까? 그렇다면 내 마음속에 알리샤가 상당히 깊숙이 자리 잡았다는 생각이 들었다.
　당장이라도 그녀를 가슴에 안고 싶은 마음이 들었지만 역시나 꿈인지 마음대로 몸은 움직이지 않았다.
　그리고 다시 그 모습이 사라지고 찰나의 시간이 지났을까? 눈을 떴을 때는 어두컴컴한 속에서 노란 불빛 두 개가 서려 있는 것을 볼 수 있었다.
　"음……."
　몸을 일으키려 했던 난 강한 통증이 밀려오자 미간을 찌푸리고 말았다. 아무래도 된통 당한 것 같은 느낌이 들었는데, 가슴이 답답하다는 생각에 간신히 고개를 들어보니 역시나 내 배 위에서 누군가가 엎드려 있는 것을 볼 수 있었다.
　"어이! 힘들다고!"
　간신히 엎드려 있는 사람의 등에 손을 얹은 난 힘없는 목소리로 말하며 그를 흔들어 깨웠는데 잠시 후 고개를 든 사람은 바로 알리샤였다.
　"음… 아! 공작님?"
　"이런… 알리샤, 뭐 하는 거야? 사람 배 위에 엎드려서! 힘들게!"
　"아! 죄송합니다, 영주님."
　나의 말에 급히 몸을 일으킨 알리샤는 머리 매무새를 정돈하며 죄송하다는 말을 했다. 나로선 참을 수 없는 두통에 정신이 없을 정도였는데, 분명 게리오스의 작전대로 적 기병을 상대하고 있었던 나였기에 그녀를 보며 물었다.

"여긴 어디지?"

"영주님의 성이에요."

"내 성?"

"예."

그녀의 말에 난 고개를 저었다. 아무래도 첫 전투에서 제대로 싸워 보지도 못하고 부상을 입어 실려왔다는 생각이 들었다.

"싸움은 어떻게 되었지?"

고통스러운 표정을 짓고 있는 나를 보며 알리샤는 급히 이마에 흐르는 땀을 닦아주며 말했다.

"싸움은 끝났어요. 영주님이 아버지의 부하들과 함께 혼절하신 채 돌아오셨는지라 자세한 것은 모르겠지만 노턴코프의 병사들이 와서 선우드 자작이라는 사람은 부하들과 함께 자신의 영지로 돌아갔다고 해요."

"그래? 그럼 이긴 게로군."

어차피 선우드를 죽이기 위한 싸움이 아니었던 만큼 전투는 게리오스와 나의 생각대로 풀렸다는 생각에 안도의 한숨이 밀려왔다.

그나저나 도대체 난 얼마나 누워 있었던 거지?

"알리샤, 내가 얼마나 누워 있었던 거지?"

그 말에 알리샤가 잠시 나의 얼굴을 보더니 이내 눈물을 쏟기 시작해 나는 당황할 수밖에 없었다.

"응? 왜 우는 거야?"

"흑흑!! 영주님!! 돌아가실 줄만 알았어요. 흑흑흑……."

"이런!"

그제야 알리샤가 우는 이유를 알고 눈물을 흘리고 있는 그녀의 허리를 잡아 누워 있는 침대로 끌어들여 이마에 키스를 해주며 말했다.

"이런, 내가 죽긴 왜 죽어? 재수없는 소리 하지 말라고."

"흑흑… 예… 영주님……."

"그래, 내가 쓰러진 지 얼마나 됐지?"

"흑흑… 영주님이 쓰러지신 지… 벌써 한 달이 넘었어요……."

"한 달?!"

그 말에 난 크게 놀랄 수밖에 없었다.

잠깐 눈을 감았다 뜬 것 같았는데 전투가 있은 지 벌써 한 달이 지났다니 누가 쉽게 믿을 수 있겠는가?

"예, 영주님이 쓰러지시고 혼수상태에 빠지자 게리오스님이 급히 신전에 고위 사제님을 청해서 영주님을 치유하게 했는데 그래도 깨어나시지 않아서 얼마나 걱정했는지……."

"고위… 사제……."

그녀의 말에 난 한순간 가슴이 철렁하는 느낌이 들었다.

나 역시 고위 사제가 누군지 알고 있었고, 그들의 신성력으로 병을 앓거나 다친 사람을 치유할 수 있다는 것 역시 알고 있지만 단 한 번의 치료를 위해 엄청난 거액을 기부해야 함도 알고 있었기 때문이다.

엄청난 돈이 지출됐을 것이란 생각에 가슴이 찢어지는 듯한 통증이 밀려왔지만 그래도 다시 생각해 보니 이번 전투를 통해서 들어온 돈이 적지 않음에 마음을 진정시키기로 했다.

"휴……."

“일단 한숨 더 주무세요. 아직 몸이 다 나으신 게 아니에요.”

“알리샤, 내 옆에 누워라. 아무래도 네 살내음을 맡아야 잠이 올 듯하구나.”

“흑흑… 예, 영주님.”

역시 말 잘 듣는 계집이 가장 좋다는 생각이 들었다. 알리샤는 나의 말에 눈물을 닦으며 옷을 벗기 시작했고, 서서히 드러나는 그녀의 아름다운 몸을 보며 미소가 흘러나왔다.

그렇게 다시 잠에 빠지고 일어나자 창문 사이로 눈부신 햇살이 침대까지 밀려왔음을 볼 수 있었다.

“음…….”

알리샤는 이미 일찍 일어나 보이지 않고 있었기에 찌뿌둥한 몸을 일으켜 밖으로 나가자 하녀 한 명이 옷을 들고 복도를 지나는 것을 볼 수 있었다.

내가 방문을 나서는 걸 보며 그녀는 크게 놀란 표정으로 갑자기 뒤돌아섰고, 이것이 갑자기 왜 그러나 하는 생각이 들었지만 간만에 일어났는지 시장한 감이 들었기에 그녀를 보며 말했다.

“알리샤는?”

“자… 잘 모르겠습니다요.”

“그래? 그럼 식당에 가서 음식을 준비하라 일러라!”

“아! 예!”

나의 말에 그녀는 크게 당황한 표정으로 식당 쪽으로 걸음을 옮겼고, 나로선 오랜만에 나를 봐서 낯설어 그런가 생각하고 있었는데 갑자기 식당으로 황급하게 걸어가던 하녀가 멈추어 서더니 고개를 깊이 숙인 채 뒤돌아서서는 나를 보며 말했다.

“여… 영주님… 옷은 입고… 오세요…….”

“응?”

그 말에 무의식적으로 아래를 보니 아무것도 입지 않은 모습인지라 남성의 상징이 그대로 드러난 것을 보며 머리를 긁적일 수밖에 없었다.

“이런, 벗고 있었군. 알았다.”

“그럼…….”

자칫 큰 망신을 당할 뻔했다는 것을 생각한 난 다시 방으로 들어가서는 옷을 주워 입었다. 하지만 이상한 것이 있었다.

아무리 오랜 잠에서 일어났다고 해도 나신으로 있는 것조차 감지하지 못함은 조금 이상했기 때문이다.

혹시나 하는 생각에 팔을 꼬집어보니, 아니나 다를까, 그다지 아프다는 생각이 들지 않았다. 아무래도 그때의 후유증으로 감각을 느끼는 데 무슨 문제가 생긴 것이 아닐까 하는 생각이 들었다.

대충 옷을 입었을 때 문이 열리며 한 사람이 들어왔다. 하녀에게서 연락을 받았는지 안으로 들어온 이는 알리샤였다.

“영주님, 기침하셨습니까?”

“그래, 배가 고프구나.”

“급히 음식을 준비할 것이니 이곳에서 기다리십시오.”

알리샤는 계속 혼수상태에 빠져 있던 나를 걱정했는지 이곳으로 식사를 가져온다 말하고 있었지만 나로선 그동안의 경과가 궁금했기에 고개를 저으며 말했다.

“아니, 식당으로 가겠다. 넌 장인과 게리오스에게 내가 식당에서 보잔다고 말하도록 하거라.”

“예, 영주님.”

　나의 말에 그녀는 고개를 숙여 공손히 답하고는 문을 열고 밖으로 나갔다. 분명 내가 싸움이 끝난 후 내 첫 번째 부인으로 맞을 것이라 말을 했었는데도 아직까지 천한 것들의 말투를 버리지 못한 것을 보면 한동안 교육이 더 필요하다는 생각이 들었다.

　간단히 옷을 입고 식당에 도착했을 때 그곳에는 이미 게리오스와 레빈이 기다리고 있었다.

　"영주님! 깨어나셨군요."

　"자네가 힘써준 덕분이지."

　게리오스의 말에 난 고개를 끄덕이며 말하고는 자리에 앉았는데 레빈이 나를 보며 신기하다는 표정을 짓고 있었기에 미소 지으며 말했다.

　"장인! 내가 일어난 게 그렇게 신기하오?"

　"응? 아! 당연히 그럴 수밖에, 두개골이 함몰될 정도로 심각한 부상을 입어 혼수상태에 빠진 놈이 살아났으니 어찌 신기하지 않겠는가?"

　"두개골이 함몰될 정도의 심각한 부상이라… 음……."

　상대의 병기에 머리를 강타당했다는 것은 알고 있었지만 설마 혼수상태에 빠질 정도로 심각한 부상이었다고는 생각지도 못한 나로선 어이가 없을 수밖에 없었다.

　보통 전투 중 머리에 부상을 입고 혼수상태에 빠진 이치고 살아남는 이가 드물다는 것을 잘 아는 나로선 기적이라고밖에 생각되지 않았는데 게리오스는 그러한 나의 의문을 아는지 식탁의 한쪽에 앉으며 말했다.

　"영주님께서 전투 중 부상을 당하신 후 용병 한 사람이 급히 영주님을 모시고 피신했었습니다. 그러나 기병의 메이스에 강한 타격을 받으신지라 두개골이 함몰에 가까울 정도로 부서졌었습니다."

"음… 그렇다면 살기 어려웠을 텐데?"

나의 말에 레빈은 고개를 끄덕이며 말했다.

"기적이라고 할 수 있지. 다행히 게리오스가 마법계의 사제라고 일컬어지는 데리언 학파였기 때문에 다른 마법사보다 더 뛰어난 치료 마법을 지니고 있어 숨을 유지할 수 있었다네."

그 말에 난 고개를 끄덕이긴 했지만 마법사들의 치료 마법으론 완벽한 치료가 불가능하다는 것을 잘 알고 있었기 때문에 나머지는 알리샤가 말했던 대로 고위 사제가 치료했음을 알았다.

"아멘 왕국은 천신(天神)과 전신(戰神)의 신전밖에 없을 텐데 용케 치료 마법이 뛰어난 고위 사제를 찾았군."

"아! 예. 처음 저의 마법으로 영주님을 치료했을 땐 잠시 일어나는 듯했으나 다시 정신을 잃고 혼수상태에 빠지셨기 때문에 급히 사제를 찾았지요. 아멘 왕국에 있는 천신과 전신의 사제의 신성 치유 능력은 애석하게도 저에 비해 그리 다를 것이 없기 때문에 레빈 단장님께서 홀로 산맥을 넘어 서면 왕국 자애의 여신의 신전에서 고위 사제님을 간신히 모셔올 수 있었습니다."

"오! 그랬던가? 수고하셨소, 장인."

"흥! 내 딸을 과부 만들기 싫었을 뿐이다."

자애의 여신의 신전 사제는 다른 신전의 사제들과 달리 신성계 치료 마법에만 몰두하는 사제들이었다. 그 때문에 천신이나 전신과는 비교도 할 수 없을 정도의 치료계 신성 마법을 발휘할 수 있었던 것이다.

레빈의 퉁명스러운 말에 난 그래도 친족에 속하는 사람이 다르긴 다르구나 하는 생각이 들었다. 아버지의 죽음 이후 나에게 친족이라곤 단 한 명도 존재하지 않았기 때문이다.

한 달가량을 아무것도 먹지 않고 지낸 덕에 간단한 수프와 스튜만이 나온 것을 보며 미간이 찌푸려졌지만 오랜만에 먹어보는 음식이 그리 나쁘지는 않았다.

"내가 쓰러진 뒤 션우드와의 싸움에 대해서 말해 주게."

"예, 공작님이 쓰러지신 후 데니언 남작이 보병을 이끌고 나왔기에 싸움을 멈출 수밖에 없었습니다. 일단 기병을 되돌리자 션우드는 나머지 군세도 전진시키더군요. 그런 이유로 병사를 후퇴시킬 수밖에 없었습니다."

"잘했네. 어차피 내가 쓰러졌다고 해서 사기 저하 같은 것은 없었을 테지만 적의 사기는 크게 올랐겠지."

"그렇습니다. 공작님을 쓰러뜨린 자는 션우드의 심복 기사인 멘하스라는 자로 공작님을 쓰러뜨린 후 기병을 독려하며 위기를 빠져나가더군요."

"그래?"

"첫 번째 전투에서 십여 명의 사상자가 있기는 했지만 적 기병의 오십 이상이 죽임을 당하고 거의 대부분이 부상을 면치 못할 정도로 큰 승리를 거두었습니다."

그 말에 난 좋지 않다는 생각을 했다. 그의 말대로라면 대승에도 불구하고 난 단 한 명의 적도 쓰러뜨리지 못한 채 부상을 입고 사경을 헤맸기 때문이다.

한 번의 전투를 통해 영주의 권위가 크게 꺾였다는 생각에 길게 한숨이 흘러나왔다.

"보병을 상대로 숲에서 싸우는 것은 그리 쉬운 일이 아니었고, 공작님의 부상도 치유해야 했기 때문에 일단 병사들을 숲 속으로 피신시킨

후 신호를 보내어 레빈님의 원조를 요청했습니다."

"옳은 판단이었네."

"레빈님은 전장을 크게 우회하여 오셨기에 조금 시간이 걸리기는 했지만 적이 저희와 충돌하기 전에 시간을 맞추어 활을 쏘아 진군을 더디게 한 후 시간을 끌었고, 싸움이 시작된 지 3시간 만에 론 백작의 군대가 처음 전투가 일어났던 평원에 도착했습니다."

"션우드와 아군 모두 숲 속에 있었을 텐데?"

"예, 그런 이유로 급히 전령을 보내어 저희들의 상황을 알렸고 론 백작 휘하의 기사 숀 리피스는 군대를 숲 안으로 진격시켰습니다."

"상황이 상황인만큼 션우드와 숀 리피스 사이에 사소한 전투가 있었겠구만."

"예. 그 싸움으로 션우드는 백 명 이상의 사상자가, 론 백작의 노턴코프에서는 팔십 명 정도의 사상자가 생겼지만 서로의 신분이 밝혀지자 싸움은 멈추었고 션우드는 어쩔 수 없이 남은 병사들을 이끌고 자신의 영지로 돌아갈 수밖에 없었습니다."

론 백작의 군세가 늦게 도착하여 전투가 길어지기는 했지만 생각대로 일이 풀렸다는 생각에 난 만족스러움을 느꼈다.

하지만 론 백작의 군대에서 사상자가 생겼다면 그만큼 지출된 돈이 있었을 것이기에 그 생각을 하니 조금 배가 아려오는 듯했다.

"그나저나 몸에 이상은 없으십니까?"

게리오스는 나의 몸이 걱정되는지 상태를 물어보았고, 난 잠을 자고 일어났을 때의 일이 생각났는지라 그를 보며 그 이야기를 해주었다.

"이런! 아무래도 신경 계통에 문제가 생긴 것 같군요."

"신경 계통?"

"마법학회에 따르면 인간이 느끼는 오감, 즉 촉각, 미각, 시각, 청각, 후각과 같은 것들은 신경 계통을 통해 뇌로 전달되어 그것을 느끼게 된다고 합니다. 아마 공작님께선 머리를 크게 다치셨던지라 촉각 부분에 약간의 문제가 생긴 것이라 생각됩니다."

"음… 그럼 위중한 것인가?"

"글쎄요. 자세한 것은 잘 모르겠지만 일시적인 것일 수도 있으니 일단 영지에 오신 고위 사제님에게 말씀드리는 것이 좋을 듯합니다."

"그 고위 사제라는 사람이 아직 영지에 남아 있었던 건가?"

"아! 그것에 대해 영주님께 말씀드릴 것이 있습니다."

내가 고위 사제에 대해 묻자 게리오스는 그제야 생각이 난 듯한 표정을 짓고는 나를 보며 말했다.

"션우드 자작과의 일도 원만히 해결되었으니 새로운 일을 하나 추진했으면 합니다."

"새로운 일?"

"예, 영지에 성전을 짓는 것이지요."

"성전?"

그 말에 난 조금 의외라는 생각이 들었다. 성전이 있는 대부분은 모두 중도시 이상, 즉 십만 이상의 사람들이 살고 있는 곳이 대부분이었기 때문이다.

이번에 차지한 아메로스 남작의 영지나 내 영지의 영지민을 모두 합쳐 봤자 기껏해야 일만을 간신히 넘는 것을 잘 알고 있던 나로선 이곳에 성전을 짓는다고 하는 그의 말을 이해하기 어려웠다.

"성전을 건립하기에는 영지민의 숫자가 너무 적지 않은가?"

"예, 하지만 계획대로 일이 잘 진행된다면 적어도 오 년 안에 영지민이 지금의 숫자에 수배는 더 불어날 것은 분명할 터, 미리 준비해 두는 것도 나쁘지는 않으리라 생각합니다."

"그렇긴 하겠지만 너무 성급한 것은 아닌가? 성전의 건립이 그리 쉬운 일도 아닌데 말이야."

"물론입니다. 하지만 성전을 건립한다면 일단 서면 왕국으로 향하는 교두보를 마련할 수 있는 장점이 있습니다. 아멘 왕국과 달리 서면 왕국의 국민 대다수가 자애의 여신의 신도인 것을 감안한다면 내전으로 발생한 유민들을 영주님의 영지로 끌어들일 수 있습니다. 아무리 영지가 비옥하고 재력이 튼튼하다 할지라도 영지민의 숫자가 적다면 도시는 크게 발전할 수 없으니 성전 건립으로 흘러들어 오는 서면 왕국의 유민을 받아들이면 영지를 발전시키기 위한 좋은 기회가 될 것입니다."

게리오스의 말에 고개를 끄덕였지만 그와 함께 다른 생각이 들어 그를 보며 말했다.

"혹시 자네가 말한 내용이 나를 치료하기로 했다는 고위 사제가 언급한 것이 아닌가?"

"과연 영민하십니다, 영주님."

"아니, 그렇다기보다 나 같은 힘없고 이름없는 귀족을 상대로 고위 사제가 왔다는 것이 조금 이상해서 그렇지 않을까 생각한 것이네. 벌써 수년을 넘어선 내전이라면 수많은 유민들이 발생했을 것은 분명할 터, 군사 강국인 제국은 어려울 것이니 아마도 신전에서는 아멘 왕국을 생각하고 있었을 것이고 나의 부상이 그 기회가 된 것 아닌가?"

"호오! 머리를 다치면 똑똑해지기라도 하는 모양이군."

나의 대답에 레빈은 비아냥거리듯 중얼거렸으나 그와 말다툼하고 싶은 생각은 없었기에 무시하고 게리오스를 쳐다보며 말했다.

"게리오스, 자네가 그리 생각했다면 반대하진 않겠네. 하지만 나의 부상 문제가 있다고 하더라도 우리가 너무 밑지고 들어가선 안 된다는 것을 자네도 알겠지?"

"물론입니다."

나의 말에 미소를 지으며 대답하는 게리오스, 그의 모습을 보고 있자니 문득 지금의 나의 모습을 돌아보게 되었다.

무엇인가 어색한 듯한 나의 모습은 게리오스를 닮아가고 있었기 때문이다.

'내가 똑똑해지고 있는 걸까?'

그 생각에 고개를 갸우뚱거리던 나는 그가 말하던 고위 사제라는 사람을 보고 싶었는지라 게리오스를 보며 말했다.

"그 고위 사제란 사람을 보고 싶군. 식사를 끝내고 그에게 가도록 하지."

"예, 영주님."

간단히 식사를 끝낸 후 게리오스의 안내를 받으며 자애의 여신의 고위 사제를 만나기 위해 성의 서쪽으로 향했다.

과거에는 집사가 머물렀던 방이 바로 고위 사제가 지내고 있는 방이었다.

"사제님, 영주님께서 뵙고자 하십니다."

그가 머무르는 방 앞에 선 게리오스가 노크를 하며 청하니 잠시 후 백색의 사제복을 입은 사제가 그 모습을 드러내었다.

난 그의 모습을 보며 조금 의외라는 생각이 들었다. 고위 사제라는 말 때문에 나이가 지긋한 사람이라 생각했는데 예상외로 문을 열고 모습을 보인 이는 아직 이십 대 초반 정도로 보이는 젊은 사제였기 때문이다.

푸른색 긴 장발의 젊은 청년은 한눈에 봐도 상당한 미남이었는데 자애로운 푸른색의 눈동자는 마치 눈동자에 빠져들게 하는 착각을 일으켰다.

"이곳의 영주인 플로렌 폰 나이다르 이드리샤 공작이오."

"아멘 왕국의 이드리샤 공작 각하께 자애의 여신이신 레비나님의 종 셸든 네이른이 인사드립니다."

"반갑소. 일단 안으로 들어가 이야기를 나누도록 합시다."

"예."

다행히 게리오스가 일을 잘 처리했는지 셸든 사제가 머무르는 방은 비교적 성에서 상급에 속하는 방이었다.

아메로스 남작과의 싸움이 있기 전만 해도 적자에 가까운 재정이었기에 혹시나 외부 손님이 초라한 방에 머물고 있는 것은 아닐까 하는 생각에 조금 걱정이었지만 막상 들어와 보니 사제인 그가 머물기에 그리 나쁘지 않은 방인지라 속으로 안도의 한숨을 내쉴 수 있었다.

"그래, 자네가 내 부상을 치료했다 들었네. 큰 부상이었는데 자네의 도움으로 치료를 했으니 자애의 여신님께 감사의 기도라도 올려야겠군."

"그리하신다면 여신님의 은총이 공작님께 가득하실 것입니다."

과연 사제라고나 할까, 입에 발린 말임에도 불구하고 정중하게 대꾸를 해준 그를 보며 난 고개를 끄덕이고는 계속 말했다.

"듣자 하니 신전에서 본 영주의 영지에 신전을 건립하고 싶다 하던데."

"예, 그것 때문에 치료를 끝냈음에도 제가 이곳에 머물고 있던 것입니다. 공작님도 아시다시피 지금 서먼 왕국은 왕당파와 귀족파 간의 알력 다툼으로 벌써 수십 년간 혼란한 상황이 지속되고 있습니다. 현재 어느 한쪽이 우세하다고 할 수 없는 상황에서 전쟁으로 생겨난 수많은 유민들이 안주할 곳을 찾지 못하고 방황하고 있는지라 추기경께선 안전한 아멘 왕국에 이들의 안식처를 마련하고자 하십니다."

"확실히 다른 영지와 달리 본 영지는 대지가 척박하기는 하나 영지민의 숫자가 그리 많지 않아 그들을 받아들이는 것은 어렵지 않소. 하나 성전의 건립은 물론 유민들을 받아들이기에 본 영지의 재정은 그리 풍족하지 않으니 어려울 수밖에 없소이다. 사제도 이미 눈치 채셨겠지만 본작이 공작의 작위를 가지고 있다 하나 이미 중앙 정계에서 밀려난 사람이니 이러한 어려움은 당연한 일이 아니겠소이까?'

물론 아메로스 남작과 션우드 자작과의 대결에서 많은 돈이 들어오기는 했지만 그러한 것까지 사제에게 말할 필요는 없다 생각했기 때문에 은연중 운을 한번 띄워보았다.

"물론 그것 역시 알고 있습니다. 하지만 근래에 각하께서 부상을 입으신 싸움에서 아메로스 남작의 영지를 가지셨다 들었습니다. 지금은 가을 추수가 끝난 후이니 유민들이 밀려온다 해도 어느 정도의 숫자는 받아들일 수 있을 것이고, 성전 건립이야 단지 이곳으로 온 서먼 왕국의 유민들이 여신님의 배려 속에서 믿음을 지키고 마음의 안식처를 찾아주기 위함이니 사제들이 신께 기도드릴 수 있는 작은 공간 정도면 충분합니다."

"음……."

아무래도 단단히 준비를 하고 왔다는 것을 알 수 있었다. 그의 말투에서 반드시 이곳에 자리를 틀어야겠다는 결심이 뚜렷이 드러나고 있었기 때문이다.

나의 입장에선 사제의 청을 거부할 순 없는 일이었다. 만일 내가 그것을 거부한다면 스스로 내 자신의 가치를 떨어뜨리는 것이 되기 때문이다. 받아들이기에는 다소 무리한 요구일 수는 있었지만, 다시 생각해 보니 서면 왕국에서 밀무역을 생각하고 있으니만큼 자애의 여신의 신전에 좋은 모습을 보여도 나쁠 것은 없다는 생각이 들었다.

"사제께서 그리 부탁하신다면야 미흡하나마 저희 영지에 작은 성전이라도 건립해야 하는 것이 옳을 것이오."

"감사합니다, 각하."

"하나 이번 해야 어떻게 넘길 수 있다고 하지만 많은 유민을 먹여 살리기 위해선 솔직히 본작의 재정은 그리 좋은 것이 아니오. 가을 추수로 사람들을 받아들일 수는 있다 하지만 그것도 잠시, 겨울이 올 때까지 그들의 거처를 짓는 것도 상당한 문제가 있을 뿐 아니라 예상보다 많은 유민이 흘러 들어올 경우 내년 봄 즈음에는 식량의 부족으로 많은 이들이 풀뿌리를 캐어 먹을 상황이 닥칠 수도 있소이다."

내 말에 잠시 생각에 빠진 셀든은 잠시 후 나를 보며 천천히 물었다.

"영민하신 공작 각하께서는 아마 그것에 대해 무엇인가 다른 생각이 있으실 듯한데… 말씀해 주십시오. 제가 할 수 있는 것이라면 최대한 협조를 해드리겠습니다."

"음……."

셀든의 말에 난 미간을 찌푸리고 말았다. 분명 그가 나를 도와준다고는 했지만 그것은 성전이 아닌 그 자신만 해당되는 말이었기 때문이다.

일단 생각은 들어보겠지만 그것이 자신의 재량을 넘는다면 분명 힘들다며 돌아설 것이 분명하니, 약간의 머리도 있는 사제란 생각에 골치가 아플 수밖에 없었다.

나로선 앞으로의 일이 어떻게 될지 알 수 없는 상황이었기에 고개를 돌려 게리오스에게 눈짓을 보냈고, 나의 뜻을 눈치 챈 그는 사제를 보며 정중히 말했다.

"공작님께서 말씀하신 대로 본 영지의 사정은 그리 좋지 못합니다. 물론 이번 싸움에서 아메로스 남작의 영지를 얻기는 했지만 그것만으로는 간신히 형상 유지만이 가능할 뿐이니 만약 신전을 건립하고 많은 유민들이 유입된다면 영지는 파산을 면치 못할 것입니다."

"음……."

"그러나 공작님의 부상을 치료해 주신 것도 있고, 아무리 타국의 사람들이라지만 안식할 곳을 찾지 못하고 굶주리는 것을 지켜만 볼 순 없으니 저희들이나 신전, 그리고 서먼 왕국의 유민들에게 모두 좋은 결과를 창출하기 위해서 본 영지의 재원을 만들어야 한다는 것입니다."

그 말에 나 역시 고개를 끄덕였고, 셀든은 우리들이 요구할 것이 무엇인지 알 수 없다는 표정을 지으며 게리오스에게 그 답을 물었다.

"마법사님께서 그것에 대해 좋은 의견이 있으실 것 같은데 말씀해 주십시오."

"솔직히 본 영지에서의 재원을 충당하는 것은 쉬운 일이 아닙니다. 이번에 차지한 아메로스 남작의 영지만 해도 농토는 비옥할지 모르나 그 외의 것은 그리 바랄 수 있는 것이 없으니 저희들로선 외부로 그 눈을 돌려야겠지요."

"그럼?"

"예, 서먼 왕국 쪽으로 산맥의 길을 따라 무역을 할까 합니다만 솔직히 내전으로 왕래가 쉽지 않은 것이 사실입니다. 그런 이유로 사제님께 공작님도 언급하셨지만 한 가지 부탁을 드리고 싶습니다."

"예, 말씀하십시오."

"힘들 것은 알고 있지만, 저희에게 귀국 신전의 추기경님께 인증서를 발부받아 주실 수 있겠습니까?'

게리오스의 말에 셀든은 크게 놀라는 표정을 지었다. 추기경은 대륙의 신성교단에서 교황이 한 국가에서 신앙심이 높은 수준에 이를 때 고위 사제 중 한 사람에게 내리는 직함이다.

한 종교를 다스리는 것이 교황이라면 추기경은 그 종교를 믿는 한 국가의 교황이라고 생각하면 되는 것이다.

이러한 추기경의 권한은 국가마다 크게 다르지만 서먼 왕국과 같이 유일신을 믿는 국가에서는 상당히 높았고, 만약 내가 추기경의 인증서만 받을 수 있다면 서먼 왕국에서의 외부 무역은 모두 나의 것이라고 해도 과언이 아니었다.

하지만 권한이 권한인만큼 추기경의 인증서라는 것은 그리 쉽게 받을 수 있는 것이 아니었고 함부로 남발할 수 있는 것도 아니었다.

난 그저 신성교단의 힘으로 서먼 왕국에서의 통행권만을 생각했을 뿐인데 게리오스는 그것보다 한술 더 떠 인증서를 바라고 있었기에 셀든이나 나나 둘 다 놀라기는 마찬가지였다.

"그것은 저 역시 함부로 승낙할 수 있는 것이 아닙니다. 추기경 각하의 인증서라니……."

셀든은 식은땀이 흐르는지 소매로 이마를 닦으며 말했고, 게리오스는 이미 예상했다는 듯이 한숨을 쉬며 말했다.

"휴… 그렇다면 어쩔 수 없군요. 일단은 성전에서 발부한 왕국의 통행권과 인근 귀족과의 만남을 주선해 주십시오."

"…그것이라면… 저도… 가능합니다."

"감사합니다. 그렇게만 해주신다면 공작 각하께서는 크게 기뻐하실 것입니다."

불가능할 정도의 것을 제시하여 최대한 많은 것을 얻어낸다. 상대가 자신에게 바라는 것이 있고, 내가 상대의 약점을 잡고 있다면 가장 효과적으로 원하는 것을 얻어낼 수 있는 방법이다.

그것은 단순히 알고 있는 것만으로 행할 수 있는 것이 아니다. 새삼 게리오스에 대해 다시 한 번 놀라는 것은 어쩔 수 없는 일이었다.

원하는 것을 얻어냈다고 생각한 난 문득 내 몸의 상태가 생각이 나 셀든 사제를 보며 물어보았다.

"아! 그리고 한 가지 물어볼 것이 있소이다."

"예, 말씀하십시오."

"머리의 부상은 완전히 치유된 것 같지만 이상하게 감각이 둔해진 것 같군요."

"감각이 둔하다면 아마 머리의 부상 때문에 신경 계통에 문제가 생겼을 수도 있습니다."

"게리오스의 말과 다르지 않구려. 그래, 혹시 이것이 악화되거나 하진 않겠소이까?"

"글쎄요. 이런 상황을 접해본 적이 없는지라……."

역시나 셀든 역시 모르고 있는 것 같았기에 미간을 찌푸렸다. 물론 생활하는 데 그리 큰 문제가 있는 것은 아니지만 내 몸이 내 몸 같지가 않다는 것은 그리 기분 좋은 것이 아니기 때문이다.

“알겠소. 어차피 성전 건립을 위해선 계속 만나야 하니 문제가 생기면 그때 말하도록 하는 것이 좋겠소.”

“예.”

방금 전의 일로 아직까지 정신이 없는지 멍한 셸든을 보며 난 고개를 가로젓곤 자리에서 일어났다. 평생 기도만을 해온 사제가 닳고 닳은 용병 마법사를 상대로 처음부터 상대가 될 리 없었다.

집무실로 돌아온 난 게리오스를 보며 방금 전의 일에 대해 치하의 말을 했다.

“생각보다 좋은 조건으로 일을 성사시켰군. 수고했네.”

“감사합니다.”

“그나저나 궁금한 것이 있는데…….”

“말씀하십시오.”

“생각 외로 그가 우리의 조건을 너무 간단히 받아들였다 생각되는군. 이유가 있었나?”

“그것은 아마 셔먼 왕국의 사정이 그리 좋지 못한 것도 작용한 것 같습니다. 자애의 여신의 신전은 궁핍한 자를 내치지 말라는 계율이 있습니다. 그러한 상황에서 내전과 귀족들의 수탈을 피해온 사람들이 신전으로 몰리고 있는 상황이니 신전의 상황도 그리 좋진 못했을 것입니다. 셔먼 왕국의 추기경 이스타온님은 신이 내리신 성자라 불릴 정도의 인물인만큼 이러한 사람들을 반드시 구제하고 싶었겠지요.”

“그런 상황에서 타계책을 찾던 도중 레빈이 나의 부상 때문에 신전을 찾게 되었고 내가 국경 근처에 영지를 갖고 있는 귀족이란 것을 알고 그것을 요청했다는 말이군.”

“그렇습니다. 반드시 이곳에 셔먼 왕국의 신전에서 감당하지 못할 정도로 늘어난 유민들이 머물 수 있는 거처를 마련해야 했고, 그 이유로 셀든 사제는 최대한의 재량권을 가지고 영지로 왔겠지요."

"그렇군."

"저희들이 서먼 왕국과 무역을 원하는 것을 알지 못했기에 그가 추기경의 인증서 건을 언급하자 당황하여 쉽게 신전에서 발행한 통행권과 귀족들 간의 만남을 주선하리라 약속한 것이지 그렇지 않았다면 추기경 이스타온님은 교단과 왕권을 철저히 분리하는 인물이니 왕당파와 귀족파 간의 알력에 끼지 않으려고 쉽게 그것을 내어주진 않았을 것입니다."

"그렇군."

서먼 왕국에서 왔기 때문일까? 그는 생각보다 왕국의 내부 상황에 정통했고, 그것을 통해 교섭마저 유리하게 이끌어냈는지라 그의 능력에 찬사를 보내고 싶을 지경이었다.

하지만 그와 함께 게리오스에 대한 두려움도 같이 밀려오고 있었다. 똑똑해도 너무 똑똑하다. 지나치게 똑똑한 수하는 오히려 해가 될 수도 있었다.

능력있는 수하를 자신의 것으로 하는 것도 중요하지만 지나치게 뛰어난 수하도 경계해야 할 대상이다.

주군은 수하의 능력을 끌어내어 그것을 바탕으로 결정권을 발휘하는 것이지 수하의 능력에 휩쓸려서는 안 되기 때문이다. 만약 수하의 뛰어남에 그러한 경우가 생긴다면 능력이 있다 하여도 차라리 그 수하를 처단하는 것이 나을 수 있다.

아직은 내가 영주로서 성장하고 있다면 그 상황에서 게리오스의 도움은 반드시 필요하다. 그러나 내가 모든 성장을 끝냈을 때에도 게리오스가 나를 넘어선다면 난 그를 죽여야 한다. 그것이 내가 살아갈 수 있는 유일한 길이라 생각되었다.

하지만 죽는 날까지 그에게 해를 끼치는 일은 없을 것이란 생각도 들었다. 난 내 것에 대한 욕심이 누구보다 강했기 때문이다.

션우드 자작과의 싸움도 순조롭게 끝이 나고 셸든 사제와의 협의 끝에 성전 건립을 통해 영지를 발전시킬 수 있는 교두보를 마련한 지금 사실 영지 자체로만 본다면 크게 걱정이 될 것은 없었다.

가을 추수를 앞두고 누렇게 물들어 있는 평원의 모습은 세상에 풍요로움을 가져다 주는 계절의 여신 라나다의 은총이라 생각될 정도로 농부의 얼굴을 밝게 물들였기에 영지 역시 크게 발전할 것임을 의심할 수 없었다.

하지만 이러한 기쁨은 영지 하나에만 한정된 것이었다.

"끄아악!! 젠장!!"

오늘 역시 난 침대에 앉아 절규를 터뜨릴 수밖에 없었다.

생긴 것도 뛰어난 것이 아니고, 그렇다고 머리가 똑똑하다고 생각되지도 않는다. 하지만 그렇다고 나에게 이런 장애까지 만들어주면 어떡하는가?

이런 나를 보며 침대 한 켠에 앉아 있는 알리샤는 걱정스러운 표정이 가득했으니, 그녀의 눈을 보며 한숨이 나올 수밖에 없었다.

몇 년이 지나도 변하지 않을 정도의 아름다움을 지니고 있는 알리샤는 지금 내 앞에 한 떨기 꽃과 같은 모습으로 자리하고 있었지만 난 그 아름다움을 취할 수 없으니 노기만이 치솟아오를 뿐이었다.

"공작님! 무슨 일입니까!!"

나의 절규에 밖에 있던 용병 한 사람이 문을 열고 황급히 안으로 뛰어들어 와 옆에 있던 알리샤는 깜짝 놀라 이불 속으로 자신의 몸을 감추었다.

"헉! 죄송합니다."

"당장 나가! 이 개자식아!"

누구에게도 보여주고 싶지 않은 알리샤의 알몸을 보아버린 용병자식을 보며 당장이라도 목을 베어버리고 싶었지만 노기를 누르고 소리를 질렀다.

내 노성에 녀석은 급히 방을 나갔지만 화는 누그러지지 않았는데, 그것은 그에 대한 것이 아니라 바로 나 자신 때문이었다.

"젠장! 설마 이런 부작용이 있을 줄은……."

머리의 부상을 치유한 후 있었던 신경계의 둔해짐은 어이없게도 생각지도 못한 부작용을 만들어내고 말았으니, 바로 임포텐스였다.

눈앞에 이쁜 마누라를 두고도 그저 구경만 해야 하는 남자의 입장을 어느 누가 이해하겠는가? 실제 그런 입장에 처한 이가 아니라면 절대 알 수 없는 고행이었다.

똑똑.

"영주님, 괜찮으십니까?"

"게리오스인가?"

"예."

"휴… 잠시만 기다리게. 뭐 하는 게냐? 빨리 옷을 입지 않고."

이불 속에 숨어 있는 알리샤에게 옷을 입게 한 후 게리오스를 들어오게 했고, 그는 안으로 들어와 정중히 물었다.

"도대체 무슨 일입니까?"

“휴…….”

괴로운 남자의 마음, 어느 누구에게도 발설하고 싶지 않은 치부였기에 갈등이 쌓일 수밖에 없었으나 이대로 혼자만 알고 있는다면 어떠한 일도 되지 않음을 잘 알고 있었기에 나의 문제를 허심탄회하게 이야기해 주었다.

모든 이야기를 들은 게리오스는 헛바람을 내더니 낮은 목소리로 말했다.

“헉! 괴로우시겠군요.”

“자네가 나의 마음을 어찌 아는가! 흑흑흑.”

“예, 도저히 알 수 없는 일이지요.”

“…….”

한 대 패주고 싶지만 참을 수밖에 없었다. 하지만 이대로 이런 고행을 계속 겪고 싶은 마음은 없기에 어떻게든 방법을 강구해야 했다.

“셀든이라면 무슨 방법이 있지 않을까?”

“글쎄요. 전에 물었을 때도 그 역시 방법이 없다 하지 않았습니까?”

“그건 그렇지만…….”

확실히 그에게 그런 말을 듣기는 했지만 게리오스는 잠시 생각에 잠기는 듯한 표정을 짓더니 나를 보며 물었다.

“다시 생각해 보니 혹시 성전 측에서 영주님의 약점을 잡아둔 것이 아닐까 하는 생각이 듭니다.”

“약점?”

“예, 솔직히 성전의 입장에서는 타국의 귀족을 완전히 신용할 수 없을 테니 한 가지 제재를 가한다 해도 이상할 것이 없습니다. 자애의 여신의 신전에는 예로부터 신전의 여사제들을 보호하기 위하여 임포텐스라는 신성 마법이 존재했으니 가능성이 없지는 않을 것입니다.”

에나 지금이나 귀족들 중 변태 성욕자들이 많은 것은 사실이다. 미소년을 탐하는 녀석이 있는가 하면 어린 계집이나 평생 부부의 연을 맺을 수 없는 여사제들을 은밀히 납치하여 자신의 성욕을 채우는 자들이 많았다.

대륙은 오성신이라는 신성 교회가 있었는데, 그중에 유일하게 자애의 여신의 신전만은 공격적인 신성 마법뿐 아니라 신성 기사단조차 없었기 때문에 이러한 변을 많이 당했다.

그런 이유로 여사제들은 상대의 성적 능력을 무력화시키는 임포텐스 마법을 익혔고, 그 후로 변태 귀족들조차 자애의 여신의 여사제들을 함부로 범하지 못하게 됐다고 한다.

셀든과 같은 고위 사제라면 그러한 신성 마법을 사용하는 것이 그리 어렵지 않을 터, 게리오스의 생각도 가능성이 없다고는 생각되지 않았다.

“만약 자네의 말이 사실이라면 성전 건립이고 뭐고 사제든 유민이든 모두 죽여 버리고 말 것이네!”

“이런… 영주님, 진정하십시오. 이번 일은 그렇게 감정적으로 처리할 수 있는 것이 아닙니다.”

“감정적? 감정적이라고 했나? 감히!! 사제 따위가 대 아멘 왕국의 삼공작의 일인인 나에게 임포텐스 마법을 사용했다는 것은 감정적이 아니라 하더라도 충분히 죽음을 면치 못할 중죄임에 틀림없다!”

어렸을 때부터 몰락한 귀족 가문의 한 사람으로 자라왔기에 나에겐 취미 같은 것이 없었다. 돈에도 흥미없고 검술도 어느 정도만 익히면 충분하다 생각해 온 나였다.

하지만 그런 나에게 알리샤라는 존재는 이런 재미없는 삶의 유일한 즐거움이었고, 그녀와 함께하는 시간은 어느 시간보다 나의 마음을 흡족하게 했다.

그렇지 않았다면 내가 미쳤다고 농노였던 계집을 정부인으로까지 받아들이려 했겠는가? 그만큼 그녀는 나에게 중요했는데 치졸한 사제 나부랭이들이 감히 나의 유일한 즐거움을 앗아가려 했다는 생각에 노기가 진정되지 않았다.

"영주님… 제발 진정하세요."

큰 숨을 내쉬며 씩씩거리는 나를 보며 옆에 있던 알리샤가 걱정이 되는지 내 손을 잡으며 조용히 말했고, 그제야 난 격한 숨을 진정시킬 수 있었다.

"만약 저의 생각대로 사제가 그런 짓을 했다면 신전과 그의 행위는 결코 용납될 수 없는 일입니다. 하나 현재 영지의 상황에서 신전에 해를 가한다는 것은 영지의 존속에도 그리 좋지 않은 일입니다."

"으드득……."

물론 그의 말도 이해할 수 있었지만 나의 즐거움을 망쳐 버린 그들에 대한 노기가 가라앉지 않았는데, 그때 내 손을 잡고 있던 알리샤가 부드러운 목소리로 말했다.

"영주님, 천한 신분의 제가 어찌 영주님의 노기를 헤아릴 수 있겠습니까만은 잠시 고정하시는 것이 좋을 듯합니다."

"음……."

알리샤의 말에 조금씩 노기를 가라앉히자 게리오스는 안도의 한숨을 쉬며 말했다.

"휴… 신전의 사제들이 저희들을 신용하지 못하여 그러한 수를 썼

다 하여도 서면 왕국의 내전이 끝나지 않는 이상 영주님이 유리한 고
지에 있다 할 수 있습니다. 영주님을 적으로 두지 않는 이상 우리가 이
러한 사실을 언급하면 분명 마법을 해제할 것입니다."

"확실한가?"

"만약 그자들의 신성 마법이 원인이라면 저의 예상은 틀리지 않을
것입니다."

"…알겠네. 하나 나로선 이러한 상태에서 잠시도 있고 싶지 않네.
당장 셸든에게 가도록 하세."

"예."

지금까지 게리오스의 말이 틀린 적은 없었고 알리샤의 말도 있었는
지라 일단 끓어오르는 분노를 참고 녀석을 만나기 위해 사제가 머물고
있는 성의 서쪽으로 향했다.

"밤늦게 무슨 일로 찾으셨는지?"

늦은 시간에 우리들이 찾아오자 셸든은 영문을 몰라 하는 표정으로
물어보았고, 난 그런 모습에 더욱 분노가 치솟아올랐다.

"진정 네가 그 이유를 모른단 말이냐!!"

그의 표정을 보며 더 이상 참지 못한 난 허리에 차고 있던 롱 소드로
녀석의 목을 베어버리려 했으나 그것을 보고 놀란 게리오스가 급히 나
의 팔을 잡으며 소리쳤다.

"영주님! 제발 진정하십시오!!"

"놔라!!"

"제발 진정하십시오. 셸든 사제를 벤다 해서 일이 모두 해결되는 것
은 아니지 않습니까? 자칫 영주님의 상세가 계속 이리될 수도 있는 일
입니다."

"크윽……."

그의 말에 일단은 내 몸을 치유하는 것이 우선인지라 노기를 가라앉혔고, 그에 게리오스는 안도의 한숨을 내쉰 뒤 셀든을 보며 말했다.

"사제께서는 영주께서 이리 노하는 이유가 무엇인지 아십니까?"

"…그것이……."

그는 제대로 말을 잇지 못하고 있었지만 난 그가 나에게 이런 짓을 했음을 확신하고 있었다. 평생을 교단에 몸 바쳐 신에 대한 믿음으로 살아온 사제의 신분인 그였는지라 거짓을 말하지 못했고, 그것이 얼굴에 드러나고 있었기 때문이다.

이러한 것을 게리오스 역시 정확히 보고 있는 듯했으니 그는 길게 한숨을 쉬며 말했다.

"사제께서 타국의 귀족이신 영주님을 신용하지 못함은 어찌 보면 당연한 일이라 할 수 있습니다. 사람의 믿음이라 하는 것은 오랜 시간을 통해 이루어지는 것이니 외지에서 오신 사제께서 그리하실 수 있는 것이지요. 하나 사제님의 행동은 한 가지 잘못된 것이 있습니다."

"자… 잘못된 것이라면……."

"셀든 사제께서는 이번 신전 건립 건 하나로 저희와 손을 끊을 생각이십니까?"

"예? 물론 그것은 아닙니다만……."

"그렇다면 무엇을 망설이십니까? 어서 공작님께 이번 실수를 인정하시고 임포텐스를 풀어주셔야 하지 않습니까?"

게리오스의 말에 셀든은 멍한 표정을 감추지 못했고, 그런 그를 보며 난 게리오스가 또다시 승기를 잡았음을 눈치 챌 수 있었다.

"처음 대하는 상대와의 협상을 성공시키기 위해선 드러낸 조건 외에 감추어둔 것이 하나쯤 있는 게 협상에 유리한 것은 당연합니다. 협상이 불리할 시에는 이러한 조건을 내세움으로 훨씬 더 유리한 고지를 잡을 수 있기 때문입니다. 하나 반드시 알아야 할 것은 다음 협상을 위해 계속 그것을 감추어두는 것도 좋지만 그것이 상대에게 알려졌을 땐 과감히 시인하는 것도 하나의 협상 노하우라 할 수 있다는 것입니다. 자칫 이익을 위해 상대가 알고 있음에도 그것을 계속 부인한다면 상대방에게 불신감을 주고 그것은 오히려 자신에게 해로 다가올 수 있기 때문입니다."

"음……."

제 5 장

알디 하렌의 칠성황제

　게리오스의 말에 잠시간 침묵에 잠겨 있던 셀든 사제는 고개를 끄덕이고 나의 앞으로 와서는 정중히 고개를 숙이며 말했다.

　"공작 각하께 실례를 범한 점 죄송스러울 뿐입니다."

　"알면 됐다. 당장 그 괴상한 마법을 풀어주게."

　나로선 사제 녀석의 사과는 필요없었다. 오직 내 몸에 서려 있는 이 괴상한 마법이나 풀었으면 하는 생각이 간절했기 때문인데, 그의 입에서 나온 말에 나로선 절망감까지 밀려오고 말았다.

　"그것이… 저의 힘으로는 임포텐스 마법을 풀 수가 없습니다."

　"뭣이!!"

　"휴… 저의 신전에서만 행할 수 있는 임포텐스는 신성 마법이라기보다는 신벌에 가까운 것입니다. 단순히 성행위가 불가능한 것이 아니라 죄를 범한 자에게 혈육이 있다면 그조차도 어떠한 자손도 남기지 못하게 하는 것입니다.”

“일종의 저주란 말인가?”

나의 저주라는 말에 셀든 사제는 미간을 찌푸리며 말했다.

“신벌을 저주로 표현하는 것은 조금…….”

“젠장! 그래, 그래서 어떻게 되냐고!!”

“마법사들의 마법 서클로 본다면 7서클 정도에 해당될 정도의 고위 마법. 신의 은총으로 신성력이 약한 사제도 믿음만 있으면 행할 수는 있지만 반드시 강림을 받을 수 있는 직위에 계신 분만이 신벌을 없앨 수 있습니다.”

“…강림? 게리오스!”

강림이 사제가 신에게 내림을 받는 것임을 알고 있긴 했지만 그 이상은 아는 것이 없기에 게리오스를 불렀고, 나의 부름에 그는 강림에 대해서 자세하게 설명해 주었다.

“강림은 믿음을 가진 자가 신의 내림을 받아 그 신언을 행사하는 것으로 과거에는 믿음만 있다면 보통 사람이라도 강림을 받았지만 지금은 보통 성자급이나 성녀급 이상의 사제만이 받는 것으로 알고 있습니다.”

“그럼 뭐야?!”

“현재 아멘 왕국에는 왕도의 성전을 맡고 있는 이도 고위 사제 정도에 불가하니 신벌을 없애기 위해선 아무래도 서먼 왕국으로 가서야 할 것 같습니다. 제가 알기로는 서먼 왕국은 추기경 한 분과 두 명의 성자, 한 명의 성녀가 계신 것으로 알고 있습니다.”

“…제기랄!!”

그의 말에 난 뒷골이 땡기는 것을 느꼈다. 지금 당장은 그것을 풀 수 없었기 때문이다.

"가장 가까운 곳에 있는 사람은 국경 근처의 레트론 시에 있는 신전으로 현재 요슨 성자가 머물고 있다 알고 있습니다."

"레트론… 레트론……."

지금 당장 출발해도 족히 일주일 이상이 걸리는 거리였으니 아찔한 기분이 들 수밖에 없었다. 그때까지 유일한 나의 낙을 죽이고 살아야 한다는 말이기 때문이다.

"죄송할 뿐입니다."

"이 죽일……."

하나 다시 생각해 보면 그가 무슨 죄가 있겠는가? 사제인 그가 처음 보는 나를 싫어해서 한 것은 아닐 테니 분명 그보다 위에 있는 사람의 지시가 있었을 것이 분명했다.

신벌… 도대체 내가 자애의 여신에게 무슨 죄를 지었다고 신벌을 받는단 말인가…….

눈물이 앞을 가리는 순간이었다.

무릇 아내를 가진 남자의 즐거움이란 사랑의 힘으로 샘솟는 젊음이 아니겠는가? 하지만 아침에 일어났을 때 풀이 죽어 있는 분신을 보는 자는 아내에게 미안함과 자신의 비참함을 같이 겪어야 하는 슬픔에 빠지고 만다.

아침을 알리는 닭 울음소리가 길게 울려 퍼지고 햇살이 방 안으로 넘쳐 흘러 들어올 즈음 보통 때라면 알리샤와 아쉬움의 시간을 보내야 하는 시간이건만, 멍한 눈으로 볼 것도 없는 영지 구경을 하고 있었다.

"영주님……."

옆에선 알리샤가 걱정하는 표정으로 서 있었지만 마음의 답답함은 사라지지 않았다.

물론 이 일은 내가 레트론으로 가서 성자를 만나기만 하면 쉽게 풀릴 수 있는 문제이지만 생각보다 쉬운 일이 아니었다.

서먼 왕국은 내전으로 시끄러운 나라, 아무리 내가 힘이 없고 이름뿐인 공작이라 할지라도 그런 상황에서 최고의 귀족 신분인 내가 쉽게 드나들 순 없었던 것이다.

그러나 자칫 잘못하면 타국의 내전에 휘말릴 수도 있는지라 게리오스는 반대하고 있었지만 아름다운 알리샤의 모습을 보니 더 이상 참을 수가 없었다.

"알리샤……."

"예."

"게리오스 불러……."

"알겠습니다."

역시나 영지에서 나의 말을 가장 잘 듣는 사람은 알리샤뿐이었다. 그녀가 방을 나선 지 이십 분 정도 후 게리오스가 그녀와 함께 방으로 들어왔다.

"찾으셨습니까?"

"게리오스, 레트론으로 가겠다."

"영주님!"

"알아! 네가 우려하고 있는 일이 무엇인지는 알겠지만 이런 상태에선 단 하루도 살고 싶은 마음이 없다! 당장이라도 이 몸을 고치지 않으면 첨탑에 콱 목매어 자살하고 싶은 심정이라고!!"

"휴……."

　나의 강경한 반응에 게리오스는 길게 한숨을 내쉬더니 한참을 생각하다 입을 열었다.

　"알겠습니다. 그렇다면 레트론으로 가도록 하지요. 하지만 그전에 명심하셔야 할 것이 있습니다."

　"말하게."

　"공작의 신분을 밝히셔서는 안 됩니다. 일단은 레빈 단장님과 함께 용병의 신분으로 위장하면 능히 서먼 왕국으로 들어가실 수 있으니 절대 신분을 위장하도록 하십시오."

　"알겠네!"

　치사한 신벌을 고칠 수 있다는데 무엇이 문제이겠는가? 노예 신분이라도 좋으니 당장이라도 서먼 왕국으로 달려가고 싶은 것이 지금의 심정이었다.

　일단 서먼 왕국으로 넘어가기로 결정을 하자 일은 빠르게 이루어졌다. 말한 것이 오전이었음에도 불구하고 오후가 되자 모든 준비가 끝이 났기에 나로선 생각보다 빠르게 일을 진행되자 조금 의외라는 생각이 들었다.

　'반대해도 내가 서먼 왕국으로 갈 것을 예상하고 있었나?'

　만일 그렇다고 한다면 내 지금까지의 모든 행동은 그의 손바닥 안에 있었다고 해도 과언이 아니었다.

　게리오스의 정체는 무엇일까? 단순히 마법사라고 하기에는 너무나 뛰어난 능력의 소유자였다. 레빈의 말을 들어보면 울브스 블러드 마치를 해산하고 용병단으로 등록했을 때 서먼 왕국의 무신의 신전에서 처음 만났다고 한다.

　무신의 신전은 무를 익힌 자들, 즉 기사나 용병들이 자신의 등급을 인정받기 위하여 반드시 들러야 하는 곳으로 신전에서 등급을 하사받은 후에 용병 등록을 해야만 그 등급을 인정받을 수 있다고 한다.

그렇게 본다면 용병단이 처음 만들어졌을 때부터 있었던 창단 멤버라 할 수 있는데 상당한 수준의 마법사로 생각되는 그가 뭣 때문에 이름도 없는 용병단에 들어갔을까?

그 정도의 마법사라면 어느 곳에 가도 후대받을 것이 분명한데 말이다.

하지만 지금까지 용병단이나 나에게 어떠한 해도 끼친 적이 없다고 하니 그가 스스로 한 실전을 익히기 위해 참여했다는 말을 믿을 수밖에 없었고, 어찌 됐든 레빈도 신용하는 인물이니 능력만 놓고 본다면 어느 누구보다 신용할 수 있는 존재라는 걸 부인할 수 없었다.

레트론으로 가는 여정에는 레빈과 함께 셀든 사제와 케넬스 외 다섯 명의 용병들이 참여하기로 했다. 안전을 위해 어느 정도의 호위는 필요하다는 그의 말 때문이었는데, 의외의 사람이 참가했다면 바로 아메로스 남작의 장녀였던 리안나가 이번 여정에 참가했다는 것이다.

아메로스 남작을 몰락시킨 이후 리안나와 그녀의 동생인 시미온이라는 계집은 시녀로 쓰고 있었다.

처음에 나는 알리샤를 데리고 갈 생각이었다. 일단 이 몸이 풀리고 나면 도저히 욕구를 참을 수 없을 것이란 생각이 들었기 때문인데, 게리오스가 나의 정부인이 된 알리샤에게 여러 가지 교육이 필요하다는 말을 했기 때문에 대신 리안나를 데려가기로 한 것이다.

뭐, 미색으로 본다면 아메로스의 후첩의 소생인 리안나 역시 그리 빠지는 것은 아니었기에 꿩 대신 닭이라고 대신 데려가기는 하지만 이년이 얌전히 있을까 하는 생각에 조금 불안한 것은 사실이었다.

하지만 여정이 시작되자 의외로 리안나는 조용하기 그지없었기에 국경을 빠져나올 때 즈음에는 그러한 걱정도 사라질 수 있었다.

내전 때문인지 서먼 왕국의 국경 수비는 허술하기 그지없었다. 내 영지에서 서먼 왕국으로 가는 길이 그리 알려지지 않은 탓도 있었겠지만 그나마 있는 경비의 숫자도 십여 명에 지나지 않았기 때문이다.

내게 일만의 병력만 있다면 국경을 치고 싶은 마음이 간절할 정도로 말이다.

레빈의 용병단이 원래 서먼 왕국 출신이기 때문에 국경의 통과는 그리 어렵지 않았다. 나라가 어지러울수록 국경의 경비에 더욱 신경을 써야 하는 것이 옳았다면 아무래도 오랜 내전으로 국경의 병력까지 내전으로 돌려진 것이 분명한 듯 보였다.

혹시나 이들이 내전에 휩쓸려서 낭패를 보는 건 아닐까 하는 생각도 들었는데, 다행히 국경 근처는 내전의 영향을 받지 않았는지 평범한 모습이었다.

생각 외로 별다른 일이 발생하지 않았기에 일주일 후 일행들은 조용히 레트론에 도착할 수 있었다. 하지만 막상 도착했을 때는 이미 해가 서산으로 지고 있는 상황이기에 어쩔 수 없이 내일을 기약할 수밖에 없었다.

웅성웅성.

우리가 들어선 곳은 레트론에 있는 '풀빛의 쉼터' 란 여관이었다. 성자가 머무르는 신전이 있는 곳인만큼 이곳에는 생각보다 많은 사람들이 머무르고 있었다.

"복잡하군."

"아무래도 성자가 머무르고 있어 내전으로 다치거나 병을 앓고 있는 이들이 몰리고 있으니까."

레빈 역시 나와 같은 생각을 하고 있었다. 셀든 사제는 내일 아침 일찍 성자를 만날 수 있게 해주겠다는 말을 하며 신전으로 갔고, 다른 용병들은 생각보다 피로를 많이 느꼈는지 방으로 들어가 휴식을 취하고 있었기에 여관의 식당에는 레빈과 나, 리안나만이 늦은 저녁을 먹고 있었다.

임포텐스라는 신벌에 걸린 이후 그나마 나은 것이 있다면 그리 피로가 느껴지지 않는다는 것인데, 하긴 밤중에 쓸 힘을 고스란히 저장하고 있으니 힘이 남아도는 것은 당연한 일인지도 몰랐다.

덜컥!!

음식을 기다리며 내일 눈앞에 보이는 리안나를 맘껏 괴롭혀 주리란 생각에 미소를 흘리고 있을 때 여관의 문이 열리며 한 무리의 사람들이 모습을 드러내었다.

이십여 명이나 되는 무리들인지라 자연히 시선이 돌아갈 수밖에 없었는데, 그중 맨 앞에 있던 상인 복장을 하고 있는 비대한 덩치의 중년인은 여관의 식당에 자리가 없자 미간을 찌푸리고는 큰 소리로 점원을 불렀다.

"여봐라! 여기 아무도 없느냐?!"

"예! 예! 갑니다요!"

그의 호통에 잠시 후 점원 한 사람이 황급히 그에게 달려왔다. 점원을 부른 뚱뚱한 사내의 말투로 보아 귀족 신분을 가진 이인 듯했다.

"레빈, 귀족일까?"

"그런 것 같은데, 눈여겨볼 사람은 저자가 아니라 뒤에 있는 자가 아닐까 생각하네."

"뒤에 있는 사람?"

레빈의 말에 그가 말하고 있는 쪽을 보자 거한들 사이로 귀티가 흐르는 붉은 머리의 미남 한 사람이 사색하듯 눈을 감고 서 있는 것을 볼 수 있었다.

그를 보호하듯 감싸고 있는 거한들 역시 절도있는 자세로 강한 투기마저 흐르고 있었기에 상당히 실력있는 기사들임을 알 수 있었다.

"저자를 지키는 기사 한 사람 한 사람의 실력은 아마 나와 비등하거나 뛰어난 것 같네."

"응? 정말인가?"

레빈의 말에 나로선 크게 놀랄 수밖에 없었다. 레빈은 무신의 신전에서 일급용병으로 인증받은 사람이었지만 다른 일급용병과는 그 실력에서 크게 차이가 났다.

뭐랄까, 보통 일급용병의 실력이 평기사 한 사람의 실력과 맞먹는다면 레빈은 왕궁 정규 기사와 겨루어도 뒤지지 않을 실력이기 때문이다.

그런데 그런 레빈보다 뛰어난 기사라니 어찌 놀라지 않겠는가? 저들이 대륙 최강의 기사단이라 일컬어지는 알디하렌 제국의 황궁 기사단이라도 되는 걸까?

"뭣이!"

"어이쿠!!"

기사들에 대한 생각을 하고 있을 때 갑자기 큰 소리와 함께 비명 소리가 들려 돌아보니 배불뚝이 귀족의 앞에서 점원이 배를 감싸 쥐며 뒹굴고 있는 것을 볼 수 있었다.

"이런 하찮은 것이! 방이 없다면 만들어서라도 대령해야 하는 것이 아니냐! 감히 우리가 누군지 알고!!"

미련한 놈, 지가 누군지 말도 하지 않았는데 천한 점원 따위가 무엇을 안단 말인가? 점원은 점원이니 점쟁이가 아니라고 소리쳐 주고 싶지만 괜한 소동에 말려들고 싶지 않아 입을 다물 뿐이었다.

어찌 됐든 귀족이라 생각되는 뚱뚱한 사내는 허리에 찬 검에 손을 대어 당장이라도 건방지게 귀족 앞에서 방이 없다고 말한 점원을 베어 버릴 것 같은 기세였다.

하긴 눈치없이 귀족처럼 보이면 대충 방을 만들 것이지 정직하게 없다고 지껄이니 죽어도 이상할 것이 없었는데, 뚱뚱한 사내의 뒤에서 낭랑한 목소리가 나의 귀로 울렸다.

"요페슨! 이게 무슨 경거망동인가!"

"헉! 죄송합니다, 황……."

"요페슨!!"

"헉! 예… 예, 도련님. 조용하게 해결하도록 하겠습니다."

낭랑한 목소리의 주인은 기사들에게 싸여 있던 젊은 청년의 말이었는데, 그가 날뛰는 것을 책망하다 말을 실수하려 하자 호통을 치며 다그치는 것이 눈에 살기가 가득해 보였다.

아무튼 그의 말에 난 '황' 이란 글자로 시작되는 것이 무엇이 있을까 고민할 수밖에 없었는데, 문득 고개를 돌려보니 레빈이 무엇인가를 눈치 챈 듯한 모습을 보이고 있었기에 그를 보며 물어보았다.

"레빈, 저들이 누군지 알겠어?"

"아무래도 상황이 좋지 않은 것 같군."

"무슨 말이야?"

"방금 전까지는 몰랐는데, 문득 하나의 이름이 생각나더군. 아마도 저 이는 요페슨 폰 드루드 레아나크 백작. 알디하렌 제국의 명문가 레아나크 백작가의 가주로 현재 알디하렌의 일곱 황자 중 셋째인 스만테우스 황자를 보필하고 있는 사람일 것이네."

그 말에 난 놀랄 수밖에 없었다. 만일 그것이 사실이라면 기사들에 둘러싸여 있는 젊은이가 바로 알디하렌 제국의 삼황자 스만테우스라는 뜻이기 때문이다.

그가 아니라면 어느 누가 자신이 귀족임을 나타내는 표식이 온몸 구석구석 박혀 있는 레아나크 백작의 이름을 함부로 부를 수 있겠는가?

그가 삼황자라고 한다면 주위에 있는 호위 기사들의 실력도 이상할 것이 없었다. 현재 알디하렌 제국의 중앙 평원을 황제가 다스리고 있고, 이들 일곱 명의 황자들이 제국의 일곱 부분을 자치령주란 신분으로 나누어 다스리고 있으니.

견부에 호자가 나온 격이랄까? 현 황제가 제국 사상 가장 무능하다고 알려져 있는 것에 반해 이 일곱 명의 황자들은 모두 역대에 그 유래를 찾아볼 수 없을 정도로 뛰어남을 자랑해 제국 내에서는 이들 일곱 명의 황자를 알디하렌의 칠성황제라고 부를 정도였다.

'이들 일곱 명 중 어느 한 사람이 황제의 직을 하사받는다 해도 제국은 다시 번성할 것이다' 라는 말이 있을 정도이나 워낙 뛰어난 일곱 황자인만큼 이들 사이에 권력 쟁투가 장난이 아니라고 한다.

이곳에서 모습을 보인 삼황자 스만테우스는 제국 내에서는 임페러 파이어 스타라 불리는 인물로 정령사로서 불의 상급 정령까지 소환하는 천재 정령술사로 화염의 정령사라는 별칭도 지니고 있는 자였다.

정령사라… 흔히 보기 힘든 능력의 소유자였다.

정령은 선천적으로 타고나지 않으면 불가능하다고 알려져 있었기 때문이다. 대륙 최고의 권력자임에도 불구하고 개인적인 능력도 뛰어난 데다 얼굴도 저리 미남이니 여자가 줄줄 따라다닌다 해도 이상할 것이 없기에 조금 부러운 마음이 들었다.

'젠장! 어머니, 어찌하여 절 이렇게 낳으셨습니까?'

눈물이 앞을 가리고 있었는데 고통스러운 표정으로 몸을 일으킨 점원의 뒤로 오십 대 정도의 남자가 요페슨의 앞으로 조심스럽게 와서는 말하고 있었다.

"어이구, 죄송합니다. 저희 점원이 손님께 실수를 했나 보군요."

"되었다. 어서 방이나 내오도록 하여라!"

"그것이… 방금 전 모든 방이 나갔는지라… 손님을 쫓아낼 수도 없고……."

"그래? 그럼 이렇게 하면 되겠군."

주인의 말에 요페슨은 식당 주위를 살피기 시작하더니 그와 가장 가까운 곳에 있던 사람이 우리들이었는지라 우리들을 가리키며 말했다.

"저들을 내보내라! 돈은 두 배, 아니, 네 배로 주겠다."

"그것이……."

"뭣 하는 게냐!"

그의 다그침에 이마에 흐르는 식은땀을 닦으며 주인은 우리의 앞으로 다가왔고, 떨리는 음성으로 말을 이었다.

"소… 손님… 다른 곳에서 머무르시면 안 되겠습니까?"

"다른 곳? 레트론에 방이 남아 있는 다른 여관이 있었던가?"

"그것이……."

"이런 천한 것들이! 당장 사라지지 못하겠느냐!"

우리들의 말에 그것을 듣고 있던 요페슨은 노기를 드러내며 우리들을 향해 다가와 검을 겨누니 나로선 황당할 수밖에 없었다.

"병신, 지랄하고 있네!"

도저히 참지 못한 난 녀석을 보며 욕을 하고 말았는데, 그 말에 요페슨이라는 자는 크게 노한 표정을 드러내더니 고함을 치며 나를 향해 검을 내질렀다.

"이 하찮은 자식이! 죽어라!!"

챙!!

역시나 앞뒤 가리지 않고 검을 내지르는 녀석이었는데, 순식간에 그의 검은 나의 목줄기를 향해 뻗어왔다. 하지만 순간 날카로운 소리와 함께 푸른색의 섬광이 일렁이며 그의 검은 머리 위를 간발의 차이로 스치고 지나갔다.

내가 위험에 처하자 레빈이 근처에 있던 나이프를 던져 그자의 검을 퉁겨낸 것이다.

"헉!!"

자신의 검이 퉁겨져 나가자 요페슨이란 돼지는 크게 놀라서는 뒤로 물러섰다. 검에 마나를 주입할 수 있는 실력은 결코 흔히 볼 수 있는 것이 아니었기 때문이다.

자신이 상대할 수 있는 자가 아니라는 것을 깨달은 그자가 급히 뒤로 물러서자 삼황자를 보호하고 있던 기사 중 한 사람이 앞으로 나서며 검을 뽑아 들었다.

행여나 이들이 황자를 해치려 하는 무리가 아닐까 생각됐기 때문이리라.

나로선 제국의 일곱 주인 중 한 사람과 싸우고 싶은 마음은 없었기에 기사들 사이에 서 있는 황자를 향해 미소 지으며 말했다.

"서로 간에 소란 피우는 것은 그리 좋지 않을 것 같습니다, 스만테우스님."

"네 이놈!! 감히 이분이 누구신지 알고 함부로!!"

내 말에 요페슨이란 돼지는 상황을 판단조차 하지 못하고 황자의 이름을 함부로 말한다는 것에 노기를 드러내고 있었으니 나로선 헛웃음밖에 나오지 않았다.

지금 상황에선 분명 신분을 숨기고 다니리라 생각했는데 능력은 없고 권위만 가득한 돼지 녀석은 내가 자신의 주군 이름을 말했다는 것조차 인식하지 못하고 있었기 때문이다.

"요페슨!"

아니나 다를까, 삼황자 스만테우스는 노기를 드러내며 그의 이름을 외쳤고, 화들짝 놀란 돼지는 자신도 모르게 뒤를 돌아보았다.

돼지의 이마에서는 연신 식은땀이 흘러내리고 있었는데, 삼황자는 멍청한 놈을 상대하지 않고 나의 앞으로 걸어오더니 역시나 나의 미소에 답하듯 미소를 지으며 말했다.

"당신의 말이 옳소이다."

"후후후, 영명하신 판단입니다. 뭐 하는 게냐? 이분께 자리를 내어드리지 않고!"

삼황자가 나의 장단에 맞춰주고 있다는 생각에 난 케넬스와 리안나에게 자리를 피하게 하여 그와의 개인적인 자리를 만들어놓았다.

어찌 됐든 이런 나의 행동에도 그의 당당한 표정은 사라지지 않고 있었다. 타국에 비밀스럽게 나타나 정체가 드러났음에도 불구하고 당당한 그의 모습에 난 조금 감탄할 수밖에 없었다.

외지에서 이렇게 노골적으로 자신에게 접근하는 사람이 있다면 일단 경계부터 하는 것이 보통일 텐데 말이다.

어찌 됐든 삼황자와 이렇게 만날 수 있었다는 것은 상당한 호기라고 할 수 있었다. 대륙의 삼 분의 일을 차지하고 있는 제국, 명실공히 대륙의 주인이라 해도 과언이 아닌 것이 현재의 상황인 것을 감안하고 황제가 아직 죽을 날이 멀었다면 황자 중 어느 누구와 친분을 맺어도 좋은 기회가 될 것은 분명했다.

물론 누가 황제가 되느냐에 따라 몰락할 수도 있는 일이지만 내가 제국의 귀족이 아닌 이상 일단 살아 있는 때만이라도 황자를 등에 업고 왕국의 실권만 잡을 수 있다면 그리 문제 될 것은 없다 생각했다.

일단 왕국의 실권만 잡으면 힘없는 황자와 손을 떼고 황제와 친분을 맺는 것이 그리 어려운 일은 아니기 때문이다.

또, 게리오스만 있다면 어떻게든 일이 성사될 것이라는 생각도 들었다.

'그라면 분명 이번 만남이 호기였음을 말하겠지. 이거 생각 외로 큰 수확을 거두겠는걸.'

그런 생각을 하자 나도 모르게 얼굴에 미소가 사라지지 않았다.

"나로선 자네의 정체를 알 수 없군. 이름을 말해 주겠나?"

"이런, 제가 실례를 범했군요. 아멘 왕국의 플로렌이라 합니다."

"플로렌?"

나의 이름에 그는 한참을 생각에 잠기는 듯했다. 하긴, 대국의 황자가 주변국의 이름없는 귀족을 어찌 다 기억하겠는가? 하지만 그래도 공작이란 작위 탓에 이내 나의 이름을 생각했는지 미간을 찌푸리는 것이 보였다.

역시나 몰락한 귀족이라는 것에 기대 이하라 생각했나 보다. 하지만 이대로 물러설 순 없는 일이지. 난 그런 삼황자를 보며 피식 웃음을 터뜨렸다.

"응? 무엇이 그리 우스운가?"

내가 웃음을 터뜨리자 조금 기분이 상한 듯한 표정이 되는 그였다.

"여섯 쌍의 눈이 도사리고 있는 가운데 이미 만들어진 것을 탐하신다면 싸움이 생길망정 그것으로 이득을 얻기는 어려울 듯 사료되옵니다."

"…그 말은 무슨 뜻인가?"

"글쎄요. 모든 판단은 전하께서 하시는 것이 좋을 듯합니다."

그 말과 함께 난 천천히 자리에서 일어나 레빈을 보며 말했다.

"스만테우스님께서 이곳에 머무르신다 하니 우리가 옮기는 것이 좋을 듯하군."

나의 말에 레빈은 고개를 끄덕이고는 방으로 올라갔고, 난 삼황자에게 정중히 고개 숙여 인사를 한 후 느긋한 걸음으로 여관을 나섰다.

일단 미끼를 던졌으니 느긋하게 대어가 미끼를 물 때까지 기다리기로 한 것이다. 잠시 후 리안나를 시켜 깨운 케넬스와 용병들이 여관 밖으로 걸어나오니 리안나를 제외한 다른 녀석들의 얼굴은 크게 찡그려져 있었다.

"젠장! 자고 있는데 깨워서 나오라니 도대체 무슨 이유요!"

"하암!! 잠도 못 자겠네."

연신 투덜거리는 용병들을 보며 난 그저 코웃음 칠 뿐이었다. 저런 천한 것들이 대를 위한 나의 행동을 어찌 이해할 수 있겠는가?

그런 나를 보며 케넬스는 머리를 긁적이며 말했다.

"영주······."

"왜?"

"지금은 늦가을입니다."

"그런데?"

"어디서 노숙하시렵니까?"

"까짓것, 밤새도록 술이나 마시지 뭐!"

"우오오!! 영주님 만세!!"

내 말에 나를 호위하던 용병들은 일제히 함성을 지르니, 역시나 남자의 세계는 술 하나면 만사형통이란 생각이 들었다.

다행히 근처 술집에 약간의 자리가 남아 있던지라 밖에서 노숙하는 신세는 면할 수 있었다.

"자, 오늘은 실컷 마시라고. 여기까지 오느라 고생했으니 술로 회포 좀 풀어야 하지 않겠나?"

"오오오오!!"

광분하며 술을 퍼마시는 녀석들을 보며 난 저리도 기쁠까 하는 생각이 들었는데, 그때 레빈이 나를 보며 조용히 말했다.

"정말 삼황자와 손잡을 생각인가?"

"제국에서 힘을 얻을 수 있다면 아멘 왕국에서 실권을 잡는 것은 그리 어려울 것이 없지 않은가."

"그건 그렇지만 자칫 셔면 왕국과 같은 꼴이 되지나 않을까 걱정돼서 하는 말이네."

"셔면 왕국과?"

나로선 레빈의 말을 이해하지 못하고 되물을 수밖에 없었는데, 그는 더욱 소리를 낮추며 그것에 대해 말해 주었다.

"자네, 서먼 왕국의 내전이 단지 왕당파와 귀족파 간의 알력 다툼으로 생긴 것이라 생각하는가?"

"그럼?"

"물론 겉으로는 이 두 세력의 알력 다툼이라 하지만 그 내부에는 하나의 세력 다툼이 더 있다네."

"……설마?"

레빈의 말에 난 문득 하나의 인물이 생각났고, 그는 내 생각이 맞다는 듯 고개를 끄덕이며 말했다.

"자네 생각대로네. 서먼 왕국의 내전은 바로 제국 황자들의 대권 다툼이지."

"음……."

"용병 길드의 소식통에 따르면 왕당파는 이황자 일루테우스가, 귀족파는 오황자 세이반테우스가 장악하고 있다 하네. 이 두 황자는 서먼 왕국과 국경이 접하고 있는 땅을 다스리고 있으니 만일 서먼 왕국을 차지할 수 있다면 대권에 더욱 가까이 갈 수 있는 힘을 얻을 수 있지."

"음……."

"그런 두 황자의 다툼에 삼황자인 스만테우스가 끼어들려 하고 있네. 그리고 자네는 그의 손을 잡으려 하고 말이야."

"……."

"아무리 삼황자가 서먼 왕국에서 자신의 세력을 만들려고 해도 이황자와 오황자의 힘에는 미치지 못할 것이네. 그런 와중에 자네가 손을 내미니 불똥은 아멘 왕국으로 튈 것이 분명할 터, 자네가 자칫 실수라도 한다면 간신히 이어오던 공작가가 완전히 몰락할 수도 있고 성공한다 해도 제국 칠황자의 다툼이 서먼에서 아멘까지 번질 것이네."

확실히 레빈의 말대로 위험이 큰 것은 사실이었다. 하지만 위험이 큰 만큼 성공하면 얻을 수 있는 것은 엄청나기 때문에 어찌해야 될지 고민이 되었다.

"지금은 자중하며 힘을 기를 시기라 생각하네. 자칫 성급하게 움직였다가는 될 일도 안 되는 법이지."

"이미 미끼를 던졌소. 지금 되돌린다는 것은 어려운 일이야."

"휴… 아무래도 이 일은 게리오스와 같이 상의해야겠군. 어차피 우리가 이곳에 있을 동안 삼황자 측에서도 자네의 뒷조사가 필요할 것이니 별다른 반응은 오지 않을 걸세."

레빈은 그렇게 말하고는 술을 마시니 용병단장 따위가 뭘 아냐고 소리치고 싶었지만 사실 그의 말이 틀리지는 않은지라 한숨만 새어 나왔다.

간만에 잡은 호기라 생각했는데 그것의 반응이 그리 좋지 못하니 한숨이 나오지 않겠는가. 밀고 나갈까?

물론 불똥은 본국으로 튈 수 있는 일이지만 제국과 본국을 생각한다면 결코 제국은 본국에 화를 끼칠 수 없다. 본국에서 내가 제국을 지원하기 위해서 반드시 거쳐야 할 곳이 셔먼 왕국인 것을 감안한다면 그들 역시 똑같은 경로를 통해야 할 것이기에 난 삼황자에게 접근할 수 있었던 것이다.

하지만 영주 된 자로서 부하들의 의견을 묵살하고 독선을 행한다면 큰 실수를 범할 수 있고, 후에는 수하의 믿음조차 잃게 됨을 아니 역시나 게리오스와 상의해야겠다 생각한 것이다.

다음날 우리들 모두는 술에 만취된 상태로 성전에 가야 했고, 이런 모습에 성전에서 마중 나온 셸든 사제의 미간이 크게 일그러지고 말았다.

"영주님, 이게 무슨 짓이십니까! 성전에 오시면서 이런 모습으로……."

"알아! 안다고! 성자는 있는가?"

"…예, 그분께 약속은 잡아놓았지만… 이런 모습으로는……."

"비켜라! 아멘의 대귀족인 내가 그깟 성자를 만나는 데 치장이라도 해야 된단 말이냐!"

떽떽거리는 것이 자꾸 귀에 거슬린 나는 녀석을 밀어내며 성전 안으로 들어가려 했는데 그때 뒤에서 혀를 차는 소리와 함께 누군가의 목소리가 들려왔다.

"쯧쯧, 평생 고자로 살고 싶어 작정을 한 게로군."

"뭣이?"

그의 말에 미간을 찌푸리며 돌아서자 그곳에는 순백의 사제복을 입고 있는 육십 대의 노인이 서 있었고, 셀든은 크게 놀라 앞으로 달려가 고개를 숙이며 정중히 인사를 올렸다.

"요슨 성자님께 고위 사제 셀든이 인사드립니다."

"요슨 성자?"

"그래, 보아하니 일은 잘한 모양이구나."

눈앞에 있는 늙은이가 성자라는 말에 난 조금 의외란 생각이 들었다. 성자라면 자연히 인자한 눈과 성스러운 기를 지닌 자라 생각했는데 내 눈앞에 있는 자는 전혀 그렇지 못했기 때문이다.

찢어진 눈매 사이로 날카로운 기운이 감돌고 있었고, 입술을 삐쭉거리는 꼴은 단단히 심술이 난 노망난 늙은이 정도로 보였기 때문이다.

요슨 성자와 함께 그의 거처로 들어간 난 지금까지 참았던 분노를 모두 그에게 터뜨렸는데, 한참을 내가 하는 욕지거리를 듣고 있던 요슨 늙은이는 혀를 차더니 나를 지그시 쳐다보며 말을 던졌다.

"쯧쯧… 그런 성질머리를 가지고 있으니 임포텐스에 걸리는 게지."

"뭐야! 그런 괴이한 마법을 건 놈들이 누군데!!"

역시나 생긴 것만큼 재수없는 늙은이였다.

"아직도 성질을 못 죽였더냐? 그래, 평생 그 꼴로 살아라!"

"으드득… 오냐! 더럽게 재수없는 늙은이! 이 꼴로 사는 한이 있어도 네놈의 목을 베어버리고 말리라!!"

놈의 말에 더 이상 참지 못한 난 검을 뽑아 들고 녀석의 목을 베어버리려 했는데 그때 레빈이 나의 앞을 가로막더니 고개를 저으며 말했다.

"진정하게나. 자네가 조금 지나친 면이 있네."

"뭣이!"

하지만 레빈은 나의 말에 대꾸도 안 하며 고개를 돌리더니 요슨 성자를 보면서도 똑같은 말을 했다.

"그리고 당신도 조금 지나치군. 아무 해도 가하지 않은 사람에게 신벌과 같은 것을 가한 것이 먼저인지, 아니면 그 탓에 화가 난 내 사위가 신전에서 무례를 범한 것이 먼저인지는 당신도 잘 알 텐데?"

그 말을 끝으로 레빈 역시 성자를 향해 살기를 내뿜으니 방금 전 나의 기세와는 전혀 다른 모습이었다.

과연 마나를 다룰 수 있는 단계에 오른 검사이기 때문일까? 성자 역시 그의 말에 한 발자국 뒤로 물러서는 것이 보였다.

"요슨 성자님, 공작님, 제발 진정하십시오."

우리들의 대치에 놀란 셀든 사제는 당황한 표정으로 싸움을 말리기 위해 돌아다녔고, 요슨이란 늙은이도 그의 모습에 헛기침을 몇 번 하더니 우리들을 보며 말했다.

"하긴 성전의 잘못도 없다고는 할 수 없지."

"그렇다면 일단 내 사위를 괴롭히고 있는 신벌을 풀어주시오."

요슨의 말에 레빈은 차가운 목소리로 말하니 요슨은 중얼거리며 신전 안으로 들어갔고, 난 재수없는 늙은이의 뒤를 따를 수밖에 없었다.

자애의 여신의 신전이라서일까? 신전 내에는 흔히 보기 어려운 미녀들이 득실거리고 있었으니 많은 귀족들이 신전의 여자들을 노리는 것도 이상한 것이 아님을 알 수 있었다.

잠시 후 늙은이는 높이 오 미터가 넘는 여신의 석상 앞에서 걸음을 멈추고 고개를 돌려 나를 보며 말했다.

"임포텐스 마법은 신벌에 속하는 것, 오직 자애의 여신 레비나님의 힘으로만 풀 수 있는 것이오. 그런 탓에 이 마법을 치유하기 위해서는 레비나님에 대한 믿음이 있어야 하니 이곳에서 한 시간 정도 그분을 위해 기도를 올리도록 하시오."

"뭐? 한 시간?"

"왜, 하지 않겠는가? 그럼 어쩔 수 없지. 평생 그 모양 그 꼴로 살게나."

"크윽……."

저 재수없는 늙은이, 혹시 날 속이려는 거 아니야? 마법을 고치는 데 한 시간이나 기도를 올리라니 무슨 개소리야! 하지만 나로선 저 늙은이의 말을 들을 수밖에 없었다.

"젠장! 자애의 여신이여, 제발 이 더러운 운명에서 벗어나게 해주소서!! 젠장, 이 플로렌이 살면서 신이란 존재에게 빌기는 처음이니, 젠장! 제발……."

"젠장과 제발이란 말이 한 번은 꼭 끼는군. 레비나님이 뭐라 하실지… 쩝쩝……."

내 기도 소리를 들으며 중얼거리는 재수없는 늙은이였다.

어쨌든 그럭저럭 한 시간여 정도의 기도가 끝나자 옆에서 레빈, 셀든 사제와 함께 차를 마시고 있던 그는 백색의 사제복을 털며 일어서는 나를 보며 말했다.

"자! 기도는 끝났는가?"

"젠장! 빨리 고치기나 해, 이 희멀건 늙은이야!"

"…고쳐 주기 정말 싫은 놈이군!!"

내 말에 그의 미간이 찌푸리는 것이 보였지만 저런 뱀 눈깔 늙은이에게 어찌 공작의 작위를 가진 나 플로렌이 사정할 수 있겠는가?

어림 반 푼어치도 없는 소리였다.

"빨리 안 해?"

"으드득… 그래, 고쳐 주지, 고쳐 줘. 최대한 빨리 고쳐 줄 테니 신전에서 어서 꺼져 줬으면 좋겠군."

"내가 원하는 바다, 이 뱀 눈깔 늙은이야!!"

내 말에 그는 이를 갈며 여신의 석상 앞에 서서는 두 손을 모으고 지금까지와는 전혀 다른 목소리로 기도를 하기 시작했다.

"세상의 모든 종족을 자애로운 눈으로 보살펴 주시는 여신이시여, 저 더럽게 치사하고 아니꼽고 밴댕이 소갈딱지에… 한 놈도 그래도 인간 새끼이니 여신의 자애로움으로 고통에서 벗어나게 해주시옵소서……."

저 늙은이 정말 성자긴 성자야? 어째 기도보다 욕지거리가 훨씬 더 긴 거야? 나로선 황당한 기도에 헛웃음이 나올 수밖에 없었는데, 다음에 들린 소리에 나로선 충격을 금할 수가 없었다.

잠시 후 나의 눈과 귀로 절대 믿을 수 없는 일이 벌어졌기 때문이다.

그가 기도를 마치자 여신의 석상에선 순백의 빛과 함께 서광이 어리기 시작했고, 그 빛이 요슨 성자에게 내려오며 대지를 울리는 하나의 음성이 들려오기 시작했다.

[사랑하는 나의 아들 요슨아! 너의 심정을 십분 이해하는구나. 마음 같아서는 네가 속으로 빌었던 것을 해주고 싶지만 셔면의 아이들의 괴로움을 볼 수 없으니 저 버릇없고 건방진 아이를 치료해 주도록 하마.]

"영원히 사랑하는 자애의 어머니시여, 정 마음에 들지 않으면 그러실 필요는 없는데……."

"이 빌어먹을 늙은이야!!"

여신의 음성에 나로선 저런 괴팍한 뱀 눈깔 늙은이에게 진짜 강림이 이루어지는구나 하는 생각에 조금 놀랄 수밖에 없었다. 그리고 그것은 레빈 역시 마찬가지였다.

신의 기적에 난 전에 여신에게 조금 속된 말로 기도를 올린 것을 조금 후회했는데, 여신의 말에 뒤이어 나온 뱀 눈깔 늙은이의 말에 분노가 치솟아오름은 어쩔 수 없는 일이었다.

하지만 다행히 여신은 그냥 흘려들었는지 석상에서 흘러나오던 순백의 빛은 잠시 후 나의 몸으로 뻗어 나왔고, 온몸을 나른하게 할 정도의 따스한 빛은 나의 몸을 감싸는가 싶더니 이내 사라져 갔다.

"…이제 고쳐진 건가?"

"이럴 땐 너무나 자애로우신 어머니의 종인 것이 한스럽구나. 저런 싸가지없는 귀족에게마저 자애로움을 보여주시니 말이다. 뭘 봐! 네 몸을 고쳐 줬으니 더러운 주둥이 날리지 말고 당장 신전에서 꺼져라!!"

"뭣이! 이 빌어먹을 늙은이가 말이면 단 줄 알아!"

"어쭈! 네놈은 아비 어미도 없냐? 그래, 덤벼! 덤벼! 나도 너같이 싸가지없는 귀족한테 욕먹곤 못살겠다!!"

"아이구, 성자님!!"

"사위, 제발 진정하게!!"

우리 두 사람이 또 싸우려고 하자 셀든 사제와 레빈은 우리들을 말리기 시작했다. 마음 같아서는 일검에 저 늙은이의 목을 잘라 버리고 싶지만 여신의 강림도 본지라 이를 갈면서도 참을 수밖에 없었다.

"그래, 젊은 내가 참아야지. 늙은이 노망에 휩쓸리겠냐! 퉤! 내 더러워서 나간다!!"

"어이구! 저 미친놈이 감히 어느 분의 안전에 침을 뱉어?! 에라이! 나쁜 놈아! 임포텐스나 또 걸려라!!"

참으로 신에 대한 믿음은 오묘하기 그지없다 할 수 있었다. 성질은 더럽고 하는 행동은 동네 양아치보다 더 거친 늙은이가 성자라니, 하지만 그건 그렇다 치더라도 왼팔을 횡축으로 오른팔을 밑에서부터 위로 툭 올려 치는 십자 형식의 지극히 상스러운 행동을 취함에도 불구하고 왜!! 도대체 왜!! 신성력이 발휘되는 거냐고!!

자애의 여신의 사제들만이 가질 수 있는 유일한 저질 공격 마법 임포텐스… 물론 공격 마법이라기보다는 저주라고 하는 것이 옳긴 하지만 늙은이의 상스러운 행동이 끝나자 순백의 빛이 퍼져 나와서는 다시 나에게 밀려왔고, 그 순간 나를 포함하여 주위에 있던 사람들은 모두 정적에 휩싸이고 말았다.

"어라?"

아니, 이것을 보고 있던 당사자도 조금 황당했는지 멍한 표정을 지었고, 이내 두 손을 잡고는 여신의 석상을 보며 절규하듯 외쳤다.

"어머니여! 어찌 이 상스러운 표현에도 신성력을 주시옵니까!! 이 늙은이, 어머니의 사랑에 감격했나이다!!"

"이… 이… 끄아아아!! 저 빌어먹을 늙은이! 당장 죽여 버리겠다!!"

또다시 임포텐스의 마법에 걸린 것을 안 난 분노를 참을 수 없었다.

하지만… 하지만 어쩌랴… 이 몸으로 돌아갈 순 없는 노릇이니. 눈물이 앞을 가리고 있었다.

"으드득……."

"응? 뭘 보냐? 이 재수없는 귀족 놈아! 다시 걸렸으니 신전에다 침을 뱉은 불경을 포함하여 다시 한 시간 동안 어머니께 사죄의 기도를 올려라. 그래야 다시 고쳐 줄 것이 아니냐? 응? 이런, 너무 걱정하지 말거라. 불경을 저질렀다 해도 어머니는 자애로운 분이시니 분명 또 고쳐 줄 테니까. 알겠냐? 푸하하하!!"

그 말과 함께 대소를 터뜨리며 사라지는 악마 같은 성자, 그런 성자를 멍한 눈으로 바라보는 나에게 레빈은 어깨를 치며 말했다.

"휴… 수고하게나, 사위……."

"끄아악!!"

또다시 한 시간의 기도를 올린 난 빌어먹을 늙은이를 아들로 두고 있는 자애의 여신의 은총인가 뭔가로 다시 임포텐스를 치료한 후 신전에서 나올 수 있었다.

"퉤! 내가 다시 이 신전에 들르면 인간도 아니다!"

"네놈이 또 임포텐스에 걸리고 싶은 게냐!! 켈켈켈!!"

"헉!!"

재수없는 신전에서 욕을 하며 나가던 난 뒤에서 들려온 소리에 순간 가슴이 철렁하는 느낌이 들고 말았는데 그때 옆에 있던 케넬스가 킥킥 거리며 웃음을 터뜨렸다.

"헤헤헤, 접니다요, 영주님."

"죽어라!! 이 병신아!!"

물론 케넬스는 나에게 응분의 대가를 받고 말았다.

어찌 됐든 몸을 치유했던 난 알리샤가 기다리는 내 집을 향해 갈 수 있었다. 물론 그전에 오늘을 위해 데리고 온 리안나와 가볍게 몸을 풀었던 나였으니 성질 더러운 늙은이와 있었던 일은 모두 잊을 수 있었다.

"그나저나 생각과 달리 레트론은 멀쩡하군."

"내전이라 할지라도 성자가 있는 도시이니 함부로 할 수는 없었을 것이네. 물론 성자의 성격도 많이 작용했겠지만 말이네. 하하하."

확실히 백 번 이해하고도 남을 일이었다. 툭하면 임포텐스 마법을 날리는 성질 더러운 늙은이가 사는 도시에 어떤 미친 귀족이 함부로 날뛸 수 있겠는가?

"으득… 그 늙은이 생각을 하면 아직도 이가 갈리는군. 빨리 가기나 하자고!!"

"하하하!!"

어찌 됐든 치사하고 더러운 신성 마법을 고치기 위한 여행을 마칠 수 있었다. 나중에 생각해 보니 내가 영지에서 멀리 벗어난 것은 이번이 처음이라는 생각에 한숨부터 나왔다.

처음 개시부터 더럽게 꼬인 여행을 하게 되다니, 쩝…….

일주일의 여정 끝에 영지로 돌아올 수 있었던 내가 한 일은 누구나 예상했듯이 알리샤와의 밤을 지내는 일이었다.

다음날 눈이 벌게진 그녀를 보며 조금 과했던 것은 아닐까 하는 생각이 들긴 했지만 아내가 남편을 즐겁게 해주는 것은 당연한 일이니 그리 신경 쓰진 않았다.

역시나 몸을 고치니 하루하루가 즐거운 것은 어쩔 수 없었다. 나의 유일한 취미 생활이자 유일한 즐거움… 물론 돈도 좋긴 하다.

이 두 번째 즐거움도 나에게는 너무나 가까운 곳에서 다가오고 있었다.

영지로 돌아온 지 오 일 정도가 지났을까? 집무실에서 이번 수확으로 들어온 곡물들을 정리하고 있을 때 게리오스가 족히 수십 장이 넘는 보고서를 들고는 안으로 들어왔다.

"으악!! 게리오스, 날 죽일 셈인가!! 지금도 이렇게 쌓였는데 그만한 걸 또다시 가져오면 어떡하겠다고!!"

대륙에는 수많은 천재들이 있었다. 그리고 그들은 각기 맡은 바 분야에서 최고의 솜씨를 보이고 있다는 것도 알고 있었다.

내 영지에 있는 게리오스도 그런 천재 중 한 사람이라는 것을 알고 있다.

하지만 난 단정할 수 있었다. 나 플로렌은 절대 천재가 아니라고. 그리고 절대 이 수많은 문서를 오늘 안에 처리할 수 없음은 확실히 알고 있었다.

"힘드신 것은 알지만 이것만은 오늘 안에 반드시 처리하셔야 합니다."

"휴… 줘봐… 뭔데……."

난 게리오스가 건네주는 보고서를 받으며 그것을 읽어보았는데, 그

순간 다시 그를 쳐다볼 수밖에 없었다.

"이건?"

"예, 서먼 왕국과의 무역을 위한 보고서입니다."

"오오오!!"

현재 상황에서 내 영지를 발전시킬 수 있는 유일한 수단인 서먼 왕국과의 무역. 난 이것이 이렇게 빨리 진행되리라고는 생각지도 못했다.

"역시 게리오스야!! 어떻게 이렇게 빨리……."

"일단 영지의 제일 우선 사업으로 그것을 잡았습니다. 아직 제대로 된 무역 물건이 확보되지 않은 이상 저희 영지에서 팔 수 있는 물건은 이번 수확으로 거두어 들인 곡물뿐인지라 쉽게 일을 진행할 수 있었습니다."

"하긴 그렇겠지."

"하지만 이것이 시작이란 것을 명심하십시오."

"알겠네."

확실히 내 영지민의 숫자는 아직 일만 정도에 불과하나 그에 비해 아메로스 남작의 창고에 있던 곡물이나 이번 수확을 통해 모인 곡물은 엄청난 양이었으니 셀든 사제와 약속했던 유민에게 들어갈 곡물을 제외한다 해도 무역을 하기엔 충분한 양이었다.

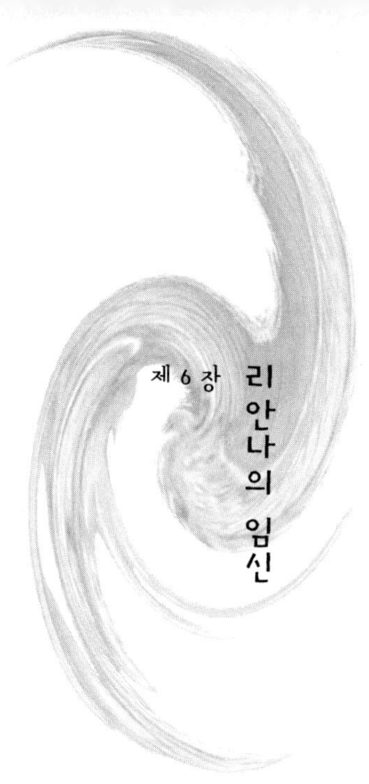

제 6 장 리안나의 임신

　“예상대로라면 곡물 무역으로 얻어지는 순수익은 대략 50만 골드 정도입니다.”

　“엥? 그 정도밖에 되지 않나?”

　“순수익이라고 하는 것은 생산비나 물품 운반비, 여러 가지 무역에 필요한 잡비를 모두 제하고 얻는 수익을 말합니다. 곡물이라는 특성 탓에 덩치가 큰 만큼 생각보다 많은 돈이 운반비에 드는 것을 감안한다면 50만 골드도 내전으로 흉년이 계속되는 셔먼 왕국이니 가능한 것입니다.”

　“그런가?”

　“더 많은 수익을 얻기 위해선 무게나 부피는 적으나 부가 가치가 큰 물건이 필요하지만 저희 영지에 그런 것이 있을 리가 없지요.”

　게리오스의 말에 고개를 끄덕일 수밖에 없었다. 내게 무슨 변변한 사업체가 있나, 아니면 광산이라도 있나. 그저 이번에 차지한 아메로스 영지의 농작물 외에는 없으니 당연한 일이었다.

하지만 말이다, 레빈이 션우드 자작을 농락하여 얻어낸 돈이 무려 백만 골드라는 것을 감안한다면 노력에 비해 적은 돈이라 생각했기에 실망을 감출 수가 없었다.

"이렇게 해서 얻은 돈으로 셔먼 왕국에서 운반하기 쉬운 보석류를 사올 생각이지만 생각보다 쉽지는 않을 것 같습니다."

"무슨 이유에서인가?"

"보석이란 특성상 극히 제한된 곳에서만 그것을 얻을 수 있기 때문입니다. 솔직히 능력만 있다면 원석을 들여와 영지에서 가공하여 파는 것이 훨씬 더 이득이겠지만 현재 보석을 가공할 수 있는 기술자들은 드워프를 제외한다면 대부분이 고위 귀족들에게 속해 있는 이들이 대부분인지라 완성품을 들여올 수밖에 없습니다."

"음……."

"또, 워낙 가격이 비싸 곡물을 판 수익만으로는 많은 물품을 구입할 수 없기 때문에 수익률은 그리 높지 않을 것 같습니다."

"휴… 그래, 만약 일이 좋게 풀려 보석을 들여온다면 수익은 어느 정도 되겠는가?"

"글쎄요. 질 좋은 물건을 구할 수 있다면야 션우드처럼 뇌물로 빠지는 돈도 없으니 족히 백만 골드 정도는 되겠군요."

생각보다 큰 수익이었다. 셔먼 왕국의 보석 값이 아멘 왕국에 비해 두 배가 차이가 난다는 것은 엄청난 것이기 때문이다.

"또, 일단 보석을 가져온다 하여도 국내에서의 처분은 그리 쉽지 않을 것입니다. 밀무역로를 잃었다고 하지만 션우드는 그동안의 무역으로 많은 물품을 가지고 있을 터, 영주님이 보석에 손을 댔다고 하면 그는 어떻게 해서든 영주님을 떨어뜨리기 위해 가격을 크게 낮출 것이 분명합니다. 첫 번째 무역은 어떻게든 되겠지만 두 번째부터는 그와의 일전을 피하기 어려울 것입니다.”

“음… ㅇㅇㅇㅇ…….”

그의 말에 골치가 아파오는 것이 아무래도 난 이런 성질의 일에는 소질이 없단 생각이 들었다. 어떻게 게리오스는 저렇게 머리가 잘 돌아가는 것일까?

조금 부러운 마음이 들었다.

“일단은 자네가 모든 일을 맡도록 하게. 나로선 처음이라 일이 어떻게 돌아가는지도 모르겠군.”

그 말에 게리오스는 고개를 끄덕이며 말했다.

“알겠습니다. 하지만 점점 규모가 커질수록 영주님의 역할도 커질 것이니 차근차근 숙지해 나가셔야 할 것입니다.”

“알겠네.”

그러고 보니 처음 레빈들이 찾아온 때를 생각하면 벌써 4개월이 넘어선 듯하다. 총각이었던 내가 벌써 유부남이 되다니… 아! 세월이 무상하구나.

“어이! 거기 아무도 없느냐?”

일 때문에 진이 상당히 빠졌는지 목이 칼칼하여 큰 소리로 사람을 불렀고, 잠시 후 문이 열리면서 한 여인이 공손한 자세로 안으로 들어왔다.

“어라? 네가 왜 여기에?”

“시녀장님께 이곳에서 시중을 들라 지시를 받았습니다.”

안으로 들어온 여인은 놀랍게도 아메로스 남작의 장녀였던 리안나였다. 일단 노예로 팔기에도 제대로 된 돈 받고 팔 곳이 없는지라 시녀로 쓰고 있었는데 셔먼 왕국에서의 일 때문에 시녀장이 내 전속으로 바꾼 모양이었다.

하긴 영주의 잠자리 시중을 들었으니 이 정도의 특혜는 있어야겠지.

"가서 차나 한 잔 가지고 오너라."

"예, 영주님."

맑은 목소리로 공손히 말하며 사라지는 리안나. 사실 그러고 보면 리안나도 꽤 괜찮은 여자였다. 미색이나 몸매를 보아도 알리샤에 약간 처지는 정도였기 때문이다.

거기에다 귀족가의 출신인지라 예절도 바르니, 만약 아메로스 남작의 딸만 아니었다면 내 정식 부인으로 들어온다 해도 이상할 것이 없었다.

그러나 절대 그런 일은 없을 것이다. 그 재수없는 아메로스의 딸을 내가 뭣 하러 정처로 맞아들이겠는가?

잠시 후 차를 준비한 리안나는 내 책상 위에 차를 올려두고는 공손히 인사하고 물러서려 했는데, 이 재수없는 계집애가 그냥 갈 것이지 갑자기 더러운 짓을 벌이고 말았다.

"음… 욱……."

"……."

차를 내오자마자 갑자기 고개를 돌려서는 헛구역질을 해대기 시작했기 때문이다. 이년이 도대체 무엇을 잘못 먹어서 이 모양이야?

기껏 차를 내어놓고 이런 짓을 벌이면 어떻게 차를 마시겠는가?

"이런 발칙한 년! 감히 여기가 어디라고! 당장 꺼지지 못할까?"

“아! 여… 영주님, 죄송합니다… 욱……..”

노기 어린 나의 말에 리안나는 죄송하다고 말하면서도 헛구역질을 멈추지 못하니, 다시 생각해 보면 조금 불쌍하다는 생각이 들었다.

속이 좀 안 좋은 것이 분명했는데, 나만 아니었다면 아마도 많은 사람들의 걱정을 한 몸에 받았을 것이 분명했으니 말이다.

시녀이니만큼 질이 좋지 않은 음식을 먹어 저리됐다 생각한 나는 한숨을 쉬며 차를 그 아이에게 건네주며 말했다.

“속이 안 좋을 것 같으니 이 차라도 마셔라!”

“여… 영주님… 흑흑……..”

재수없던 아메로스의 딸이긴 하지만 지금은 내 소유의 계집이니만큼 조금 친절을 베풀어도 나쁘지 않다는 생각에 차를 건네주자 그것에 감동했는지 그녀는 눈물을 흘리기 시작했다.

그렇게 서러웠나? 그래도 내 영지의 시녀들은 다른 곳보다는 조금 자유스럽고 편한 생활을 한다고 생각했는데 말이다.

사실 말이야 바른말이지, 아메로스 영지에서 데려온 시녀들과 전에 있던 시녀들을 합치면 족히 칠십 명이 넘는 시녀들이 일하고 있는 상황에서 용병들은 지 할 일은 지가 알아서 하니 그리 할 일이 없었기 때문이다.

그런데 그때 옆에 있던 게리오스가 리안나를 유심히 살펴보는 것이 보였는데, 처음엔 그가 그녀에게 관심이 있어서 그러나 생각했다.

“리안나라 했나? 잠시 이쪽으로 오거라.”

하지만 잠시 후 게리오스는 그녀를 자신에게 가까이 오게 한 후 무엇인가 주문을 외웠고, 그의 손에서 푸른색의 빛이 그녀의 몸을 감쌌다.

　도대체 뭔 일로 그러느냐며 쳐다보고 있었는데 게리오스는 잠시 후 크게 탄식을 하더니 고개를 저으며 말했다.

“넌 이만 물러가도록 하거라.”

“예.”

게리오스의 말에 리안나는 공손히 인사를 하고는 물러났고, 난 그가 탄식한 이유가 무엇인지 궁금하여 그에게 물어보았다.

“도대체 무슨 일인데 그렇게 탄식하는가? 그리고 아까 그 마법은 뭐야?”

내 말에 그는 잠시 망설이는 듯하다가 길게 한숨을 쉬며 말했다.

“영주님, 아무래도 저 아이가 수태를 한 듯합니다.”

“응? 수태?”

“예, 영주님의 아이를 가진 것 같습니다.”

“헉!!”

그 순간 난 크게 놀라 뒤로 넘어질 뻔했다. 도대체 무슨 소리인가? 저런 계집이 내 아이를 가졌다니 말이다.

“화… 확실한가……?”

“예, 분명 리안나란 시녀는 임신을 하였습니다. 제가 알기로는 저 아이가 영주님의 잠자리 시중을 들어 어떤 사람도 같이하지 않았기 때문에 시기를 생각하면 분명 영주님의 아이가 맞습니다.”

“……”

멍했다. 근래에 들어서야 알리샤와 성혼을 하여 유부남이 되었을 뿐인데 벌써 아기가 생기다니 말이다.

물론 내 자식놈이 생기는 것은 그리 나쁠 것이 없지만 상대가 너무 나쁘다는 생각이 들었다. 하필 정처인 알리샤는 두고 저런 재수없는 계집이 내 애를 배는 거냐고! 젠장!!

게리오스 역시 그러한 생각을 하고 있을 것은 분명할 터, 점점 골치가 아파오고 있었다.

"영주님의 아이를 가졌으니 저 아이를 저렇게 시녀로 둘 수는 없습니다. 시녀장에게 전하여 저 아이의 거처를 다른 곳으로 옮기도록 하겠습니다."

"으이구… 자네 마음대로 하게……."

왜 하필 리안나야. 알리샤만 얼마나 좋겠냐. 골치도 안 아프고… 젠장할…….

그리고 이 소식을 알리샤가 듣는다면 어찌하겠는가? 그 이쁜 것은 크게 놀라겠지. 천한 자신의 신분을 상기한다면 어찌 마음을 편히 할 수 있겠어?

상대는 몰락했지만 귀족가의 장녀였고 자신은 내 영지의 천한 농노의 딸이니 말이다.

물론 지금은 아니라고 하지만 나나 알리샤나 그런 생각을 아직 벗지 못하고 있었으니, 실망하는 얼굴이 눈에 서리자 조금 가슴이 아팠다.

으휴… 이것아, 왜 그 모양이냐. 정처로 맞아들이고 하루가 멀다 하고 잠자리 시중을 했으면서도 재수없는 아메로스 딸보다 늦으면 어찌하냐고!!

리안나와 잠자리를 했던 것은 기껏해야 다섯 번도 넘지 않는데 말이다.

나로선 일단 이 일을 알리샤에게도 알려줄 필요가 있다고 생각했기에 자리에서 일어나 그녀가 있는 곳으로 향했다.

시녀들에게 물어물어 찾아가 보니 그녀가 내 방에서 옷을 정리하고 있는 것이 보였는데, 무엇이 그리도 즐거운지 콧노래를 부르며 내 옷을 정리하는 걸 보니 말하기가 조금 껄끄러웠다.

"어머!! 영주님!"

내가 들어오는 것을 본 알리샤는 놀라 급히 자리에서 일어나 공손히 인사를 했고, 난 그런 그녀를 보며 한숨밖에 나오지 않았다.

"영주님… 무슨 안 좋은 일이라도?"

나의 모습에 그녀는 내게 안 좋은 일이 생긴 것은 아닐까 걱정이 가득한 표정으로 물어보니, 난 고개를 저으며 자리에 앉을 뿐이었다.

이런 나의 모습에 그녀는 어찌해야 될지 모르고 있었고, 난 손짓을 하여 의자에 그녀를 앉으라고 지시했다.

영문을 알지 못하는 그녀는 조용히 자리에 앉았으나 나를 보며 걱정 가득한 표정을 하는 그녀를 보며 안타까운 마음이 들었다.

"알리샤… 아메로스의 딸인 리안나가 내 아이를 배었다."

"……!!"

내 말이 끝나는 순간 알리샤의 흠칫 놀라는 모습이 보였다. 어깨가 흔들리는 것을 보니 상당히 충격받았음이 분명했다.

리안나가 내 잠자리 시중을 보았다는 것을 그녀 역시 알고 있었고 영주로서 흔히 있을 수 있는 일이었지만 아이를 배었다는 것은 결코 간과할 수 없는 일이었기 때문이다.

"그… 그런가요."

"…휴……."

떨리는 목소리로 대답하는 그녀를 보며 난 한숨을 쉴 수밖에 없었다.

"너에겐 소식이 없느냐?"

난 혹시나 하는 생각에 그녀에게 물었지만 그저 고개를 숙일 뿐이니 답답하기 그지없었다. 왜 나에게 이런 고난이 오는 것일까?

"일단 나의 아이를 가진 만큼 리안나의 거취를 옮길 생각이다. 너의 생각은 어떠냐?"

"…영주님의 명에 따를 뿐입니다."

"…젠장!! 그냥 내쫓으라고 해! 그럼 내쫓을 테니 말이다. 넌 지금 농노가 아니라 본 공작의 정처라고 정처!!"

"…제가… 어찌……."

하지만 그녀의 어깨는 심하게 떨리고 있었다. 멍청한 것이 이렇게 있으면 정처의 자리도 흔들릴 것이 분명한데 왜 모진 마음을 가지지 못하는지…….

그냥 내쫓으라고 말하면 내쫓을 텐데. 어찌 됐건 난 이제 귀족가의 딸인 리안나보다는 알리샤를 훨씬 사랑하기 때문이다.

처음에는 천한 신분에 거리낌도 들었지만 그녀가 오면서 내 영지는 발전했고 힘든 나에게 언제나 힘을 주는 여신과도 같은 존재가 그녀였기 때문이다.

나에게 불가능할 것이라 생각되던 일에 희망을 주었던 알리샤가 이런 모습을 보이는 것 자체가 화가 났다.

자애의 여신을 믿고 있는 셔먼 왕국에 비해 천신을 믿고 있는 아멘 왕국에서 여성의 위치란 극히 낮았다.

다른 왕국에서는, 아니, 가까운 셔먼 왕국이나 알디하렌 제국만 하더라도 검을 익힌 여자가 기사가 되는 경우도 있었지만 아멘 왕국에서는 절대 그런 일이 없었다.

용병마저도 여자가 그런 일을 한다면 질책받는 곳이 바로 아멘 왕국이기 때문이다.

그런 탓에 정처라 할지라도 아이를 가지지 못하는 여인이라면 첩에게 그 자리가 빼앗길 수도 있으니 알리샤가 이런 모습을 보이는 것도 당연한 일이었다.

그러나 수태를 하였다 해도 미움을 받으면 쫓겨나는 것은 당연했기에 알리샤가 말만 한다면 리안나 정도의 계집을 내치는 것은 어렵지 않았다.

아직 젊어서인지 나에겐 자식보다 예쁜 마누라가 더 좋기 때문이다. 아니, 그러고 보면 리안나도 예쁜데… 윽! 내가 지금 무슨 생각을……

몸을 떨고 있는 알리샤를 보며 난 더 이상 할 말이 없다고 생각한 후 문을 나섰다. 조금 당당하면 좋을 텐데 말이다.

아비인 레빈은 저리 뻔뻔하데 딸은 왜 저럴까? 그러고 보면 자식놈이 부모를 닮지 않을 수도 있나 보다. 혹시 어미랑 닮았나?

이 일로 다음날부터 리안나의 처우는 크게 달라질 수밖에 없었다. 공작가의 자손을 배고 있는 여자를 시녀로 쓸 수는 없는 일이니 어쩌면 당연한 일이겠지만, 그에 반해 알리샤는 정처임에도 불구하고 시녀와 같은 생활을 계속 유지하니 사람이 어떻게 될지는 아무도 모르는가 보다.

리안나 덕에 호강하는 것은 바로 그녀의 동생이자 알리샤의 시녀였던 시미온이었다. 지가 내 아이를 밴 것이 아님에도 불구하고 언니의 옆에서 편한 생활을 하니, 시녀장 역시 그녀를 함부로 하지 못했던 것이다.

어쩔 수 없이 첩으로 맞아들여야 하는 상황에서 동생을 홀대할 수는 없는지라 나로선 묵인할 수밖에 없는데, 처지가 바뀌자마자 행동하는 것이 가관이라 그저 헛웃음밖에 나오지 않았다.

"레베카!! 언니가 목이 마르다고 하네요. 당장 물을 준비해 줘!"

"…예, 아가씨……."

전에만 해도 레베카란 시녀가 시미온을 교육시킨다며 상당히 몰아붙이는 것을 보았는데 하루 만에 상황이 역전되고 말았으니 멀리서 이것을 지켜보던 난 머리를 긁적일 뿐이었다.

뭐, 귀족가의 자제라면 저런 행동은 당연한 것이고 권장해야 할 일이기는 하지만 레베카란 시녀가 속이 쓰릴 것이란 생각이 들었다.

알리샤가 저렇게 행동하면 당장 달려가서 잘했다고 키스라도 해줄 텐데 어찌 된 게 저런 것에는 쑥맥이란 말이야. 흠… 저 계집을 알리샤의 귀족 선생으로 붙일까?

리안나의 임신으로 다소 시끄러워진 성은 며칠이 지나자 조금 안정이 되어가고 있었다.

"그렇다면 이번 셔먼 무역권은 케넬스가 맡기로 한 건가?"

"예, 셔먼 내에서도 친분이 있는 사람이 꽤 되니 그만큼 적합한 이는 없으리라 생각합니다."

"용병 길드의 내 물건은 어찌 되었나?"

"일단 처음에는 오천 골드 정도로 예상하고 있습니다. 어느 정도 친분을 유지하기만 한다면 그 다음부터야 매월 천 골드 내외에서 해결되겠지요."

나 역시 리안나의 일보다는 셔먼과의 무역권으로 상당히 바쁜 시간을 보내야 했기에 이틀에 한 번 꼴로 밤을 새어야 하는 일이 생겼다.

물론 게리오스나 레빈 역시 나와 같은 신세일 수밖에 없었는데, 행동파인 레빈은 우리들의 이야기에 끼지 못하고 연신 술만 퍼마시고 있으니 영 보기가 좋지 않았다.

"레빈 자작! 적당히 마시고 일 좀 하라고! 일 좀!"

"네놈 입에서 지금 그런 말이나 나오냐!! 으이구!!"

역시나 알리샤의 일로 속이 썩고 있는 모양이었다. 하긴 제 딸이 자칫 잘못하면 굴러 들어온 돌에 밀려날 판국이니 어느 부모가 마음이 편하겠는가.

그의 발 아래엔 벌써 비어 있는 술병의 숫자가 거의 열을 넘어서고 있었으니 저 정도 마시고도 멀쩡한 것을 보면 술꾼이긴 술꾼인가 보다.

"휴… 문제긴 문제야. 저 꼴로 보아 일을 제대로 진행하기는 어려울 것 같으니 말이야."

"그렇군요. 영주님께서 알리샤님께 조금 신경을 쓰셔야 할 것 같습니다. 모든 일은 영주님과 알리샤님만이 해결할 수 있을 테니 말입니다."

"그렇지… 음… 어쩌지……."

나 역시 그것에 고민하고 있었는데 게리오스가 한참을 무슨 생각을 하는가 싶더니 그를 보며 말했다.

"한번 이래 보시는 것은 어떻습니까?"

"어떻게?"

"자애의 여신께 헌금을 하는 것입니다. 들리는 말에 의하면 어느 정도 헌금을 하게 되면 사제에게 축복의 세례를 받을 수 있다고 합니다. 그 세례를 통해 아이를 얻은 사람들이 결코 적지 않다고 하니 한번 도전해 보시겠습니까?"

"휴… 그건 나도 알아. 하지만 내가 알기로 아이를 바라는 축복의 세례의 경우 전 재산의 반을 헌금으로 내야 한다고 하는데, 그 정도의 돈이 나간다면 우리 영지의 계획은 크게 뒤처질 게 분명한 일이 아닌가."

게리오스의 말에 난 고개를 저으며 말했고, 그 역시 그러한 것을 잘 알고 있었기에 확실히 권유하지 못하는 듯했다.

뭐, 내 재산이야 거기서 거기인만큼 반을 헌금으로 낸다 해도 별로 아까울 것은 없지만, 문제는 그 재수없는 여신과 성자를 다시 만나고 싶지 않다는 것이었다.

축복의 세례를 받기 위해선 제대로 된 성전으로 가야 하는데 왕도의 성전으로 갈 수 없는 만큼 다시 그쪽으로 가야 했기 때문이다.

아무리 알리샤가 불쌍하다 하더라도 내가 뭐 하러 그 수모를 받으며 그쪽으로 가겠는가. 어림 반 푼어치도 없는 소리다.

"그 이야기는 없던 것으로 하지."

"뭣이! 이 나쁜 놈아! 내 딸을 그대로 내치겠다는 것이냐!!"

"우왁!!"

내 말이 끝나자마자 레빈은 흥분해서 멱살을 잡으며 달려드니 나로선 크게 당황하고 말았다. 이놈의 늙은이는 딸 이야기만 나오면 왜 이리 흥분하는 거야!!

"단장님, 진정하십시오!"

"놔라, 게리오스! 지금 진정하게 생겼어?! 내 딸이… 내 딸이!!"

도무지 진정할 기미가 보이지 않자 뒤로 물러선 게리오스는 무엇인가 중얼거리는 듯싶더니 이내 그의 손에서 푸른 빛이 흘러나와 레빈에게 닿자 잠시 후 그는 눈을 감고 자리에서 쓰러지고 말았다.

"휴… 슬립 마법인가?"

“예. 그나저나 이러다간 레빈 단장님께서 가만히 있지 않으실 텐데 어찌하시겠습니까?”

“어떡하긴 뭘 어떡해. 젠장, 돈을 처바르는 한이 있어도 다시 신전으로 가야지. 니미럴, 그 재수없는 늙은이를 또 만나야 한단 말이야?! 끄아아!!”

지금 나의 영지에서 레빈은 상당히 중요한 역할을 하는 사람이다. 내 영지의 유일한 병사들의 주인이라 할 수 있는 데다가, 그가 떠난다면 게리오스 역시 떠날 것이니 영지를 발전시키기 위한 대계는 허공으로 날아가기 때문이다.

알리샤가 꼭 아이를 가져야 한다고 생각한 것에 바로 이러한 이유도 있었으니 골치가 아파오고 있었다.

“흐이구… 내 돈… 내 돈…….”

이로써 영지 발전 계획은 더 먼 시일로 미루어질 수밖에 없었는데, 한참을 생각하던 게리오스는 나를 보며 무엇인가를 결심한 듯 말했다.

“영주님, 이번 신전행에 저도 같이 동행했으면 합니다.”

“응? 자네가?”

“예.”

“하지만 내가 반드시 가야 되는 상황에서 저 모양인 레빈에게 영지를 맡길 순 없는 노릇이지 않은가?”

“그렇긴 하지만 알리샤님의 문제로 신전에 간다고 하면 레빈 단장님 역시 영지 일을 허술히 처리하지는 못할 것입니다.”

“그런가? 음… 자네에게 무슨 생각이 있나 본데 그럼 그렇게 하기로 하지.”

이렇게 해서 난 다시 그 재수없는 늙은이를 만나기 위해 떠나는 운

명에 처하고 말았다. 뭐, 바뀐 것이라고 한다면 이번에는 내 옆에 리안나가 아닌 알리샤가 가까이 있다는 것이니 그리 심심한 여행이 되지는 않을 듯했다.

일주일 후 레트론에 도착한 우리는 다시 요슨 늙은이를 만나려 했지만 그것은 쉽게 이루어지지 않았다.
"뭐야?"
"죄송합니다."
요슨 사제와의 만남을 위해 신전 안으로 들어갔던 셀든 사제는 잠시 후 미안하다는 표정으로 나왔으나 나로선 그를 탓할 수 없는 것이, 눈두덩이가 시퍼렇게 물든 것을 보면 역시나 그 괴팍한 늙은이에게 한 방 맞은 듯했다.
아무튼 그 늙은이 성질머리 하고는, 당장이라도 다시 돌아가고 싶은 마음이 굴뚝같았지만 이대로 돌아갔을 때 레빈의 행동을 생각하면 차마 발길이 떨어지지 않았다.
그때 셀든 사제의 곁으로 레빈이 다가가더니 차분한 목소리로 말했다.
"셀든 사제님, 제가 성자님을 잠시 뵐 수 있을까요?"
"예? 게리오스님께서요?"
"예."
"게리오스님이시라면 그리 문제는 없을 것입니다. 저를 따라오십시오."
그 말에 게리오스는 셀든의 뒤를 따라가니 나로선 억울할 뿐이었다. 그 성질머리 더러운 늙은이와 조금 싸웠다고 난 신전에도 들어갈 수 없는 문제아가 되어버렸단 말인가.

자애의 여신은 무슨 자애의 여신이여! 저런 편협하고 치사하기 그지 없는 늙은이를 성자로 만든 것을 보면 그 수준 짐작할 만하다.

쿠구궁!!

"어머? 왜 마른하늘에 천둥이?"

"…용서해 주시구려……."

역시 신은 신인가 보다.

잠시 후 이야기를 모두 끝냈는지 셸든과 게리오스는 내 쪽으로 다가왔는데, 게리오스는 미소를 지으며 나에게 말했다.

"성자님께서 만나시겠답니다. 자, 안으로 들어가시지요."

"응? 역시 게리오스야!"

난 처음부터 게리오스가 성공할 줄 알았다. 지금까지 그가 나를 실망시킨 적이 어디 있었던가. 만족한 표정으로 안으로 들어가니 요슨이 뾰로통한 표정으로 나와 있는 것을 볼 수 있었다.

"오오!"

도대체 무슨 말을 했길래 저 건방진 성자 놈이 마중까지 나왔는지 탄성이 절로 나올 수밖에 없었고, 그는 그런 자신이 정말 싫은지 얼굴이 붉게 물들어 있는 것이 당장이라도 열기에 터져 버릴 냄비 같았다.

"자, 안으로 들어가지… 으드득……."

이 가는 소리가 내 귀에까지 들리는 것을 보면 게리오스가 무슨 엄청난 꼬투리를 잡았나 본데, 이거 알고 싶어 미치겠군. 나중에 물어봐야겠다.

요슨의 안내에 따라 방으로 들어가긴 했지만 우리 두 사람은 하위 사제가 준비한 차를 마시며 잠시간 서로를 바라보면서 분노와 증오로 물들여진 십여 분 정도 정적의 시간을 보내야만 했다.

　그리고 잠시 후 요슨은 들고 있던 찻잔을 큰 소리가 나게 내려놓으며 나에게 말했다.

　"그래, 또 무슨 일로 왔냐? 쓸데없는 일로 재수없는 낯짝을 보였으면 또다시 임포텐스 마법이 나갈 줄 알아라!"

　"흥! 중요한 일이다!"

　"중요한 일?"

　"그래, 내 마누라에게 축복의 세례를 부탁한다."

　"……."

　그 말에 요슨은 또다시 정적의 시간을 보냈고, 점점 붉어지는 그의 표정을 보니 아무래도 욕지거리가 나올 것 같은 기분이 들었다.

　"이런 개놈아! 니 불능이냐! 젊은 나이에 힘써서 애 볼 생각을 하지 않고 그까짓 일로 축복의 세례를 내려달라고? 내가 미쳤냐? 네놈같이 성질 더러운 귀족 놈에게 그런 것을 하게! 흥! 엿이나 먹어라!"

　"으드득… 어이, 늙은이. 말이면 단 줄 아나?"

　"멍청한 녀석. 네 옆에 있는 여신도 분과 네놈이 결혼한 지 얼마나 되었느냐?"

　"4개월 정도 된 것 같소."

　"허허허허… 이런 성급한 놈을 보게."

　내 말에 요슨은 혀를 차며 뭐 보는 눈으로 나를 바라보더니 코웃음을 치며 말했다.

　"이런 대가리만 텅텅 빈 놈아! 세상에 모든 부부는 성혼하자마자 애를 풍풍 낳는 줄 알았더냐? 사람마다 사랑의 결실을 얻기 위해선 시간이 필요한 법이니 늦더라도 족히 삼 년은 기다리고 그래도 소식이 없

을 때에 축복의 세례를 비는 것이지! 뭐, 4개월밖에 안 된 놈이 애새끼
소식이 없다고 신전으로 쫄래쫄래 찾아와 말도 안 되는 분을 내세워
협박을 해!!"

"요슨 성자님! 이분은 아멘 왕국의 공작의 작위를 가지신 분입니다.
말이 너무 험하십니다."

그의 말에 놀랍게도 내가 아닌 게리오스가 노기를 터뜨리며 그를 향
해 소리쳤다.

그 때문에 난 요슨과 게리오스가 싸우지나 않을까 생각했는데 놀랍
게도 괴팍한 늙은이는 미간을 찌푸리면서도 더 이상 말을 하지 않으니
도저히 있을 수가 없는 일이었다.

도대체 무슨 꼬투리를 잡아서 그런 거지? 또 게리오스가 저렇게 화
난 모습을 보인 적은 한 번도 없었는데, 아무래도 전에 저 늙은이와 좋
지 않은 일이 있었나 보다.

'혹시… 게리오스가 요슨의 숨겨놓은 자식이 아닐까? 그렇게 생각
하면 저 늙은이가 조용한 것도 어느 정도 맞아 들어가긴 하는데 말이
야… 음……'

"아무튼 내 말은 4개월이면 아직 시간은 많이, 아주 많이 남아 있으
니까 삼 년 정도 흐를 때까진 얼씬도 하지 말고 그때 가서 소식이 없으
면 찾아오란 말이다, 이 대갈빡이 텅텅 빈 귀족 놈아!!"

"이놈의 재수없는 늙은이가 말 한마디마다 욕이 빠지지 않은 적이
없어! 그래, 본작은 대갈빡이 텅텅 비어서 삼 년간 기다릴 능력도 없다!
당장 내 마누라한테 애 붙여놔!"

"이런 미친놈아! 좋다, 그럼 오랜만에 회춘이나 하마!"

"…엉? 회춘?"

"애 붙여놓으라며!!"

"이런 개자식이!!"

"뭐? 네놈은 아비 어미도 없냐! 내 나이의 반도 안 되는 놈이 어디서 욕지거리야!!"

이놈의 늙은이가 남의 마누라를 앞에 두고 못하는 소리가 없는지라 일검에 베어버리고 싶었지만 이내 내 옆에 누군가가 있다는 것을 확인하고는 회심의 미소를 지어 보였다.

갑자기 싸우던 내가 미소를 짓자 요슨은 무슨 이유일까 하는 생각에 당황함을 보이니, 난 게리오스를 보며 천천히 말했다.

"게리오스… 처리해!!"

"헉!!"

그렇다. 내가 보기에 요슨은 무엇인가 그에게 상당한 꼬투리가 잡혀 있으니 그가 나선다면 분명 물러설 것이 확실했고, 그것은 그의 반응으로 사실로 드러났다.

"푸하하하하! 가소로운 늙은이."

"어머니여… 어찌하여 저에게 이런 고난을 내리십니까… 흑흑 흑……."

나의 대소에 녀석은 언제나 그랬던 것처럼 어머니에게 기도를 올렸기에 저것이 거의 습관적이라는 생각이 들었다.

"내 아들뻘도 되지 않는 놈에게 이런 수모를 당하다니… 어머니, 저 성자 집어치울랍니다."

"……."

너무 심했나? 요슨의 통곡은 점점 심해지고 있었는데, 그때 옆에 있던 알리샤가 조용한 목소리로 그에게 물었다.

"성자님께서도 아들이 있으셨나요?"

"흑흑흑… 지금쯤 스물 정도 되었을까… 손자 녀석도 있지."

"그런데… 제가 알기로 자애의 여신 사제들은 성혼을 하지 못한다고……."

"…헉!!"

통곡에만 정신이 빠져 있어 자신의 실수를 전혀 눈치 채지 못한 그였으니, 스스로 무덤을 판 그를 보며 고개를 저을 뿐이었다.

"허허허, 그저… 젊은 날의 실수였다네… 젊은 날의 실수……."

그러나 역시 셀든 사제는 그런 그를 가만히 두지 않았다.

"아드님이 스물이라면 그건 성자님께서 고위 사제로 계실 때가 아닙니까. 그렇다면 예순여섯이었을 때인데……."

"자네! 뭐 하는가? 고위 사제면 고위 사제답게 열심히 기도나 할 것이지 윗분들 이야기하는 데는 왜 끼어! 나가!!"

"……."

그 말에 셀든은 계급의 벽 앞에서 무너져야 했으니 어쩔 수 없이 방을 나서야 했다. 그건 그렇고 예순여섯의 나이에 아들을 봤다니 성질머리만큼 정력도 받쳐 주었던 것 같다.

하지만 또 의외인 것은 그렇다면 저 늙은이의 나이가 여든여섯이라는 것인데 척 보기에는 쉰 중반 정도로 보이는 것이 정말 회춘했다는 생각이 들었다.

그리고 그 회춘이 늙은 날의 실수를 통해 나타난 것이라면 역시나 세간에 떠도는 속설이 맞긴 맞는 것이라는 건데… 나도 어린것 하나를 날름할까 하는 고민이 들었다.

그러나 아무리 귀족이라 할지라도 어린 계집을 탐한다면 변태 귀족이라는 욕을 들을 것이 분명한지라 이내 생각을 접고 말았다.

"어쨌든 옆에 있는 마법사가 부탁한 것도 있으니 내 축복의 세례를 내려주도록 하지. 거기 예쁜 처자의 이름은 무엇인가?"

"예, 알리샤라 합니다."

"알리샤라… 흠, 고거 이쁘기도 하군."

"늙은이, 눈독 들이지 않는 것이 좋을 게다."

"이런, 무슨 소리인가. 흠흠. 나같이 여신을 모시는 성자가… 흠흠… 여자를 탐할 것 같은가?"

뻔히 드러난 거짓말에 황당할 뿐이지만 일단은 알리샤의 문제가 중요하기 때문에 그를 그대로 지켜보기로 했다.

"어디 이 늙은이에게 손이나 줘보게."

"예."

그 말에 알리샤는 그의 앞으로 오른손을 내밀었는데 늙은이가 그녀의 손목을 잡고는 재수없게 쓰다듬기 시작하는 것이었다.

"뭐 하는 짓이야!!"

"닥치고 가만히 있어!"

나의 말에 그는 노성을 지르고는 다시 그녀의 손을 계속 쓰다듬으니 잠시 후 순백의 빛이 그의 손에서 흘러나와 알리샤의 몸을 감싸기 시작했다.

하지만 그것도 잠시, 순간 그 순백의 빛은 사방으로 흩어져 나갔고 성자는 크게 놀란 표정을 지었다.

"뭐지?"

"뭐가 잘못되기라도 했나?"

하지만 그는 나의 말에 답해줄 생각도 하지 않고 무엇인가를 곰곰이 생각하더니 잠시 후 손바닥을 치며 무엇인가를 깨달은 표정으로 벌떡 일어나 나를 보며 소리쳤다.

"네놈, 한 가지 약속을 해라!"

"응? 약속?"

"만약 네 자식이 태어난다면 일곱 살 때부터 이 신전으로 보내어 오 년간 교육을 시킨다고 말이다."

"뭐?"

그의 말에 나로선 당황될 수밖에 없었는데, 다시 생각해 보니 그것만 약속한다면 알리샤에게 자식을 볼 수 있는지라 어쩔 수 없이 고개를 끄덕였다.

"으드득… 알았다. 그러니 일단 일어나 하라고!"

"그래? 거기 마법사 양반이나 젊은 처자도 약속을 모두 들었겠지?"

"예."

"좋아, 그럼 잘 가게나."

"뭐야? 끝난 거야?"

그의 잘 가라는 말에 나로선 황당할 수밖에 없었는데, 요슨은 이런 나를 보며 뱁새눈을 뜨더니 점점 입가를 일그러뜨리기 시작했다.

그리고 마지막에 완성된 표정은 무엇인가 고소하다는 듯한 표정으로 멍한 눈을 하고 있는 나를 보며 웃음을 터뜨리더니 말했다.

"켈켈켈… 멍청한 녀석, 벌써 임신한 여인보고 임신을 시켜달라니 말이나 되는 소리냐? 켈켈켈……."

"…뭐!!"

요슨의 말에 난 놀라 자리에서 벌떡 일어났고 게리오스나 알리샤 역시 놀라기는 마찬가지였다.

"아직 일이 개월밖에 되지 않은 것 같지만 분명 저 젊은 처자의 몸에
는 새로운 생명이 자라고 있을 것이네. 그런 이유로 축복의 세례가 처
자에게 먹히지 않는 것이지."

"그럼!!"

그의 말에 참을 수 없는 흥분이 밀려오고 있었다. 리안나에 이어서
알리샤까지 내 아이를 배었다고 하는데 어찌 흥분하지 않겠는가!

"알리샤……."

"영… 영주님… 흑흑흑……."

내가 부르는 말에 알리샤 역시 기쁨을 감출 수가 없는지 눈물을 흘
렸고, 난 그런 그녀를 가슴 깊이 안아주었다.

하지만 그러한 기쁨도 잠시, 요슨과의 약속이 생각나자 갑자기 성질
이 뻗쳐 오는 것은 어쩔 수 없었다.

"켈켈켈… 약속은 약속이다. 그럼 난 기도나 하러 가지. 켈켈
켈……."

하지만 이미 녀석은 나의 분노를 예상하고 있었는지 어느 사이엔가
문 쪽으로 가서는 내가 뭐라 하기 전에 재빨리 사라져 버렸다.

"크윽……."

어찌 된 게 이곳에 올 때마다 저 늙은이에게 한 방 맞는지 한이 될
수밖에 없었는데 게리오스는 그런 나에게 미소 지으며 말했다.

"일단 알리샤님이 수태를 하셨으니 그것만으로도 좋은 일이 아닙니
까? 요슨 사제는 신전에서의 일을 제대로 처리하기 위해 계속 공작님
의 약점을 찾고 있었으니 아미 이번 약속도 그것을 위한 것일 겁니다."

"휴……."

"요슨 성자와 같은 사람과 친분을 맺는 것도 그리 나쁜 것은 아니니

영주님께서 좋게 생각하십시오."

"알겠네."

게리오스의 말은 지금까지 한 번도 틀린 적이 없는지라 고개를 끄덕이며 그의 의견을 따르기로 했지만 후에 내 자식놈이 저 재수없는 늙은이에게 얼마나 시달림을 받을까 생각하니 벌써부터 눈물이 앞을 가리고 있었다.

불쌍한 내 자식놈… 흑흑흑.

어찌 됐든 알리샤가 임신을 한 것이 밝혀진 이상 리안나의 웅패천하는 한 달도 넘지 못하고 그대로 몰락하고 말았다.

물론 일단 나의 아이를 가지고 있는 이상 다시 시녀가 되는 일은 없겠지만 그녀의 아이가 나의 뒤를 잇기는 어려울 것이다.

아니야, 혹시 알리샤가 딸을 낳는다면… 그렇게 생각하니 조금 위험하단 생각이 들었다. 리안나가 아들을 낳고 알리샤가 딸을 낳는다면 장자권으로 리안나의 아이에게 영지와 작위를 물려주어야 하나?

뭐, 자식이란 것이 하나뿐일 리 없으니 나중에 또 낳은 자식이 아들이면 상관없지만 리안나가 딸, 알리샤가 아들을 낳는 것이 가장 좋은 결과를 낼 것 같군.

그나저나 알리샤가 이번에 딸을 낳는다면 신전으로 가야 하는데, 변태 늙은이가 도사리는 신전에서 혹시나 노인네 회춘에 쓰이는 것은 아닐까 하는 생각에 오한까지 서리고 있었다.

물론 그런 일은 절대 있어서는 안 되지만 말이다.

신전을 나가자 게리오스는 나의 곁으로 와 미소를 지으며 말했다.

"일도 잘 풀렸고, 이곳에 온 김에 보석상이나 한번 들르지 않겠습니까?"

“보석상?”

“예, 듣기에는 영주님께서 알리샤님께 아직 혼약의 반지를 선물하지 않으셨다 들었는데, 아멘 왕국에 비한다면 이곳 보석의 가격이 싸니 이곳에서 구입하는 것도 나쁘지 않을 것이라 생각됩니다.”

“음… 자네 말이 옳은 것 같군. 알리샤, 너의 생각은 어떠냐?”

“저야… 영주님께서… 주신다면 무엇이라도……”

일단 이렇게 말하고는 있었지만 표정을 보아하니 확실히 선물을 바라고 있는 듯한 표정인지라 난 기분도 좋고 하기 때문에 게리오스의 의견을 따르기로 했다.

“좋다, 게리오스. 네가 안내하도록 하여라.”

“예.”

레트론은 성자가 머무르는 도시인 탓도 있었지만 국경에 가까이 있는 도시인지라 내전의 영향이 미치질 않아 서면 왕국의 상인들이 모여 있는 곳이기도 했다.

수많은 사람들이 돌아다니고 있는 시장에서는 소리를 지르는 상인들의 목소리에 귀가 다 얼얼할 정도였는데, 그러한 골목을 게리오스가 유유히 빠져나가는 것이 감탄스러울 뿐이었다.

한참 걸음을 옮기자 잠시 후 보석 모양의 문패를 단 작은 가게가 눈에 띄었는데 게리오스는 아마도 그곳으로 가는 듯했다.

안으로 들어서자 과연 값비싼 물건인 것을 티 내는지 오색영롱한 빛을 내며 수많은 장신구와 보석들이 전시되어 있었다.

“아!!”

알리샤도 여자임에 틀림이 없는지 이러한 것을 보며 입을 다물지 못했고, 초롱초롱한 눈을 보아서라도 그냥은 나가기 어려울 것이란 생각이 들었다.

"어서 오시오."

잠시 후 우리의 앞으로 한 노인이 다가왔는데 내 허리에도 닿지 않는 키라 혹시나 선천적으로 키가 크지 않은 난쟁이가 아닐까 생각했다. 하지만 이내 펑퍼짐한 몸매와 얼굴에 가득한 수염을 보니 유사 인종의 하나인 드워프가 생각이 났다.

"혹시 드워프인가?"

"그렇소이다."

"호오!"

아멘 왕국이나 서먼 왕국이나 유사 인종은 그리 쉽게 볼 수 있는 것이 아니었다. 과거 이들을 노예처럼 다루었던 시기가 있었던 탓에 유사 인종들은 인간에게 모습을 보이는 것이 극히 드물었는데 과연 성자가 머무르는 도시인가 보다.

"반갑소. 아내를 위해 보석을 하나 구입할까 하는데……."

"음……."

내 말에 그는 옆에서 수많은 보석에 눈을 떼지 못하는 알리샤를 유심히 쳐다보더니 고개를 끄덕이며 말했다.

"몸매가 마음에 안 들기는 하지만 어느 정도의 미색은 가지고 있군. 그래, 이 처자의 생일이 언제요?"

"생일? 알리샤, 네 생일이 언제지?"

"쯧쯧쯧… 남편이란 자가 아내에게 이렇게 무심하다니……."

난 알리샤의 생일을 알지 못해 물었는데, 그 말에 드워프는 혀를 차며 나의 무심함을 탓했다. 드워프 따위가 이따위 말을 하는 것이 마음에 들지 않긴 했지만 그녀에게 무심했던 것이 사실인지라 나로선 뒤통수를 긁적일 뿐이었다.

“4월 14일이에요.”

“4월이라… 음… 4월의 탄생석은 다이아몬드이니 그것을 고르도록
하시오.”

탄생석이라… 다이아몬드라면 순결과 고귀함이라는 의미가 포함되
어 있다고 했는데, 그러고 보니 내 마누라가 돼서 고귀해졌고, 그런데
순결… 순결은… 헤헤헤.

제 7-I장 드워프와의 보석 밀무역

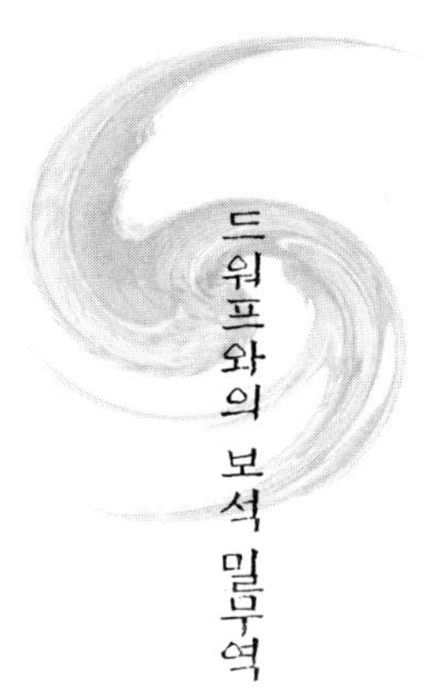

보석이 진열되어 있는 곳으로 가자 수많은 장신구들이 진열되어 있었는데 그중 유난히 나의 시선을 끄는 놈이 있었다.

은색의 정교한 문양 사이로 족히 엄지 손톱만한 다이아몬드가 영롱한 빛을 내고 있는 반지였는데 그 빛 사이로 마치 빨려 들어갈 것 같은 느낌이었다.

"드워프 영감, 이 반지 좀 볼 수 있을까?"

"호오! 제법 보석을 볼 줄 아는군."

내가 그 반지를 가리키며 말하자 드워프 노인은 놀랐다는 표정을 지으며 그것을 꺼내주었는데, 역시나 가까이 보자 더욱 화려함을 알 수 있었다.

은색의 반지 테에는 정체를 알 수 없는 문자가 음각되어 있었는데 게리오스는 그것을 보더니 조금 놀란 표정으로 말했다.

“룬 어가 새겨져 있군요.”

“룬 어? 마법의 언어 말인가?”

“예.”

“마법 반지?”

룬 어가 새겨져 있는 반지라면 마법 반지라는 뜻인데, 그렇다고 한다면 이 반지의 가격은 다른 다이아몬드 반지와 비교해서 엄청난 고가일 것이 분명했다.

물론 어떠한 마법이 인첸터되어 있느냐에 따라서 가격의 차이가 심하겠지만 단순한 마법이라 할지라도 족히 같은 문양의 다이아몬드 반지의 두 배는 될 것이 분명했다.

“룬 어의 문양을 보니 아무래도 실드와 다른 하나의 마법이 더 인첸터되어 있는 듯한데 실드의 룬 어 조합에 가려져 알아내지 못했습니다.”

“실드…….”

실드는 마법사들이 주로 행하는 마법 중에 하나로 물리적인 방어까지 가능한 방어 마법의 일종이었다.

고개를 돌리자 어느 사이엔가 알리샤가 황홀한 눈으로 반지를 바라보고 있는 것을 볼 수 있었기에 난 한숨을 쉬며 드워프에게 이 반지의 가격을 물었다.

“이 반지의 가격이 얼마 정도인가?”

“조금 비쌀 텐데?”

“그냥 말이나 한번 해보게.”

“원래는 백만 골드 정도지만 이 젊은 처자를 보아서 구십만 골드에 주도록 하지.”

“…백만… 구십만 골드…….”

그 순간 난 심장이 떨어지는 충격을 받고 말았다. 대충 비쌀 것은 예상하고 있었지만 설마 구십만 골드나 되리라고는 생각지도 못했기 때문이다.

"아!!"

알리샤 역시 그 엄청난 액수에 크게 놀란 표정을 지었고, 내가 쳐다보자 그녀는 고개를 저으며 말했다.

"저에겐 너무 부담스러운 물건이에요, 영주님."

너만 그렇겠느냐, 나한테도 부담스럽긴 마찬가지다.

보석이 비싸다는 것을 알고 있긴 했지만 설마 이 정도이리라고는 생각지도 못한 나였는데, 옆에서 이것을 듣고 있던 게리오스는 잠시간 무엇을 생각하는 듯하다가 고개를 끄덕이며 말했다.

"영주님, 이것을 사도록 하십시오."

"응? 무슨 소리인가?"

"이 정도 크기의 다이아몬드에 실드 마법까지 인첸터되어 있어 아멘 왕국에서 경매라도 한다면 족히 백이십만 골드는 넘어설 것이 분명합니다. 그리고 마지막, 하나 제가 알아내지 못한 인첸터계 룬 어의 조합이 만약 3서클 이상의 공격 마법 계열이라고 한다면 그 가격은 이백만 골드를 넘어설 것이 분명합니다."

"이… 이백만 골드?"

"아직까진 서면에서 유일하게 무역을 할 수 있는 아멘 왕국과의 무역로가 없어서 백만 골드 내외에서 거래되는 것이라 보시면 됩니다."

보석 밀무역이 상당한 부가 가치를 가지고 있다곤 하지만 완성된 반지만으로도 이 정도까지 가리라고는 생각지도 못했다.

"그건 그렇고, 구십만 골드는 조금 부담이 되는군. 조금 더 깎을 순 없을까?”

“이런, 보석을 보는 눈이 조금 있다 여겼는데 자네의 그런 행동은 이 보석이나 이것을 만든 우리 드워프들의 가치를 폄하하는 짓이야!”

너무 비싸니 깎아달라는 말에 상당히 강경하게 반응하는 드워프였다. 책에 보면 드워프는 자신의 작품에 대해서 상당한 자부심을 가지고 있다 했는데 과연 틀리지 않은 듯했다.

하지만 잠시 후 드워프는 무슨 생각에 잠기는 듯하더니 나를 보며 말했다.

“혹시 자네들, 아멘 왕국의 상인들인가?”

“상인이라고 하긴 어렵지만, 무역을 위해서 이곳에 온 것이 맞긴 하오.”

“음… 아까 자네들이 하는 이야기를 들었네만, 혹시나 보석 무역을 한다면 말일세… 나를 통할 생각이 없는가?”

“응?”

드워프 노인의 갑작스러운 제안에 조금 놀랄 수밖에 없었다. 확실히 드워프 장인이 만든 보석이나 물건들이라면 최고의 가치를 지니고 있었으니 서먼 왕국에서 보석 무역을 하는 나로선 상당히 좋은 거래처를 두는 것이기 때문이다.

“그것이 나쁘지 않긴 하지만, 우린 아무래도 겉으로 드러나는 무역을 할 수 없다는 걸 감안했으면 하오.”

“그럼 밀무역?”

나의 말을 들은 그는 역시나 밀무역하려 함을 눈치 챘고, 이것을 듣고 있던 게리오스가 고개를 끄덕이며 말했다.

“예, 현재 서먼 왕국은 내전으로 상행위에 상당히 많은 세금을 부가

하고 있습니다. 저희들로선 재력이 부족한지라 막대한 세금을 지불하며 정당한 무역을 행하기에는 이윤을 얻기 힘들 수밖에 없습니다.”

“과연……”

드워프 역시 그의 의견에 고개를 끄덕이더니 잠시 후 한숨을 쉬며 말했다.

“사실 내가 자네들과 거래를 트고 싶은 것도 바로 그 이유 때문이라네.”

“그럼?”

“휴… 자네도 알다시피 드워프들은 어느 누구나 인간들은 따라올 수 없는 최고의 장인이라네. 그런 탓에 물건 하나하나의 가격도 만만치 않은 것이 사실이네만, 고약한 인간 놈들은 드워프가 직접 이런 것을 팔면 많은 세금은 물론 심지어는 물건들을 빼앗기까지 하는 형편이네.”

“아!”

확실히 일리가 있는 말이었다. 만일 내 영지에서 드워프가 이렇게 장사를 한다고 하면 나라도 많은 세금을 부여하여 이득을 챙기려 할 것이 분명했기 때문이다.

“현재 서면 왕국에서 드워프가 보석상을 연 것은 오직 나 하나뿐이네. 그나마 이곳은 요슨 성자 덕분에 영주의 세금이 가장 낮은 곳이니까 말일세. 하지만 말이야, 그래도 고가 보석의 경우에는 물건의 30%가 세금으로 붙으니 나로선 장사하기가 조금 어려운 것이 사실일세.”

“물건의 30%라면 이 보석에도 이십만 골드가 넘는 세금이 붙는단 말이오?”

“그런 셈이지.”

“그렇다면 이곳에서 암거래를 하면 세금을 면할 수 있지 않소이까?”

확실히 대충 진열대에 있는 물건들만 영주에게 명세서를 올린 후 암거래를 주로 한다면 세금은 문제없으리란 생각이 들어 물어보았는데 그는 고개를 저으며 말했다.

“드워프의 암거래가 성립될 것 같은가? 아마 인간들을 상대로 암거래를 했다가는 그것을 빌미로 더 많은 손해를 볼 것이 분명하네.”

“음…….”

확실히 그의 말은 틀리지 않았다. 유사 인종을 하찮게 보는 인간들을 상대로 암거래를 했다가는 된통 당하지 않으면 운이 좋을 뿐이었다.

하지만 그런 생각을 하니 나 역시 인간이 아닌가 하는 생각에 되물어볼 수밖에 없었다.

“그건 그렇고 우리 역시 인간인데 위험하다 느끼지 않소이까?”

“물론이네. 하지만 자네의 경우에는 조금 달라.”

“다르다고?”

“바로 저 여자네.”

“응?”

드워프가 가리키고 있는 사람이 바로 알리샤였기에 나로선 영문을 알 수 없었다.

“저 여자의 몸에서는 성스러운 기운이 흘러나오더군. 혹시 이곳으로 올 때 성전에 들르지 않았는가?”

“그렇소만?”

“마음이 순수하고 착한 이들은 자애의 여신의 성전에서 많은 축복을 받을 수 있다네. 여신의 사랑을 받는 여인을 반려자로 하고 있는 사람이라면 믿을 수 있을 것 같아 말하는 것이네.”

　나로선 알리샤의 몸에서 성스러운 기운이 느껴진다는 말에 놀랄 수밖에 없었는데, 게리오스는 이미 예상을 했는지 고개를 끄덕이고 있었다.

　"자네도 알고 있었는가?"

　"예, 요슨 성자께서도 그런 이유로 영주님의 아이를 성전으로 데리고 오라 하신 것입니다."

　"음… 그런 일이……."

　전혀 예상하지 못한 일이었다. 알리샤에게서 성스러운 기운이 느껴진다니 말이다.

　"제가 알기로 알리샤님은 자애의 여신님을 믿는 신도라고 알고 있는데, 맞습니까?"

　게리오스의 물음에 알리샤는 고개를 끄덕이며 말했다.

　"예, 돌아가신 어머님도 자애의 여신님을 모셨기에 저도 어머니와 같이 자애의 여신님을 믿고 있어요."

　"만약 알리샤님이 셔먼 왕국에 계셨다면 성전에서 신녀로 모셔갔을 수도 있었을 것입니다."

　"그런가?"

　확실히 지금까지 농노를 하찮게 여기고 있었던 나를 생각한다면 그런 알리샤를 정처로 맞아들인 것부터가 조금 이상하긴 했다.

　알리샤에게선 뭐랄까? 어머니의 품과 같은 따뜻한 기분이 느껴지기 때문이다.

　"자애의 여신님에게 사랑받는 여인에게선 성스러운 기운과 함께 남자들에게 강한 모성애를 느끼게 한다 들었습니다. 아마 영주님께서도 그러한 기운에 자연히 끌리셨을 것입니다."

“오!!”

그렇다고 한다면 요슨이 난데없이 내 아이를 성전으로 데리고 오라 한 것도 이해할 수 있었다.

만약 나와 성혼을 하지 않았다면 그는 알리샤를 신녀로 데려가고 싶었을 테니 그 아이만이라도 신전으로 데려가고 싶었던 것이겠지.

하지만 단순히 내 여인에게서 여신의 기운이 느껴진다고 해도 드워프가 나에게 밀무역을 제시한 것에 대한 이유는 되지 않는다고 생각했다.

“그래도 조금 의아하군. 내가 알기로 드워프에겐 그리 물욕이 없다 들었는데 굳이 밀무역까지 할 필요가 있었는가?”

“당신의 말은 틀리지 않소. 하지만 드워프도 살아가기 위해선 필요한 물품이 있어야 하오. 인간들이 상행위를 독점하고 있는 상황에서 아무리 좋은 물건을 만든다 하여도 우리로선 한 해를 버틸 만한 음식조차 마련하지 못할 형편이라 어쩔 수 없는 선택을 하는 것이오.”

“음…….”

드워프들은 광산에 마을을 이루며 살고 있다 알고 있었다. 광산이란 것은 산에 위치해 있으니 식량을 마련하는 것은 쉬운 일이 아닐 터, 자신들의 물건을 헐값에 판다는 것은 장인의 자존심을 스스로 무너뜨리는 것과 같은 일이니 자연히 비쌀 수밖에 없었고, 그러한 것을 귀족들이 그저 보고 있지만은 않을 것이니 제대로 돈을 벌기란 어려울 것이 분명했다.

그렇다고 한다면 그의 제안이 이상할 것 없다 생각한 난 게리오스를 쳐다보았고, 그 역시 이번 드워프와의 무역을 찬성하는 빛을 보였다.

“조건만 좋다면 본인 역시 드워프와의 무역을 마다할 필요는 없겠지. 물론 그러한 조건은 다른 인간들과 비등한 조건이 될 것이니 드워프 일족도 걱정할 필요는 없을 것이오.”

“그렇게만 해준다면 우리 하루만 가의 드워프 일족은 당신들의 도움을 잊지 않을 것이오.”

상당한 손해를 감수하고 한 여행이었지만 생각 외로 많은 수확을 거두게 됐는지라 나로선 희열이 밀려오고 있었다.

고개를 돌려 게리오스를 보자 그는 이미 모든 것을 예상했던지 입가에 살짝 미소를 띠고 있었기에 난 고개를 갸우뚱거리며 생각에 잠겼다.

마치 이 모든 것이 게리오스가 짜놓은 일련의 계획에 의한 것이라 생각되었기 때문이다.

그가 오면서 너무나도 잘 풀리고 있는 영지의 사정을 생각하면 나에게 더할 나위 없는 행운의 존재라고 할 수 있었지만 너무나 잘 풀리고 있는 일에 조금 불안감이 느껴진 것도 사실이었다.

한참을 그렇게 생각에 잠겨 있을 때 드워프 노인은 내가 흥정하고 있던 다이아몬드 반지를 알리샤에게 건네주었다.

“이것은 이번 거래를 위한 우리 하루만 가 드워프가 주는 선물이오. 당신과 같은 여인에게 어울리는 물건이니 사양치 말도록 하시오.”

“아… 그렇지만… 너무…….”

“솔직히 물건 값을 깎는 것은 우리 드워프 장인들에게 절대 있을 수 없는 일이지만 이렇게 선물을 한다는 것은 다르오. 정 부담된다면 구십만 골드에 사시오!”

“…허허허, 감사하게 받겠소이다.”

역시나 장인의 종족이라고나 할까, 구십만 골드나 되는 반지를 그냥 줄지언정 돈을 깎을 수 없다는 그의 말에 난 다시 한 번 사양하려는 알리샤의 앞을 막아서서 미소 지으며 말했다.

일단 구두 약속을 하기는 했지만 엄청난 액수가 걸려 있는지라 난 계약서를 작성하고 싶은 마음이 있었지만 게리오스는 그것에 대해 전혀 언급하지 않고 나의 말문을 막은 채 보석 상점을 나오니 나로선 그 연유를 물어볼 수밖에 없었다.

"게리오스, 엄청난 돈이 걸린 거래인데 이렇게 구두 약속만으로 되는 것인가? 계약서라도 작성해야지……."

하지만 게리오스는 나의 염려에 고개를 저으며 말했다.

"만약 상대가 인간이었다면 저 역시 계약서를 작성하시길 권했을 것입니다. 하지만 이번 거래의 상대는 드워프, 세상의 종족 중에서 상대를 속이는 행동을 하는 건 드래곤과 인간뿐입니다."

"그러니까 말로 해도 믿을 수 있는 상대라는 것인가?"

"예, 그리고 드워프 역시 여신의 사랑을 받는 여인의 반려자가 자신의 종족을 속이지 않을 것이라 생각하며 구태여 계약서를 제시하지 않았던 것이지요."

"오!!"

게리오스가 하는 일은 하나같이 빈틈이 없다는 생각이 들었다.

경우에 따라선 구두가 계약서라는 존재보다 훨씬 더 상대에게 믿을 줄 수 있다는 것을 처음 알았던 것이다.

"어찌 됐든 이번 여행은 상당한 소득이 있었던 듯하군. 보석 밀무역으로는 최고의 상대를 찾았으니 말일세."

"그렇습니다. 거기에다 드워프가 상대라면 본국의 보석 무역을 장악하고 있는 션우드를 상대로 우위를 차지할 수 있을 것입니다.

"이 참에 그 건방진 션우드 녀석을 보기 좋게 쓰러뜨릴 수 있겠군.

푸하하하!!"

역시나 내 앞엔 광명이 펼쳐지고 있었으니 감격의 눈물이 앞을 가리고 있었다. 자작 주제에 공작을 상대로 보였던 건방짐, 보기 좋게 갚아주마… 흐흐흐…….

"케넬스에게 맡겼던 첫 번째 곡물 거래는 아무래도 영주님께서 맡으시는 게 좋을 듯합니다."

"나 역시 그렇게 생각하네. 아! 용병 길드 건은 어떻게 됐는가? 이번 거래의 상대 주선을 그쪽에서 하기로 하지 않았는가?"

"예, 길드 교섭비로 오천 골드 정도가 지출되기는 했지만 좋은 조건으로 거래를 성립할 수 있을 것 같습니다."

"그래? 그럼 일단 내 영지로 돌아가도록 하지."

"예."

영지로 돌아온 난 바로 무역을 위한 작업에 들어갈 수 있었다.

무역을 위하여 준비해 놓은 총 마차의 수만 해도 백여 대에 이르는 엄청난 규모였는지라 신경 쓰이는 일이 한두 가지가 아니었다.

먼저 이 많은 행렬을 호위하기 위해 족히 오백 명이 넘는 인원이 동원이 되고 있었고, 인건비로 나가는 돈만 해도 오만 골드에 달할 뿐 아니라 여정에 필요한 필요 경비의 액수 역시 그에 버금가기에 내 영지, 아니, 이곳에 우리 가문이 정착한 이후 처음 있는 대규모의 사업이었다.

또, 영지의 세금으로 걷을 수 있는 곡식으로는 조금 부족한 듯하여 사람을 시켜 다른 영지에서도 상당히 많은 곡물을 사들인 탓에 영지의 잔고는 거의 바닥을 드러내고 있었다.

만약 이 곡물 무역이 실패라도 하는 날에는 그대로 파산의 나래를 펼 수밖에 없는 위험한 사업이기도 했다.

그런 탓에 레빈과 케넬스, 게리오스들은 쉴 새 없이 내 집무실과 외지로 다니기에 바쁠 수밖에 없었다.

"이번 무역만으로 본다면 요멘슨 자작의 영지에서 밀 3,000포대와 옥수수 5,000포대, 쉬펜 남작의 영지에서 밀 4,300포대와 옥수수 7,200포대를 매입했고 본 영지에서 밀 5,700포대와 옥수수 3,500포대. 해서 총 밀 13,000포대와 옥수수 15,700포대를 준비할 수 있었습니다. 대충 밀 한 포대의 평균가가 30골드에 옥수수가 10골드 정도이니 예상 수익은 밀 삼십구만 골드에 옥수수가 십오만 칠천 골드 정도 되겠군요. 그리고 이후로 다른 영지에서 그 정도의 숫자를 더 매입할 수도 있습니다."

"휴… 규모가 장난이 아니로군."

"예, 일단 곡물 거래를 끝내기 위해선 족히 서먼 왕국으로 일곱 번 이상 왕복해야 됩니다."

"백 대에 달하는 마차로도 그 모양이니 정신이 없구만……. 그나저나 고생에 비해 이득이 너무 적은데… 곡물 거래의 완료까지 걸리는 시간이 두 달 이상 걸리는 것을 감안한다면 말이야."

"그래도 현재 저희 영지에서 무역할 수 있는 물품은 곡물 거래뿐이니 그것으로 만족해야지요. 그리고 곡물 거래를 통해 들어온 돈으로는 바로 드워프의 보석을 사들여 본국에서 거래하니 일단 몇 번의 무역과 보석 판매가 끝이 난다면 계속되는 무역으로 오 개월 정도 후에는 이번 무역의 수배에 달하는 수익을 올릴 수 있을 것입니다."

그 말에 난 고개를 끄덕이고는 다시 말했다.

"세금 건은 어떻게 되었는가?"

"용병 길드의 주선으로 손쉽게 처리되었습니다. 계속된 내전으로 곡물 생산이 크게 감소한 서면 왕국에서 군량미 문제도 상당했기 때문에 왕당파의 밀드런 백작과 제이슨 백작이 전량을 좋은 조건으로 매입하기로 하였습니다. 그리고 그들과의 무역이니 왕당파의 영역인 국경에서의 세금 문제는 손쉽게 해결이 되었지요."

"다행이군."

그의 말에 고개를 끄덕인 난 이전에 처음 보는 서류를 한 장 발견했는지라 그것을 그에게 제시하며 물었다.

"그런데 말이야, 이 서류는 무엇인가? 요스란 영지에서 화살 1,000묶음과 검, 창, 각각 300개를 매입한다고 적혀 있는데 말이야."

"그것 역시 왕당파와의 거래입니다. 내전 상황에서 무기 수요가 급증하고 있는지라 무기 무역도 상당히 짭짤하니까요. 본국에 비해서 두 배 값으로 쳐준다 하니 일단 처음은 이 정도로 끝내고 점점 규모를 늘려 나갈 생각입니다."

"하지만 무기 무역은 너무 위험해. 혹시나 왕당파와 귀족파의 알력에 우리가 끼일 염려도 있지 않은가?"

"물론 그런 위험도 있습니다만 서류상에 저희는 용병 길드와 무역을 하는 것으로 되어 있으니 그리 큰 위험은 없으리라 생각합니다."

타국을 상대로 무기 무역을 한다는 것은 상당한 위험을 내포하는 일이었다.

첫째, 많은 무기를 타국으로 보낸다는 것은 자칫 국가에 대한 반역적인 행위로 인식당할 수도 있고, 둘째 무역을 하는 상대에게서 타국의 첩자로 인식되어 자칫 잘못하다가는 국제적인 문제로까지 번질 수도 있기 때문이다.

그 탓에 무기 무역의 경우에는 수입하는 나라의 왕이 신하를 지명하여 무역을 하는 것이 대부분이었지 이렇게 타국의 사람이 함부로 무기를 직접 무역하는 일은 드물었다.

그런 것을 잘 알고 있는 나로선 자연히 게리오스가 무기 무역을 하려 함에 우려를 표시했다.

"자네가 안전하다 생각하면 그렇긴 하겠지만서도 왠지 마음에 내키지는 않는군."

"모든 것이 그렇겠지만 많은 이익을 위해선 그만큼의 위험성도 따르는 것입니다. 하지만 영주님께서 이 일을 반대하신다면 저 역시 그 의견을 따르도록 하겠습니다."

게리오스가 이렇게까지 나가니 나로서는 반대해야 되나 말아야 되나 고민이 될 밖에 없었다.

"영지를 발전시키고자 하는 마음은 자네와 비교해서 나 역시 뒤지지 않으나 이번 무기 무역은 취소했으면 하네. 여러 가지 위험도 있을 뿐 아니라 구태여 내전의 상황에 있는 셔먼을 상대로 도의를 어기면서까지 이 일을 진행하고 싶은 마음은 없다네."

"알겠습니다. 영주님의 의견을 따르도록 하겠습니다."

그의 대답에 난 조금 당황스러움도 느꼈다. 생각 외로 나의 말에 너무나 간단히 대답을 하고 있었기 때문이다.

'혹시 나를 시험했었던 건가?'

이러한 생각이 들어 잠시 그의 얼굴을 쳐다보았지만 이내 고개를 저었다. 그런 생각도 들긴 했지만 그보다는 게리오스에게 내 의견을 끌어냈다는 것에 성취감도 들었기 때문이다.

지금까지 게리오스에게 너무 끌려 다니고 있다는 생각이 들었기에 이번 일을 시작으로 어느 정도 나 자신의 의견을 내세우는 데 자신감이 생긴 것이다.

그때 문이 덜컥 열리며 누군가가 들어오니 바로 레빈이었다. 그의 얼굴이 심하게 일그러져 있는 것이 무슨 문제가 있는 게 아닐까 하는 생각이 들었다.

"젠장!! 못해먹겠군."

"무슨 일이오?"

"뭐냐고? 자그마치 마차가 백 대야! 백 대! 엄청난 곡물을 보관하거나 저장하는 데만 해도 힘들 판인데 물건을 싣는 것도 문제야. 영지의 병사가 얼마나 많다고 이렇게 많은 일을 한꺼번에 처리하라는 거야!"

"음……."

확실히 레빈이 끌고 온 삼백 명의 숫자만으로는 이 물건들을 지키는 것만 해도 상당한 고역일 게 분명했다.

그리고 이들도 인간인 이상 휴식을 취해야 할 것은 분명한 일, 그렇다면 적어도 삼교대 정도는 되어야 함이 당연한데 백 명이 엄청난 양의 곡물과 관리를 담당하기란 그리 쉬운 일이 아닌 것이다.

집무실 안으로 들어온 레빈은 피로한 모습이 가득했기에 나로선 고민이 되는 것이 당연했다.

"아무래도 자경대를 조직해야 할 것 같습니다."

그런 고민에 휩싸여 있을 때 게리오스가 무슨 생각을 하는 듯하다가 자경대 건을 말했다.

"자경대?"

"예, 영지의 젊은 청년들로 이루어진 자경대를 조직하여 약간의 보수를 제공한다면 수확기가 끝난 상황에서 어느 정도 문제는 해결되리라 생각합니다.”

“음…….”

“연령은 열다섯에서 마흔 사이로 하고 숫자는 500명 정도로 한다면 어느 정도 문제는 해결될 것입니다.”

“알겠네. 이번 일은 케넬스에게 맡기도록 하지.”

“예.”

하지만 문제는 이것 하나로 끝나는 것이 아니었다. 처음 하는 일인 만큼 상당히 문제가 많이 존재했기 때문에 시간이 지나면서 문제점이 하나씩 하나씩 터져 나와 정신이 없을 정도였다.

겨우 하루의 일과를 끝내고 방으로 돌아오자 알리샤와 리안나가 기다렸다는 듯이 차를 내오고 있었다.

두 사람 모두 내 아이를 가지고 있는 만큼 나의 시중을 들고 있었는데, 원래는 알리샤가 전담하던 것을 리안나가 자신 역시 나의 시중을 들고 싶다 하여 허락한 일이었다.

“휴…….”

뭐, 어여쁜 여인 두 사람이 같이 시중을 든다는 것이 그리 싫은 일은 아니지만 두 사람 모두 임신을 하고 있는지라 나의 밤은 너무나 쓸쓸할 수밖에 없었다.

마음 같아서는 또 다른 여인을 맞아들이고 싶은 마음도 들었지만 그랬다가는 또 다른 문제가 발생할 것이 분명했고 레빈 역시 리안나 임신 때의 일도 있었던지라 그냥 보고만 있지는 않을 것이 분명해 포기할 수밖에 없었다.

“오늘은 이만 쉬었으면 하군.”

“예, 영주님.”

오늘 밤 나와 잠자리를 같이 하는 사람은 리안나였다. 물론 밤일을 할 순 없는 일이지만 옆에 아무도 없으면 잠이 오지 않는지라 일단 두 사람이 번갈아가며 시중들기로 한 것이다.

나의 말에 알리샤는 그저 공손히 인사를 하며 방으로 나가기는 했지만 표정이 그리 밝지 않은 것이 미안한 마음도 들었다.

사실 리안나보다는 알리샤가 마음이 더 편한데 말이야.

하지만 문제는 이 일을 제안한 사람이 바로 알리샤라는 것이었다. 그녀는 이러한 문제로 리안나와 다투고 싶은 마음이 없었던 때문이다.

쳇! 조금 소유욕을 가지고 있으면 좋으련만 자애의 여신의 사랑을 받는 만큼 마음 씀씀이 역시 자애로웠기 때문에 안타까울 뿐이었다.

리안나의 시중을 받으며 잠옷으로 갈아입은 후 침대에 누우니 그녀 역시 옷을 벗고는 나의 곁에 누웠다.

그녀에게 나는 가문의 원수라고도 할 수 있는 사람인지라 조금 거리낌이 들 수밖에 없어 난 그녀를 보며 넌지시 물었다.

"내가 밉지 않느냐?"

"……."

그 말에 한참을 침묵에 잠겨 있던 그녀가 나에게 한 말은 놀라운 말이었다.

"예, 미워요. 그리고 영주님을 죽이고 싶어요."

확실히 나라도 그녀와 같은 상황에 처해 있다면 그런 생각이 들 수도 있겠지만 이렇게 노골적으로 말하리라고는 생각지도 못했는지라 황당함이 느껴졌다.

"내가 너의 가문을 무너뜨리고 너를 내 첩으로 만들어서?"

하지만 나의 예상과 달리 그녀는 고개를 저으며 말했다.

“아니요…….”

“응? 그럼 무슨 이유로 나를 죽이고 싶다는 거지?”

나로선 그 연유를 알 수 없어 물었는데, 순간 그녀의 눈에서는 눈물이 흘러나왔다.

“그건… 영주님이 저를 멀리하려 하시기 때문입니다.”

“내가?”

“예. 저의 아버지와 영주님 사이에 있던 일은 다른 사람들에게 들어 알고 있습니다. 하지만… 하지만 저에게는 영주님의 시선이 너무 두려워요…….”

“두렵다니, 무슨 말이냐?”

“알리샤 언니를 바라보는 영주님의 눈은 자애스러움이 가득한데 저를 보시는 눈은…….”

그 말에 난 잠시 할 말을 잃고 말았다.

확실히 난 리안나에게 조금 거리낌이 들었다. 그녀와 나의 사이는 어떻게 보면 원수라 할 수 있었는데 일단 내 곁에 두고 시중을 들게 하고 있었지만 어찌 마음을 놓을 수 있을까.

그러니 자연히 마음 편하게 쉴 수 있는 알리샤에게 더욱 따스한 눈길을 주는 것은 인지상정이고, 그러한 것이 리안나에게는 야속하고 나에 대한 미움이 싹틀 수도 있는 일이었다.

“저도 여자의 운명이 어떤 것인지 알고 있습니다. 가문을 무너뜨리고 아버님을 해하신 영주님이라지만 검조차 들 수 없는 운명, 그것에 순응해야 하는 것이 여자이겠지요. 하지만 모든 것을 포기하고 산다 해도… 뱃속에 있는 아이까지 행여 영주님의 미움을 받는 것이 아닐까 하는 생각이 드니… 흑흑흑…….”

"…미안하군……."

그녀가 눈물을 흘리자 난 천천히 손을 들어 그녀를 안아주었다. 어쩌면 자신의 뱃속 아이가 있다는 것 때문에 지금까지 적극적인 모습을 보이지 않던 그녀가 시중까지 들기를 자처했을 수도 있기 때문이다.

그리고 알리샤는 이러한 것을 너무나 잘 알고 있었기에 그녀를 받아준 것이 아닐까 하는 생각도 들었다.

한 사람의 고민을 해결해 주었다는 만족감 때문일까? 다음날 일어났을 때는 몸이 개운한 것을 느꼈다.

집무실로 들어서자 게리오스가 하나의 서류를 내밀었는데, 역시나 어제 이야기가 오갔던 자경대에 관한 것이라 싸인을 해주며 말했다.

"자경대 건은 나도 같이 가보고자 하는데, 괜찮겠나?"

"영주님이 오신다면 훨씬 더 일이 편할 것입니다."

어제저녁 이미 영지 전역에 자경대 모집에 대한 방을 붙여놓았기에 아침에 되자마자 상당히 많은 접수가 들어왔다.

그도 그럴 것이, 지금까지 마을에 자경대가 없었던 것은 아니기 때문이다. 현재 내 영지의 병사라고 해봤자 레빈이 데리고 있는 삼백여 명의 용병이 다였고, 이번에 차지한 아메로스 영지의 경비는 거의 전무하다 해도 과언이 아니었다.

그런 이유로 각 마을마다 젊은 청년을 주축으로 이루어진 자경대가 하나씩은 존재하고 있었는데, 이들은 마을 자치적으로 이루어진 것이라 일을 해도 들어오는 돈은 없었다.

이러한 상황에서 영주가 공식적으로 자경대를 모은다 하니 가을 수확이 끝난 농한기인 것을 감안한다면 한 푼이라도 더 벌고 싶은 평민들이라면 당연히 자경대가 되려 할 것이다.

아니나 다를까, 아침에 시작해서 오후까지 들어온 접수만 해도 족히 천 명에 가까운 숫자였기에 나로선 생각보다 많은 사람들이 와 혀를 내두르고 말았다.

"일단 너무 어리거나 나이가 있는 사람은 제하도록 하게."

"예."

게리오스는 일일이 접수를 맡고 있는 시녀들을 독려하며 일을 진행하고 있었기에 난 그저 옆에서 구경만 할 뿐이었다.

시녀들 역시 내 성에서 매일 한가하게 지내다 오랜만에 젊은 총각들을 많이 보게 되어서 그런지 그리 싫은 기색은 아니었다.

아메로스나 나나 조금 비슷한 것이 있다면 시녀들 정도는 얼굴이 조금 반반한 것들만 뽑았다는 것인데 그 때문에 접수를 맡고 있는 시녀들에게 영지의 총각들이 반해 구애를 한답시고 꽃을 가져와 접수대의 주변은 꽃으로 가득할 정도였다.

아마도 내 영지의 꽃집이 이번 일로 꽤 번성하는 게 아닐까 하는 생각에 세금을 추가할까 말까 고민이 들었다.

대충 숫자를 추리자 열여섯부터 서른 중반 정도의 젊은 인력으로 오백 명에 가까운 인원을 추릴 수 있었기에 게리오스는 그들을 모두 모아놓고 큰 소리로 말했다.

"여러분들은 이제부터 여기 계시는 영주님의 명을 받아 자경대로서 일을 하게 될 것이다. 당신들이 처음 하게 될 일은 일단 자신들이 살고 있는 마을의 경비이나 이후 본 영주께서 서먼 왕국으로 곡물 무역을 시작하실 때 그 호위와 물품 운반 등을 맡게 된다. 그대들의 임금은 일단 보통 영지의 사병들이 받는 액수의 반 정도가 될 것이나 차후 자경대에서 병사로 지원하는 자의 경우 이번 무역에서 보여주는 점수에 따라 보통 사병이 받는 돈에서부터 그 두세 배에 이르는 액수까지 받게 될 것이다.”

“오오!!”

과거 내 영지의 사병이 한 달에 받았던 돈은 일 골드 정도였다. 처음에는 그리 많은 액수가 아니지만 이들이 병사가 되고자 했을 때는 어느 정도 영지에 재정도 확충될 것이 분명하기에 한 달 임금을 이삼 골드까지 올려도 부담이 없으리라 생각했다.

서먼 왕국에서 들여오는 유민들에게도 역시 이러한 방법을 취할 생각인데, 얼마나 많은 인원이 들어올지 모르지만 농토를 부여할 수 없는 상황에서 일자리를 찾기 위해 상당히 많은 지원자가 있으리란 생각이 들었다.

그렇게 점점 병사의 수를 늘려 나간다면 후에 선우드가 다시 내 영지를 노린다 해도 방어할 수 있는 숫자를 만들 수 있을 것이다.

적어도 난 선우드와 같이 사병의 숫자가 제한되어 있지 않은 공작의 신분을 지니고 있기 때문이다.

선우드와 같은 자에게서 영지를 방어할 수 있기 위해 적어도 이천 이상의 사병이 필요한 것을 감안하면 영지가 발전 궤도에 다다랐을 때 사병들의 숫자를 증가시켜 오천까지 끌어올릴 생각이다.

물론 아직 먼 일이기는 하지만 말이다.

지시 사항을 모두 전달한 게리오스는 다음날 모일 시간을 알려주고 해산시켰기에 난 게리오스를 보며 물었다.

“병기 문제는 어떻게 되었는가?”

“일단 아메로스 남작의 병기고에 있었던 것으로 충당하고 모자라는 것은 나무 창과 같은 것을 쓸 생각입니다."

"일단 자경대 수준이니 그 정도면 충분하겠군. 하지만 이들 중에 병사가 되고자 하는 이들도 있을 테니 소량이나마 꾸준히 다른 영지에서 병기를 사들이도록 하게."

"어느 정도는 그럴 생각입니다만 나머지는 다른 곳에서 입수할 생각입니다."

"다른 곳?"

"예. 영주님, 설마 세상에서 가장 뛰어난 장인들을 잊으신 것은 아닙니까?"

"장인… 아!"

그제야 난 게리오스가 이야기하는 것을 알아챌 수 있었다. 바로 이번에 보석 밀무역을 하기로 한 드워프들을 말하고 있는 것이다.

확실히 그들의 실력이라면 질 좋은 무기들을 대량으로 만들어내는 것이 그리 어려운 일은 아니기에 고개를 끄덕일 수 있었다.

"좋은 생각이네. 1차로 출발할 시기는 언제쯤이면 좋겠나?"

"이번에 모인 자경단에게도 약간의 훈련이 필요하니 일주일 후면 될 것 같습니다."

"알겠네."

하나둘씩 무역에 필요한 문제점이 해결되기 시작했고 일주일이 지나자 만족할 만한 수준은 아니지만 준비는 모두 끝낼 수 있었다.

그리 크지 않은 나의 영지에 가득 찬 마차들 사이로 많은 사람들이 움직이고 있는 것을 보며 감격에 젖어 있을 때 케넬스가 마지막 작업을 끝내고 보고를 하기 위해 나에게로 다가오는 것이 보였다.

"모두 끝냈는가?"

"예, 곡물 마차가 총 백여섯 대에 마부 및 하역 작업에 필요한 인부가 백오십 명, 무역 마차를 호위하기 위해 움직이는 병사들의 숫자는 자경대 백 명과 용병들이 백 명. 총 삼백오십 명이 준비를 끝냈습니다."

"삼백오십 명이라……."

자칫 적군의 침입으로 오인받을 수 있는 숫자인지라 이번 무역은 상당히 조심해야 하는 것이 사실이기에 만반의 준비가 필요했다.

일단은 자경대를 포함하여 이백 명에 이르는 병사들의 신분 절차조차 쉽지 않을 것이 분명했다. 타국의 병사들이 대거 국경을 넘는다는 것은 자연히 시선을 끌 수밖에 없는 상황이기 때문이다.

일단 서면 왕국의 밀드런 백작의 심복이 국경에서 기다린다는 말은 있었지만 내전의 상황에서 확실히 신용할 수 없는 입장이고, 오랜 싸움으로 고향을 잃은 자들 중에는 도적이 된 경우도 많았기 때문에 치안도 그리 안전하다고 볼 수 없었다.

처음에는 자경대 삼백 명과 용병 백 명, 총 사백 명의 숫자를 생각했지만 그 정도의 숫자가 움직인다는 것은 여러 가지 면에서 어려운지라 그 반으로 줄일 수밖에 없었던 것이다.

"일단 앞으로 삼십 분 후에 출발한다고 알리도록 하게."

"알겠습니다."

역시나 마지막 원정을 가는 길이니만큼 알리샤와 리안나 두 사람을 보지 않고는 도저히 견딜 수 없던 나는 성으로 걸음을 옮겼다.

성의 내 방에 도착하자 여인들의 목소리가 들리기에 조심히 방문을 열어보니 두 마누라가 차를 나누며 서로 이야기하는 모습이 보였다.

귀족 출신인 리안나는 귀족의 몸가짐이 몸에 배었는지 차 마시는 폼도 격식을 차리고 있는 데 반해 알리샤는 아직 자신이 귀족이라는 생각이 박혀 있지 않은 탓인지 조금은 격이 떨어지는 듯 보였다.

하지만 그렇다고 알리샤의 모습이 리안나에 비해 떨어지는 것은 아니었다. 느린 듯하면서도 부드러운 그녀의 찻잔을 잡는 방식은 뭐랄까? 마치 여신과도 같아 보였기 때문이다.

저러한 모습은 배운다고 되는 것이 아니라 평소 몸가짐에서 우러나오는 것임을 알고 있던 나는 고개를 끄덕일 수밖에 없었다.

"영주님, 지금 뭐 하고 계십니까?"

"응?"

갑작스러운 소리에 뒤돌아보니 게리오스가 무슨 일인가 하고 쳐다보고 있는지라 난 마누라들을 엿보고 있었다고 말할 수 없어 머리를 긁적일 수밖에 없었다.

"하하하… 마지막 인사를 하려고 들렀는데 두 사람이 정답게 이야기하는지라 감히 들어가지 못하고 있었네."

"아! 그렇습니까? 요즘 들어 두 사람이 많이 친숙해졌다 생각했는데 과연 그렇군요. 서면으로 가기 위한 준비는 다 끝난 것 같은데요."

"삼십 분 후에 출발하기로 했네."

"그렇습니까? 이번 여정은 처음인지라 많은 문제점이 노출될 것입니다. 물론 영주님의 영명함이라면 쉽게 모든 것을 해결할 수 있을 테지만 힘든 일이 있으면 같이 가시는 레빈 단장님과 상의하도록 하십시오. 서면 왕국 출신이시니 많은 도움이 될 것입니다."

"알겠네. 내가 없는 동안 영지를 잘 부탁하네."

"성심성의껏 영지를 돌보도록 하겠습니다."

역시나 내 영지에서 가장 믿음직한 사람은 게리오스였다. 어떻게 된

게 말 한마디에 믿음이 주룩주룩 흘러내리는지…….

"어머? 영주님?"

"왜 들어오시지 않고?"

게리오스와 이야기하는 사이 리안나와 알리샤는 밖에서 말소리가 들리자 나와보고는 내가 있자 놀란 표정을 지으며 말했고, 난 그녀들의 모습에 미소를 지으며 대답했다.

"무역 마차가 떠나기 전에 두 사람을 만나고 싶어서 잠시 들렀네."

"아!"

"이번 무역이 성공하기를 자애의 여신님께 기도드리겠습니다."

"하하하, 부탁하네."

이제는 두 사람에게 어느 정도 아내로서의 예의를 차려야 하는지라 경어를 사용하고 있었다. 정처 알리샤와 첩 리안나, 두 사람에게 나 역시 귀족으로서의 대우를 해주기로 한 것이다.

나도 조금 있으면 자식을 가진 애 아빠가 되는 것이 아닌가? 그렇다면 귀족으로서의 모범을 보여야 함이 당연하니 지금부터 연습을 하고 있는 것이다.

지금의 나는 귀족보다는 조금 용병에 가까운 모습이 더 많았기 때문이다.

"내 전에는 알리샤에게 선물을 했으나 드워프 늙은이가 준 것이나 마찬가지인지라 실패했지만 이번에 돌아올 때는 두 사람 모두에게 만족할 만한 선물을 가져올 테니 기대하고 있으시구려."

"영주님……."

내 말에 두 여인 모두 감격한 모습을 하여 난 미소를 지을 수 있었다. 사실 세상에 어떤 여인이 남편이 선물을 사온다는 데 싫어할 수 있겠는가?

　두 사람과 아쉬운 이별을 한 나는 게리오스와 함께 서먼 왕국으로
향하는 나의 첫 번째 무역 상단이 있는 곳으로 걸음을 옮겼다.

〈1권 끝〉

김몽 판타지 장편 소설

| 둔갑팬더 |

물 넘어온 천년 둔갑 팬더와의 끝장나는 동거!

능청스런 엽기가 춤을 춘다!
가슴 밑바닥에서 용솟음치는 웃음의 폭풍!
도드라진 개성과 유머러스한 풍자의 세계! 권태로운 이들에게 던지는 청량 폭소탄!
삼천 년의 역사 속에 살아 숨쉬는 둔갑 팬더.
험난한 세상을 깡과 악으로 살아가는 추봉근.
그들의 평범하지 않은 일상을 통해
웃음과 해학, 시끌벅적지근한 모험이 기다리고 있다!

송정하 판타지 장편 소설

| 카르마의 구슬 |
Beads of Karma

색(色) 다른 존귀함을 지닌 기적의 여신을 만난다!

범죄와 악마의 유혹이 넘실대는
뉴욕 뒷골목 할렘가에서 자라난 그녀.
물어 뜯기길 경계하며 거칠게 살아가는 삶 속에서도
긍지 높은 자존심과 육체적인 강함, 아름다운 심성을 지닌 그녀.

약간의 평화는 곧 새로이 불어닥칠 폭풍의 전조였으니…
그녀가 만들어내는 세계 변혁과 기적 창조의 신화를 주목하라!

도서출판 청어람 www.chungeoram.net　　우 420-011 부천시 원미구 심곡1동 350-1 남성빌딩 3F ● TEL : 032-656-4452/54 ● FAX : 032-656-4453 ● Email : eoram99@chol.com

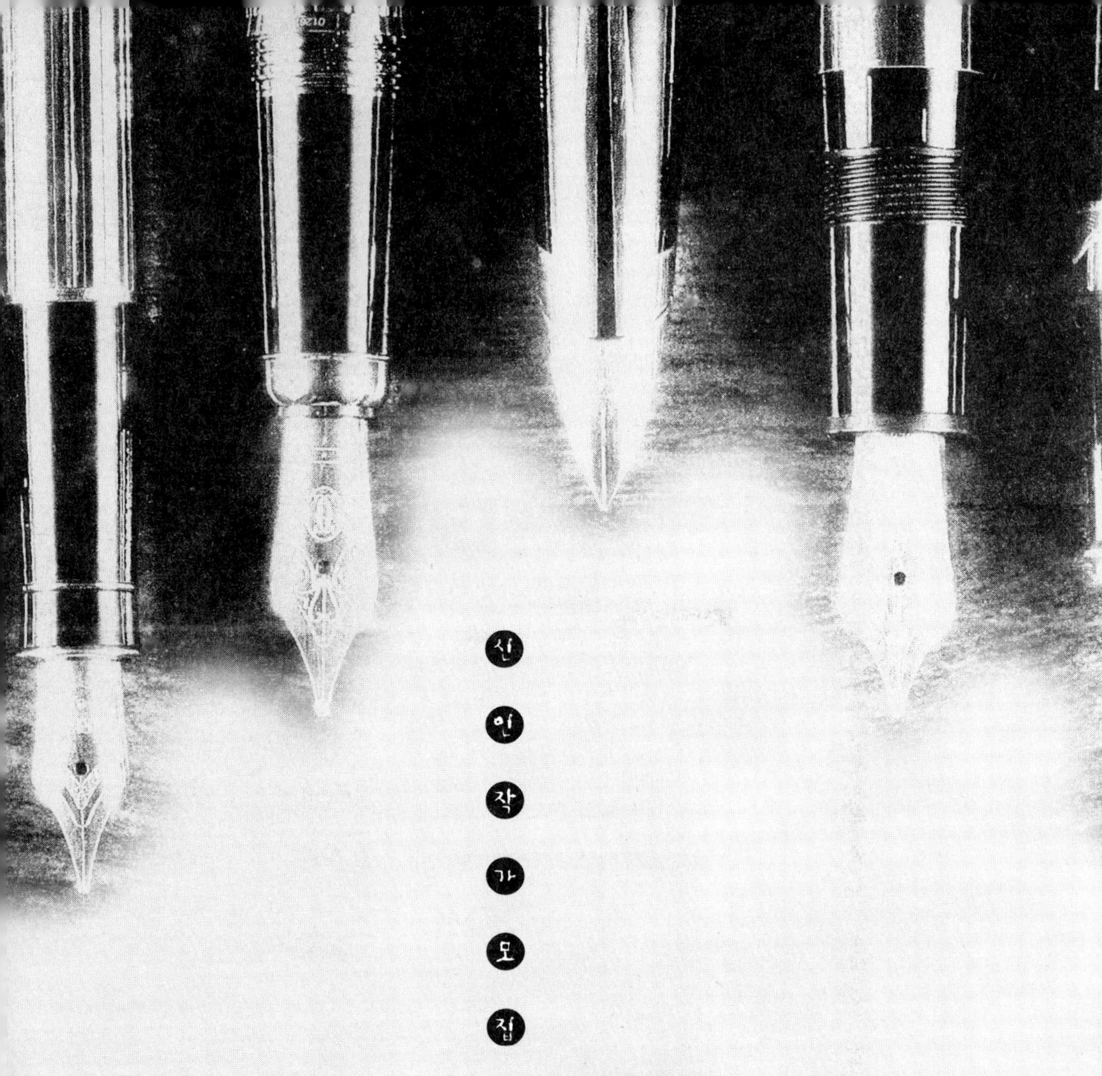

신
인
작
가
모
집

시작이 반이라고 했습니다.
작가의 길에 대한 보이지 않는 벽을 과감히 깨뜨리십시오!
청어람은 작가 지망생 여러분들의
멋진 방향타가 되어드리겠습니다.

저희 도서출판 청어람에서는
소설 신인 작가분들을 모집합니다.
판타지와 무협을 사랑하시는 분들의 많은 참여를 바랍니다.
소정의 원고(A4용지 150매)를 메일이나 우편으로 보내주시면
검토 후 출판 여부를 알려드리겠습니다.

주소:경기도 부천시 원미구 심곡1동 350-1 남성B/D 3F 우편번호420-011
TEL:032-656-4452 · FAX:032-656-4453
http://www.chungeoram.com
e-mail:chungeoram@chungeoram.com